L'ÂNE ET LA LYRE

Orlando de Rudder

L'ÂNE
ET LA LYRE

Roman

BALLAND

L'autheur n'a pas tout dict.
Honoré de Balzac
Contes Drolatiques

1.

Au pied de la falaise se trouvaient deux tombeaux couverts de coquillages. Leurs occupants furent, à ce qu'on disait, deux chevaliers : un normand, un picard qui se battirent en haut. Le roc s'effondra sous le poids des chevaux. Les combattants furent enterrés au lieu même de leur chute. Le grand-père de Thomas avait connu l'un d'eux, mais il prétendait qu'il venait d'Irlande à cause d'une harpe dans ses armoiries. On ne sait ce qu'il advint des chevaux, du moins de leurs cadavres. Les grands oiseaux de la mer durent les dévorer.

La mer froide déferlait lentement sur les galets. Thomas la suivait du regard, vague après vague. Son épaule le faisait souffrir. Il ressentait comme des piqûres. Sa jument, La Bréhaigne, parcourait le sentier qui, surmontant un talus de sable et d'herbe, longeait le rivage.

Fière allure, pauvre monture ! En voilà, un

9

chevalier ! Thomas eût fait grise mine au cours d'une joute, avec cette jument-là. Cependant, son maintien inspirait le respect. Un peu maigre malgré tout, il paraissait plus grand. Son regard possédait quelque chose d'affamé, de dévorant : un regard, en somme, pétri de gourmandise, un regard à manger le monde et puis la lune.

On réfléchit, dans ces cas-là : on se remplit les yeux une dernière fois de tout ce qu'on ne verra plus. On est triste, on est gai, on ne sait pas, on ne sait plus...

Un crachin frais descendait des nuages. Malgré le ciel de plomb, le temps ne semblait pas tout à fait morne. Il faisait vainement maints efforts de grisaille sans parvenir à demeurer complètement maussade.

Ce genre de jour oriente l'esprit vers autrefois : Où sont donc les preux de jadis, qu'est devenu le temps des demoiselles si douces et qui chantaient en attendant le retour de l'aimé ?... et puis, c'était presque l'automne : la rousseur hâtive des feuilles faisait comme un chagrin. Toutefois, quelque chose, dans le cœur de Thomas, l'empêchait de sombrer dans la mélancolie. Il fredonna une danse un peu gaie. Oui, une de ces danses d'enfants dans les cours des châteaux, à l'ombre des grands donjons.

Face à la mer, à la droite de Thomas, se dressaient les haies. Leurs enchevêtrements touffus cachaient les champs clos. Des cris féroces retentirent. Thomas alla voir. Un marigot salé, passant sous un ponceau pénétrait une pâture. Une haie, dans laquelle s'insérait un pommier, séparait ce pré d'une autre parcelle. Là, deux femmes s'injuriaient ; l'une d'elles se tenait près d'un panier de pommes, l'autre montrait ce panier du doigt, le poing gauche à la hanche. Thomas comprit que la première cueillait les pommes quand l'autre vint la surprendre. Le monde mourra un jour à cause d'un conflit de mitoyenneté.

Les pommes se mirent à voler. Les deux voisines, méchantes, visaient bien. Les gnons bleuirent les visages. Les injures accompagnaient le tout. La cueilleuse sauta par-dessus la haie, saisit l'autre à la gorge, mais reçut un coup de poing sur l'oreille qui la fit saigner. Thomas sourit : peut-être faut-il laisser les gens se battre, après tout. Il regarda le combat, amusé, puis s'en alla. Il se demanda quelquefois, durant les jours qui suivirent, si l'une des femmes n'avait pas fini par tuer l'autre...

Dire qu'il aurait pu juger de cette affaire !... Ce genre de conflit, sur ces terres-là, relevait de la juridiction de sa famille. Thomas n'avait pas encore atteint la *banlieue,* la limite des possessions dont certaines auraient pu lui revenir...

La route se déroula, relativement mauvaise. Bientôt, il faudrait obliquer pour arriver plus vite à Saint-Omer-le-Grand. Thomas ne se souvenait plus très bien de l'endroit précis de la naissance du raccourci. N'empêche qu'il se refusait absolument à suivre la route normale. Il ne voyait pas pourquoi il ferait ce qu'il faut, ce qui sied, désormais...

Soudain, une interruption dans la végétation d'une haie le décida. Il se retrouva dans un champ moissonné. Les tiges du blé, coupées trop haut éraflèrent un peu les jarrets de La Bréhaigne. Il faudrait la soigner, puis vérifier les fers. La pauvre bête, trop chargée, peinait, mais marchait bien. Un jour, un pèlerin partant vers Saint-Jacques traversa ce champ. Or, cette année-là, le blé, particulièrement dur au pied, élevait des tuyaux menaçants. Le pèlerin n'y prit pas garde et s'empala le pied sur une tige pointue qui traversa de part en part sa chair, après avoir percé le cuir épais du soulier. Cette histoire, pour Thomas en valait bien une autre : les on-dit du pays le suivraient partout, même très loin de sa terre natale. Le piètre amusement, le mince intérêt de ces choses mille fois redites s'alourdiraient pour lui de l'ombre noire de la nostalgie. Il en ressentait déjà la morsure.

Au bout du champ, une autre haie barrait la route. Thomas ne rebroussa pas chemin. Il mit pied à terre et se tailla une voie à grands coups d'épée. Dans l'autre champ un homme le regardait. Autour de lui, trois vaches curieuses dévisagèrent l'arrivant. Thomas salua, traversa la pâture et trouva un chemin qu'il ne connaissait pas. Il s'engagea tranquillement dans cette nouvelle direction et put voir, tout au loin, se dessiner Saint-Omer-le-Grand, devant l'horizon mouillé.

En cette fin du XIIIe siècle, le droit de *juveignerie* s'appliquait pleinement. Un fief, un héritage ne revenait pas forcément à l'aîné d'une famille, mais parfois au cadet, à moins qu'il y eût parité, égalité des enfants.

Dans la seigneurie de Saint-Dié-des-Brumes,

dont le père de Thomas fut très juste suzerain, les deux fils auraient pu partager l'hoirie. Il eût fallu pour cela que l'aîné se marie. Mais Thomas ne se sentait pas, ou pas encore de goût pour l'hyménée. Et c'est en partie pour cela qu'il errait désormais.

En fait, il n'allait pas à Saint-Omer. Il voulait simplement se recueillir à l'église hors les murs. Il s'agissait d'une chapelle érigée en pleine campagne, à l'orée de la forêt. Bientôt, il y parvint. Autour de l'église, Thomas remarqua de nouvelles maisons. Un village se construisait là, petit à petit. Au loin, on pouvait voir que le bois reculait. On défrichait, on bâtissait. Le paysage bien connu de Thomas se modifiait et ne ressemblerait bientôt plus à ce qu'il fut naguère lorsque le jeune homme chevauchait avec son frère et sa cousine sur les chemins heureux pour rejoindre le fief de l'oncle Fernand.

Thomas mit pied à terre. Il regarda d'abord les jambes de La Bréhaigne et fut rassuré : rien de grave. Avant d'entrer dans l'église, il déchargea la jument, décrocha son écu, sa hache d'armes, son heaume, son bissac, son outre, sa couverture, bref, tout ce qu'il possédait encore, malgré la pingrerie de son cadet, héritier du fief, du titre et du pays que Thomas quittait. Après l'avoir soulagée du poids de ses affaires, il essuya soigneusement sa monture que le crachin mouillait. Il la frictionna, lui parla, puis l'attacha derrière l'église où se trouvait une sorte de hangar. Elle serait bien, là, abritée des courants d'air et de la pluie qui grossissait.

13

L'église s'assombrissait à cause du soir. Elle s'ornait de mauvais vitraux un peu glauques. Mais Thomas les aimait. Il avait prié là, tout enfant, sous cette lumière sans générosité, baigné dans cette clarté menue, dense, et qui lui semblait mouillée, épaisse comme la mer du Nord qu'on entendait mugir au loin. A genoux, il médita, plus qu'il ne priait. Sa solitude commençait à peser. Il ne faut pas trop se souvenir, surtout lorsqu'on s'en va.

Tout s'était passé très vite : la mort du père, l'arrogance de Julien, le frère puîné, le dédain des serviteurs... Personne ne chassa Thomas : ça ne se fait pas... Seulement, on fut odieux avec lui, on ne le servit plus. Peu à peu, il fallut se rendre à l'évidence : on ne l'aimait pas. Un aîné mal aimé sait trouver le moment de partir et Thomas s'en alla. Il ne se sentait plus lui-même. Il vivait, marchait, respirait, certes. Mais tout se passait comme si quelqu'un d'autre dirigeait ses pas. Il éprouvait l'étrange impression d'avoir déjà vécu ces moments. Peut-être, à son insu, au fond de lui-même savait-il son destin. Ou alors, la lecture des romans, des lais de l'ancien temps qui racontent souvent la solitude d'un chevalier le prépara depuis longtemps. N'était-il pas comme Lanval désavoué par les siens, ou comme Lancelot méprisé et banni ?

Julien n'appréciait pas que Thomas fût lettré. A l'école du frère Antoine où les deux frères allèrent, Thomas brilla toujours par sa vivacité, l'élégance de son écriture (on dit qu'il aida même les moines de Saint-Evre à recopier des manuscrits) et le nombre des choses qu'il savait réciter. Un jour

Julien s'énerva lors d'une joute pour rire et blessa son frère à l'épaule. Depuis, Thomas ressent une douleur dès qu'il pleut.

Thomas se leva. C'est bon de rester seul, au soir dans une église : on sait Qui est là. On n'a pas besoin de Lui parler. Thomas fit quelques pas vers l'autel sans s'apercevoir qu'il marchait sur la dalle la plus grande, sur la pierre tombale de l'aïeul Foulques, seigneur fameux, légendaire, même. Thomas se sentait las. Il s'arrêta avant d'atteindre l'autel et, sans façon, s'étira, étendant loin ses grands bras. Il ne pensait évidemment pas qu'on puisse se choquer d'une telle conduite en un lieu consacré : Dieu, ici, faisait un peu partie de la famille. On se serait conduit tout à fait autrement dans une église de la ville. Qu'allait-il devenir ? Il ne se sentait pas très bien, campé sur ses deux jambes. Il respirait bien mieux en selle. Il eut un instant l'idée de sortir, d'aller chercher sa monture et de revenir prier les deux pieds dans les étriers. Une sorte de paresse l'en empêcha.

Chevalier errant ? Quelle vie dérisoire ! On parlait, dans la région, d'un chevalier fou qui vaquait par les chemins en déclamant les vers altiers d'anciennes gestes. Il se nommait Gilbert et n'avait jamais de repos. Son fils, bien que très jeune le suivait de loin, le surveillait pour que, dans sa folie, il n'aille point commettre d'irréparables bêtises. Il paraissait qu'il attaquait parfois les passants, les prenant pour des ennemis, des Sarrasins : La guerre, au-delà des mers, rendit son cerveau malade, en essora toute raison... L'image de ce chevalier dément passa dans l'esprit de Thomas et le fit sourire.

Non : il irait à Paris. Il suivrait le conseil de frère Antoine et se rendrait à l'Université. D'autres chevaliers devenaient parfois clercs. Pourquoi pas lui, qui lisait bien ? Il aimait tellement lire, copier, savoir... C'était même le sujet de moquerie préféré de Julien. Selon lui, un seigneur ne se soucie guère de connaître autre chose que le maniement des armes et la manière d'éviter les caresses brutales de la quintaine. Odieux jusqu'à l'excès, Julien fit peindre sur cette quintaine même un visage ressemblant à celui de Thomas. Après quoi, avec rage, il choqua de la lance l'écu de bois du mannequin. Mal lui en prit : sa méchanceté, mauvaise conseillère, lui fit oublier de se bien garder. Le contrepoids lourd, au bout du plus long bras de la quintaine, le frappa de plein fouet, l'étourdit, le fit choir. Le rire de Thomas le mit hors de lui. Il y eut une dispute. Et Thomas s'en alla pour toujours, juste après avoir lu l'éclair fou du meurtre dans le regard exaspéré de Julien... Et dire qu'en leur enfance les deux frères étaient inséparables. Ils paraissaient aussi indispensables l'un à l'autre que la harpe l'est à l'oreille.

Julien regarda autour de lui, stupéfait... Enfin, oui, enfin, son frère partait... Il ressentit une curieuse hébétude et se rendit compte que ça ne lui faisait pas plus plaisir que ça. Il aurait tant aimé rire, hurler de joie, danser... Mais non, rien.

De toute façon, bien avant tout cela, bien avant même la mort du père, rien n'allait déjà plus. La mère précéda son époux dans la tombe et, dès lors, Thomas ne fit plus attention aux choses du monde. Il ne ressentait pas sa peine : le chagrin fut trop fort pour qu'il ait vraiment mal. Il fut abruti, simplement abruti, incapable d'éprouver quoi que ce fût, comme si l'excès de la douleur abolissait toute sensation. Thomas resta donc durant plusieurs années à peu près impassible, acharné à l'étude, ne songeant à rien d'autre. Car les lettres le happèrent, le saisirent, l'entraînèrent. Thomas se laissa engloutir par la pensée des autres, fermant les portes de sa sensibilité à tout ce qui n'était pas parchemin. Puis, saoul d'étude, certains soirs, il galopait, s'entraînait aux armes avec une énergie farouche, fiévreuse, désespérée, ou s'en allait, chevauchant durant des jours entiers, on ne sait où, s'éloignant, parcourant des lieues et des lieues. Il y trouvait un certain calme, puisqu'il s'oubliait lui-même. Il se regardait vivre, s'observait, scrutait sa propre souffrance pour ne la plus ressentir. Ce fut possible durant quelques années, puis...

Pour l'instant, seul, au milieu de l'église, Thomas sentait en lui monter un grand calme. Il s'étira de nouveau comme s'il se réveillait. Il bâilla, jusqu'à sentir une douleur aiguë tout en haut des mâchoires. Il garda un peu les yeux clos, puis les rouvrit brusquement, afin d'éprouver mieux la violence de la lumière.

Thomas se mit à regarder le *litre,* la longue bande de tissu noir ornée des blasons de tous les seigneurs y ayant droit qui courait sur le mur de l'église. Toutes les familles de la région se trouvaient représentées par leurs emblèmes. Thomas s'amusa encore une fois des prétentions de certains, avec leurs armoiries surchargées de lions, de léopards, de couronnes, voire de deniers. Le jeune homme haussa les épaules : de toute façon, ça n'avait plus de sens pour lui. A moins que...

Nu, au milieu de cette surcharge de meubles héraldiques, un écu de sinople se remarquait de loin, un bel écu plein, unicolore, vert. Et c'était celui de la famille de Thomas. Ce dernier sentit la tristesse l'envahir. Il aimait trop rester dans les églises, se baigner dans la lumière qui paraissait suinter des vitraux. Il fallait se secouer. Il sortit. Sa piété ressemblait à celle de Julien : l'un comme l'autre sursautaient parfois, au milieu d'une prière, se rendant compte soudainement que l'oraison les rendait semblables, identiques ou pareils. Cette impression leur déplaisait fortement.

Le soleil bas du soir vint éblouir Thomas. Bon, il faudrait bien se décider. Pourquoi attendre le lendemain ? A quoi bon rester dans cette église, y passer la nuit comme pour une veillée d'armes ? Thomas se mit en route, désamarra La Bréhaigne et commença à cheminer.

Il traversait la Vigne-Mathieu par le petit sentier médian quand il se rendit compte de l'oubli de son épée. Il l'avait laissée à l'entrée de l'église, comme toujours, et comme il ne le ferait plus jamais. Il rebroussa chemin un peu trop brusquement, tirant trop fort les rênes de sa monture qui hennit désagréablement. Ce n'est pas si facile de partir.

Il entra dans l'église, prit son épée, se prépara à

sortir. Mais il se retourna, comme lorsqu'on sent se poser sur soi un regard. Il y avait bien un regard : celui de Bethsabée.

Un épais vitrail ornait le fond de l'église. Il représentait David jouant de la harpe pour Bethsabée. La belle Bethsabée regardait Thomas. Il lui sourit. Puis il tourna les talons. L'église, autrefois, fut consacrée au roi David. David restait, à cause de cela, le prénom le plus courant de la région. Lorsqu'on lui raconta pour la première fois l'histoire de Tristan, Thomas pensa à ce vitrail. La vision de Tristan venant d'Irlande et jouant de la harpe pour Iseut aurait, en effet, pu s'illustrer de la même manière...

Dehors, rien ne l'éblouit plus. Il flatta l'encolure de La Bréhaigne, puis se mit en selle. Cette fois, il partait. Il reprit le sentier au milieu des vignes mais n'eut aucun regard pour les grappes qui, s'alourdissant, semblaient vouloir joindre le sol. Le vin de la région ne fut jamais très bon. D'ailleurs, à part le vin de Nojentel, il n'y eut jamais rien de fameux qui soit issu de ces vignes nordiques. Pourtant, sans qu'il y pense, le goût du cru de la Vigne-Mathieu envahit la bouche de Thomas, comme si la langue, le palais pouvaient se souvenir. Il ne boirait plus jamais de ce vin-là, de cette âcreté que voilaient mal les herbes et le miel qu'on y faisait macérer.

Au même moment, au château, Julien ressentit un élancement dans l'épaule gauche. Il la massa de sa main droite. Cette douleur deviendrait habituelle. Julien comprit qu'il s'agissait de la même douleur... qu'il partagerait dorénavant cette sensation avec Thomas, comme s'ils étaient jumeaux. Il grimaça de dégoût : il ne voulait plus rien partager avec ce...

Cependant, Thomas avançait. C'était encore l'août, sixième mois de l'année. Pourtant, il pleuvait comme en novembre. Le ciel se mit à fondre peu après la fête de la Vierge. Le raisin, auparavant gorgé de soleil et qui grossissait raisonnablement, s'enfla soudain, montrant d'énormes grains gorgés d'eau et qu'on devinait fades. Le vin serait un reginglin sans qualité. La terre avait trop bu. Le grain risquait de germer dans les sacs.

Le pas lent de La Bréhaigne tanguait sous le ciel gris. Au loin, la forêt sombre s'approchait. Thomas s'éloignait de la mer. Il allait maintenant chevaucher au milieu des arbres, en piétinant la broussaille.

Un peu avant, à l'orée de la forêt, son regard fut surpris par un curieux équipage : sur un bardot au ventre énorme, un bonhomme non moins gros s'avançait vers Thomas, portant un agneau autour du cou. Les deux pieds de l'homme, de part et d'autre de sa monture, semblaient se situer dans le prolongement horizontal l'un de l'autre, tant la monture était large. Sous le ventre de l'agneau qui lui faisait comme une collerette, Thomas reconnut le visage rougeoyant du boucher David. Il ne ressemblait en rien au beau David du vitrail de l'église et ce contraste entre les deux personnages amusa Thomas qui salua le boucher. Et pourtant, « *Nomen, Omen* », un nom est un présage, à ce qu'on dit !

— Bonjour, David... où y a-t-il le plus de viande ? Sur les os de l'agneau, sur la panse de l'âne ou sous le menton du boucher ?

— Dieu vous garde, seigneur Thomas... vous voici bien loin de chez vous !

Une gêne envahit Thomas. Il ne pouvait certes pas dire à David qu'il partait pour ne jamais revenir.

— Je voyage... Je vais... je vais chez l'oncle Fernand... Oui, pour voir si tout est en ordre au château, en attendant son retour...

David regarda intensément Thomas. A son tour, il paraissait confus. On aurait dit que parler de l'oncle Fernand le gênait. Il hésita avant de dire :

— Ce n'est pas trop la saison des voyages... et puis... Votre oncle est revenu, il y a déjà du temps...

— Mais, je l'ignorais... pourquoi n'a-t-il pas fait prévenir ?

— Je ne sais pas, moi... mais il est là !

— J'aurais su, j'y serais allé bien avant ! Cela fait des années que je n'ai pas revu Fernand, je me languissais ! Je fus très triste lorsqu'il nous annonça son départ outre-mer !

— Il... il sera content de vous voir... je m'en reviens de chez lui... je lui ai acheté cet agneau...

— Mon oncle vend des agneaux ?

David baissa la tête. Il ne savait quoi dire. Il se reprit et déclara :

— Vous autres, seigneurs, avez d'étranges manies... ne m'a-t-on pas dit que vous faisiez le clerc ?

— Ce n'est point comme vendre des agneaux... Comment va mon oncle ?

— Bien... enfin, vous le trouverez changé, n'est-ce pas... les voyages blanchissent les hommes, plissent les fronts... moi-même, je n'ai plus vingt ans !

L'agneau bêla. Sans dire « Au revoir », le boucher porta deux coups de talon au ventre du bardot. Il dépassa Thomas qui le regarda longuement cheminer vers l'église. L'agneau bêla encore trois fois. Thomas piqua des deux. La jument trotta, puis ralentit. On entrait dans la forêt. Les grands fûts des arbres s'y allongeaient démesurément, semblant se rejoindre à leurs sommets pour former les voûtes d'une haute cathédrale. Le soir descendrait bientôt. Thomas espérait atteindre la rivière avant la nuit. Cette rivière traversait la forêt. Ses rives interrompaient d'une frange verdoyante la succession implacable des arbres. Thomas désirait rejoindre le cours d'eau car les bûcherons construisaient depuis belle lurette leurs loges de branchages tout à côté. Ainsi, Thomas trouverait un endroit pour s'abriter durant la nuit.

Thomas, depuis des années, n'avait pas bougé de chez lui. Auparavant, il venait souvent au château de son oncle et ne trouva pas d'autre lieu de promenade ou de visite depuis le départ en croisade de Fernand. Ce départ l'avait attristé et c'est sans doute pourquoi il s'était mis à étudier comme un fou, au point de pouvoir réciter, sans qu'un seul mot y manque, l'intégralité des douze livres de la librairie du monastère, à l'émerveillement du frère Antoine.

Fernand, à dire vrai, n'était point vraiment son oncle, mais plutôt un cousin : l'affection qu'il éprouva très tôt pour Thomas lui fit mériter l'appellation affectueuse dont usait ce dernier. Thomas aimait aussi beaucoup frère Antoine, son directeur d'étude et de conscience. Il écoutait ses conseils et le monde sans lui eût perdu sa couleur.

— Allez donc à Paris, dit Antoine, un jour, en souriant : la ville vous fera le plus grand bien. L'air y est meilleur, moins chargé du fumier en tas qui le gâte rapidement. Vous êtes pâle, seigneur ! Il ne vous sied pas de rester dans l'air grossier d'ici. Vous y deviendriez rouge comme vos serfs, hâlé et maladif comme eux... de plus, en ville, vous trouverez des maîtres qui valent bien mieux que moi ! L'air de la ville et la saveur de la grammaire vous réussiront, j'en suis sûr ! Là-bas vous apprendrez, vous lirez, vous dévorerez les mots savoureux des belles écritures, vous mâcherez la science, vous ruminerez les lettres, vous en sentirez le goût... je salive rien qu'en y pensant ! Soyez gourmand, mon fils ! Devenez glouton de connaissances fines ! Empiffrez-vous du beau savoir des Grecs et des Romains ! Il n'est rien de plus suave ni de plus goûteux ! Les mots sont comme du miel ! Comme du miel !

Au début, Thomas prêta peu d'attention aux conseils du frère. Mais, après sa dispute avec Julien, tout changea. C'est ainsi qu'il se mit en route.

Il s'efforça de respirer petitement : l'air de la forêt sentait la feuille déjà morte. L'odeur, certes, le séduisait. Mais il savait combien il est nocif de respirer fort dans les lieux sauvages. Il n'y avait qu'à regarder la trogne des bûcherons pour se rendre compte des dégâts que causait une vie trop sylvestre.

La nuit tomba. Une lune ronde et rousse perçait çà et là les densités enchevêtrées du feuillage. Thomas ne s'arrêta pas, malgré les renâclements de La Bréhaigne.

— Sale bête ! cria Thomas. Tu oses encore te plaindre ? Tu es la plus mauvaise des juments ! Saillie au moins six fois par les plus beaux étalons, tu n'as point enfanté ! Et tu oses discuter ! La honte ne t'étouffe pas ! Tu n'es qu'une catin qui baise pour le jeu !

La jument hennit, comme si elle comprenait. Thomas haussa les épaules. Il n'allait pas, en plus, se disputer avec sa monture.

— Ecoute, La Bréhaigne, ce que j'en dis, moi... Bon ! porte-moi jusqu'aux loges. Je te soignerai bien. Je t'étrillerai avec des cardes, longuement, lentement, je te bouchonnerai, te panserai de la main, même, je te chanterai une chanson, tiens !

La Bréhaigne sembla comprendre. Son allure se vivifia.

— Tout doux, la belle ! Ne te fatigue pas trop ! Il ne s'agit point de s'écrouler avant la rive !

Un lapin de garenne traversa le chemin. Il s'agissait d'un lapin clair que la lune découverte rendait presque rose. N'empêche que Thomas le crut bel et bien blanc, comme celui des chansons. Car tout se passe ainsi pour les chevaliers errants : ils poursuivent un lapin blanc, ou encore un cerf, voire une biche couleur de neige et l'animal les mène immanquablement vers une fée aux riches atours.

— On le suit, La Bréhaigne ? Tu crois que... ?

Mais c'était déjà trop tard. Le lapin, hors de vue, devenait souvenir. Adieu l'aventure, la fée, l'amour... La vie n'est pas une chanson, ou alors, pas une bonne. D'ailleurs, était-il vraiment blanc, ce sauvage de lapin ? Peut-être se prendrait-il dans un collet, non loin... Demain, le braconnier irait le chercher. Il se ferait surprendre par un garde quelconque du seigneur de ce lieu. On le pendrait sans doute pour lui apprendre...

— A qui est cette forêt, La Bréhaigne ? Je ne me souviens pas... Au seigneur de la Hire ou alors à mon oncle ?

La forêt, dense, sombre, grande entourait désormais Thomas. Il y suivit la trace des coupes successives, il regarda les arbres marqués. Tout un monde de bruits, de craquements se révélait soudain. Fûtaies, taillis, taillis sous fûtaies se succédaient, bien débroussaillés. Puis, d'un seul coup apparaissaient broussailles, épines et breuils, pleins d'oiseaux, de fouines, de martres. Plus loin bramaient des cerfs, cavalaient des sangliers, peut-être... Thomas vit au loin passer un verdier, un garde de la forêt, surveillant l'alentour. L'homme ne le vit point, continua son chemin. Thomas pensa qu'il s'agissait simplement d'un mauvais garde.

Un peu inquiet, Thomas écouta les bruits. Parmi les hêtres, les chênes, il se sentait bien seul. Tout peut arriver, au cœur de la forêt. La forêt est magique, sacrée, panique : c'est la chevelure de la terre, c'est l'océan de sinople, c'est l'odeur forte des feuilles chues et des glands qui pourrissent pour former l'humus riche. C'est aussi l'humble fraise, rougeoyant sous la ronce, la mûre, voire l'airelle qui croît aux buissons épineux. C'est le domaine du bois, père du feu qui réchauffe ou dont on fait les hampes, les manches et les poignées des outils ou des armes... c'est là que des insectes fouillent et rongent l'écorce de géants qu'ils vaincront, malgré leur hauteur noble, coiffée de cheveux verts. C'est aussi terre d'hommes différents des autres et qui travaillent ou vivent à l'état sauvage : bûcherons, élagueurs, charbonniers ou encore tueurs, brigands, égorgeurs et routiers sans armée reconnue, assassins ou sorciers, *gautiers* et truands réfugiés sans vergogne et fuyant les gens d'armes. Vivement la clairière, la rive, les cabanes, les loges des bûcherons amis !

En même temps qu'il la craignait, Thomas aimait la forêt. Il appréciait, de plus, ce sentiment inquiet qui depuis sa jeunesse le captivait à chaque fois qu'il s'enfonçait entre les arbres. Etrange et familière, la sylve le prenait... même, il se laissait faire.

Bientôt, ces loges furent en vue. Cette fois, pas de doute, on se trouvait sur les terres du seigneur Fernand. Les loges sont les abris des bûcherons : certaines servent à remiser les outils, d'autres permettent de passer la nuit autrement que sous les étoiles. Plus à l'ouest, comme au sud, les loges se nomment *bordes*, voire *bordeaux* ou *bordels*. Thomas mit pied à terre et s'avança, tenant la jument par la bride. Sous sa cape, il tenait fermement son épée : on ne sait jamais ce qu'on peut rencontrer dans ces parages.

Il alla vers une loge bien faite, avec une porte pleine qu'il ouvrit. Des soupirs s'en échappèrent. Bon : un bûcheron y besognait une de ces filles sauvages qui font commerce d'elles-mêmes à la lisière des bois, en bordure des taillis. Dans une autre loge, un homme dormait. C'était le grand François.

Thomas déchargea La Bréhaigne, la soigna, la laissa libre pour la nuit, après l'avoir revêtue d'une couverture épaisse qu'elle portait roulée derrière la selle. Puis il se coucha non loin de François. Leurs chaleurs mutuelles combattraient les fraîcheurs de la nuit.

François ne s'éveilla même pas. Le bûcheron, sans doute terrassé par la fatigue, dormait comme une pierre tombale. Ses ronflements évoquaient le bruit d'une scie mordant le bois, ce qui fit sourire Thomas. Odeur d'homme assoupi, vent léger au-dehors : la nuit fut bien épaisse et l'endormissement lourd.

2.

Thomas fut réveillé par une odeur exquise : celle d'un potage qu'on cuisait ou qu'on réchauffait. Il sortit de la loge et se laissa aller au plaisir de se sentir ébloui par un bon soleil jaune paille, encore bas. Des rires lui parvinrent. Il marcha dans leur direction : aller vers des rires lui parut une bonne chose, aussi bonne que se diriger vers la lumière.

Autour d'un vaste feu, les bûcherons assis parlaient vivement. Parmi eux, quelques filles marchandes d'elles-mêmes, riaient trop fort des plaisanteries un peu grasses des hommes. Plus loin, les ânes, les baudets, les mulets, les bardots broutaient l'herbe encore humide, accompagnant La Bréhaigne, qui semblait une géante au milieu de ces basses échines, quoique naine des oreilles. Un peu à l'écart, au bord de la rivière, les grumes bien amarrées, attendaient le flottage qui les conduirait à la scierie. Non loin de là, les cognées assemblées en faisceaux jouxtaient les haches, les coins et les scies, abrités par un treillage dense de branches enchevêtrées.

Au milieu des hommes assis en rond, un feu de braises, aux flammes malingres et bleues léchait tranquillement le cul d'un chaudron. Il y avait là Petit David, David le Roux, David Sylvain, David le Chêne. Thomas sourit en pensant qu'aucune des filles ne s'appelait Bethsabée.

Il s'approcha. Les hommes portaient des écuelles de soupe onctueuse à leurs lèvres, puis buvaient du vin à même l'outre, sauf François qui usait depuis belle lurette d'un gobelet de bois creusé par son grand-père dans une racine très dure. Il faut bien dire que François n'était pas n'importe qui : il commandait et remplissait exactement ses fonctions de contremaître. Il choisissait les arbres pour la coupe, déterminait ceux qu'on devait épargner et réglait justement les litiges entre ses hommes en calmant les querelles par d'excellents avis. Il chassait même les filles se conduisant trop mal et veillait au salaire qu'on devait leur donner. François était un serf qui appartenait à la maison de Thomas. Cependant, depuis déjà longtemps, on le louait à l'oncle Fernand pour tenir la forêt. Il s'acquittait excellemment de cette tâche, ne ménageant ni son temps, ni sa peine.

Il vit Thomas qui approchait. Il lui fit signe de s'asseoir à côté de lui. Thomas ne se fit pas prier. On le salua, lui souhaita la bienvenue. Tout le monde connaissait Thomas depuis sa tendre enfance. Tout le monde l'aimait. Après avoir répondu aux salutations, Thomas prit une écuelle vide qu'il tendit à David le Roux, un gros bonhomme de bûcheron qui lui servit deux louchées fumantes. Thomas but la soupe d'un trait. Puis, prenant le gobelet que François venait de remplir, il fit « cul sec » de belle façon. Certains applaudirent. Une fille décocha un regard étoilé à l'adresse du chevalier qui, trop occupé à rire, ne le remarqua point.

François, sans rien dire, déploya sa haute taille. Il marcha un peu à l'écart. Thomas le suivit. Il se rendit compte, ce faisant, que l'échine de l'homme des bois se courbait. Il se souvint des jours passés, lorsqu'il venait dans les parages écouter avec son frère les histoires fabuleuses des bûcherons. Les gens des villes se méfiaient de ces gaillards sylvestres : on leur prêtait des manigances, des mystères, des sorts. On se gardait bien de leur faire du tort : sont-ils vraiment humains, ceux qui vivent sauvages, à l'écart des autres hommes, près des bêtes et des arbres ? Est-il donc notre frère celui qui vêt son corps de peaux encore suintantes à l'odeur un peu forte ?

Thomas, évidemment connaissait ces hommes-là. Campagnard, comme eux, il avait maintes fois joué avec leurs enfants, se mesurant à eux à la course ou la lutte, voire à la nage, à l'insu des parents qui craignaient pis que tout les noyades éventuelles.

Lorsqu'il jugea la distance par rapport au groupe tout à fait suffisante, François s'arrêta net, se retourna et dit :

— Alors, ça y est, messire Thomas se met en route...

— Comment le sais-tu ?

— Frère Antoine... je lui ai apporté des simples, l'autre jour... Il m'a parlé... Il pleurait presque !

— Je suis triste de partir... mais que puis-je faire ? Tu sais, je suis une vraie tortue : j'ai tout mon bien sur moi : mes armes, mes hardes et l'or que Julien a condescendu à m'octroyer comme part d'hoirie... et je vais lentement.

— Je ne suis pas gai non plus... Où vas-tu ?

— A Paris...

— Ce n'est pas le chemin...

— C'est que je veux passer chez mon oncle Fernand... Il est revenu, tu sais ?

François ne répondit pas. Un voile de tristesse passa sur son regard.

— Par droit ton frère commande, mais dans mon cœur, Thomas, je n'ai d'autre suzerain que toi : tu es mon seigneur, puisque ton père n'est plus... si jamais tu reviens, si tu as besoin de moi...

— Sais-tu comment va mon oncle ?

François semblait de plus en plus gêné. Il hésita, puis, prenant son courage à deux mains, déclara d'un trait :

— Ce bois ne lui appartient plus...

— Comment ?

Des clameurs se firent entendre, venant du groupe. François regarda. Trois hommes arrivaient. Ils débarquaient d'une barge qui venait de remonter la rivière.

— Le Collège des pêcheurs d'anguilles ! cria François... Il faut que j'y aille !

Il courut vers les arrivants. Visiblement, il se sentait soulagé de n'avoir rien dit de plus à Thomas.

Les pêcheurs saluèrent. On leur offrit à boire. Ils s'assirent sur des rondins face à François. On allait négocier : lorsqu'on flotte le bois, personne ne peut pêcher. Il faut donc dédommager ceux qui vivent du poisson, lorsqu'on veut que le bois descende la rivière. De vieux accords laissaient une demi-journée franche par quinzaine. Mais si le flottage durait plus longtemps, il convenait de fixer la somme due par les bûcherons aux autres usagers du cours d'eau.

— Vous avez beaucoup de bois, dit le patron pêcheur en désignant les grumes qui flottaient, prêtes au départ, ça va être long !

C'était un homme maigre mais fort bien habillé. On ne sait de quel droit il portait la vêture d'un bourgeois ordinaire, le tout en drap à peu près bon.

— Combien de temps nous donnez-vous ?

— Jusqu'à la mi-journée, selon les vieux accords...

— Ça ne suffira pas !

— Il y a beaucoup d'anguilles... On ne peut pas se permettre de perdre une belle pêche ! Vous avez trop de bois ! Les arbres sont-ils des Maures que vous les abattez en si grand nombre ? Mais, puisque vous en avez tant, donnez-nous des bûches, des fagots, des ligots, et ça fera l'affaire...

Il fallut discuter la quantité de bois et de

33

monnaie qu'on donnerait aux pêcheurs. Ce fut long : François allait débattre avec ses hommes, puis revenait proposer un montant aux pêcheurs qui palabraient ensuite entre eux, le tout se déroulant comme une sorte de jeu, avec force exclamations et mimiques rusées. Ils refusèrent les premières offres. François augmenta la suivante. Ce ne fut pas encore assez. Les pêcheurs firent leur prix. François alla l'annoncer aux bûcherons qui se récrièrent. Tout se passa lentement, comme suivant à la lettre les préceptes d'un vieux rituel de la parlote et de l'hésitation. Enfin, les poissonniers acceptèrent de rabattre un peu leur montant. On se toucha la main, on but. Les représentants des pêcheurs s'en allèrent. Au moment où ils quittaient la rive, François leur cria qu'il offrirait en plus des fagots pour les vieux. C'était l'usage.

François commença par donner des ordres pour préparer le flottage. Puis il chercha Thomas. Mais celui-ci n'était plus là. Les filles préparaient leurs baluchons, chargeaient leur charrette. L'une d'elles vint vers François.

— Il est parti... il n'a pas voulu dire Adieu... il m'a demandé de vous dire qu'il ne disait pas Adieu...

Puis la gaupe courut vers la charrette qui démarra. Brinquebalant sur le mauvais chemin, elle s'éloigna tandis que montait une chanson joyeuse, lancée dans l'air léger par les six luronnes qui remontaient au nord pour rencontrer les bergers, lorsqu'ils reviendraient des collines.

François haussa les épaules et rejoignit les autres.

Thomas se sentait mal à l'aise. Quelque chose, dans les paysages bien connus de cet Artois qu'il aimait semblait changé. Lui qui avait toujours vécu là, à la limite du pays picard, ne reconnaissait plus tout à fait son monde familier. Il est vrai qu'il est plus facile de croire que les choses changent autour de nous, que de penser qu'on commence à vieillir : aux ronces des haies, on trouve plus fades les mûres et les pommes les plus rouges n'ont plus la même saveur.

De plus, il ressentait fortement cette impression étrange qu'on perçoit aux limites, aux marches, frontières, banlieues, au seuil d'une porte ou entre chien et loup : le sentiment de n'être nulle part, toujours dans un pays ou déjà dans un autre, pas encore dans la nuit, mais non plus dans le jour... On se demande alors à peu près qui on est pour se trouver nulle part, pour ne pas savoir dire, ni nommer ou préciser. Elle est ténue la marge, et c'est très heureux que ça ne dure pas : on s'y perdrait sans doute.

Il passa la rivière un peu plus en aval, se mouillant jusqu'au col et traînant sa jument qui n'appréciait guère de se tremper le poil. Il fallut ensuite l'essuyer soigneusement, près d'un feu de branchages, en la frottant d'herbes sèches, puis avec sa couverture. Après quoi, ce fut la couverture que Thomas fit sécher en l'installant sur des piquets bien haut par-dessus le brasier. Ce fut long, comme toujours. Puis il fallut bien repartir.

Après la rivière, un chemin rejoignait une voie plus ample, qui elle-même affluait vers une route. Thomas s'y engagea. Maintenant, il rencontrerait des gens.

D'abord, il vit des glaneurs, femmes et hommes rapportant des sacs de grains. Thomas les dépassa presque sans les voir. Il rêvassait, bercé par le pas de La Bréhaigne, toujours nonchalante. Plus loin, ce furent deux moines cheminant, appuyés sur leurs bâtons, se récitant l'un l'autre on ne sait quel dialogue d'on ne sait quel auteur, mais en fort bon latin « parfumé de grammaire », selon l'expression du grand Smaragde... Ensuite, apparut un bonhomme menant trois grosses coches à coups de bâton tandis que son épouse faisait marcher les oies comme une armée en route. Une vieille femme allant d'un pas solide et portant sur son dos du bois pas vraiment sec les devançait. Le chevalier salua de la main tous les gens qui passaient.

— Ils savent tous où ils vont, murmura Thomas : gueux ou aisés, chacun suit un chemin. Moi...

Devant Thomas, bouchant la voie, arrivait un gros camion chargé de pierres et tiré par un grand bœuf qui n'en pouvait mais. Thomas se gara au bord de la route pour laisser passer l'attelage lourd, long et bas dont les ridelles écartelées menaçaient de se rompre sous la pression du chargement. Thomas demanda à l'homme qui menait le grand bœuf où allaient ces pierrailles. Il se doutait de la réponse : on construisait, là-haut, du côté de Saint-

Omer-le-Grand. Le village d'autrefois deviendrait une ville.

La journée s'acheva, puis le soir la suivit : le cours habituel des choses exaspère quelquefois. La monotonie peut engendrer la rage et Thomas serrait les dents. Il s'ennuyait. Cette fois, point d'abri : il faudrait dormir n'importe où sous le ciel ou chevaucher de nuit, pour peu qu'elle soit claire. Elle le fut. Thomas continua d'avancer. Cependant, La Bréhaigne se lassait. Thomas la déchargea. La menant par la bride, il alla dans un champ et s'allongea derrière la haie. Il dormit assez bien, compte tenu de l'hôtel et s'éveilla avant le jour. Il se remit en route : dans quelques heures, pas plus, il parviendrait au château du cher oncle Fernand.

Thomas ne croisa plus personne sur le grand chemin. Quand il bifurqua pour aller chez son oncle, il remarqua deux ou trois champs à l'abandon, vraiment à l'abandon, et non point en jachère. Ça le surprit. Il refusa pourtant de se poser trop de questions devant les haies mal taillées ou les arbres chargés de fruits pourris. Il pressentait un malheur. Lorsqu'il passa devant la petite ferme de Jean, il ne fut pas surpris de la découvrir inhabitée, ruinée. Le chaume du toit, trop sec, se clairsemait, comme le crâne d'un vieux. Des brèches s'ouvraient dans la terre des murs à colombages. Aucune poule ne picorait dans la basse-cour.

— Qui êtes-vous ? Où allez-vous ainsi ?

L'homme qui barrait le chemin parlait avec arrogance. Mais il paraissait seul. Thomas le regarda. Il s'agissait d'une sorte de sergent, d'un homme de main quelconque montant un cheval bien trop noble pour lui : un vrai destrier, fait pour de belles joutes. Thomas eut presque honte de sa jument, monture large et pataude apte aux très longs voyages, mais dépourvue d'élégance, faisant partie de cette sorte de chevaux qu'on appelle sommiers ou « bêtes de somme », leur force permettant de porter des charges pesantes.

— Qui me demande, qui ose me demander, à moi, ce que je fais sur les terres de mon oncle Fernand ?

— Ces terres ne sont plus siennes et je les garde, moi !

— Tout seul ?

— Si je sonne ma trompe, mes hommes arriveront !

— Quel est votre nom ? Moi, je suis Thomas...

— Mon nom m'appartient, pourquoi le donnerais-je ?

— Ne puis-je pas passer pour me rendre au château ?

— Si moi je le veux, autrement...

L'homme menaçait. Il tenait déjà sa trompe et pouvait sonner. Thomas laissa un peu de temps passer puis demanda :

— Et le voulez-vous ?

— Ça dépend...

Thomas, tout doucement, talonnait La Bréhaigne qui, l'air de rien, s'approchait de l'autre cavalier.

— Ça dépend de quoi ?

— De trois pièces bien lourdes.

38

— Sonnez donc de votre trompe !

L'homme, surpris, regarda Thomas. Il se rendit compte de sa proximité. Il vit à peine le bras du chevalier bouger. Il ne comprit pas pourquoi Thomas poussa un cri de douleur en posant rapidement sa hache d'armes sur la gorge de son interlocuteur. Il ne pouvait savoir que Thomas souffrait de l'épaule, ce qu'il oubliait parfois. Il ne s'en souvenait qu'en effectuant certains mouvements rapides.

— Votre nom, alors ?

— Bertrand...

— C'est un beau nom... Allez-vous sonner ? Un simple geste et je vous fends le crâne en travers...

— Vous n'iriez pas loin...

— Je ne veux tuer personne, mais il faut me parler doucement... à qui sont donc ces terres, puisque vous m'assurez que Fernand ne les tient plus ?

— A mon maître...

— Pourquoi les laisse-t-il en friche ?

— Ce n'est pas lui... le seigneur Fernand n'avait plus de quoi payer des ouvriers pour récolter, semer, moissonner, travailler... il a vendu ces terres le mois dernier, voilà... il a vendu des serfs, en a affranchi d'autres...

— Quel est le prix du passage sur les terres de votre maître ?

— Je l'ai dit...

— On peut voir, non ? Deux pièces, et plus petites ?

— Vous avez une hache, je ne discute pas...

mais croyez-vous pouvoir échapper à mes hommes ?

— Bien sûr... Où s'arrêtent les terres que vous gardez ?

— Après le gros chêne...

— On y va...

Thomas confisqua la trompe du mercenaire. Il chevaucha derrière lui jusqu'au gros chêne, le dépassa.

— Bon, il convient que je vous paye mon passage sur les terres que vous gardez... cependant... cependant, vous êtes sur les terres de mon oncle et je me charge de percevoir pour lui ses droits de passage... combien vais-je vous faire payer ?

— Je passe quand bon me semble sur cette terre : votre oncle n'a pas de soldats...

— Mon frère en a, quelques cousins aussi... Voudriez-vous vraiment qu'on les fasse venir ?

— Pour l'instant, vous êtes seul...

— Peu importe... on efface tout : restez sur ces terres, en deçà du chêne et laissez-moi cheminer au-delà, restons-en quittes...

— Ma trompe !

— Je vous la ferai porter... à moins que vous n'alliez la chercher chez mon oncle... Je n'aimerais pas que vous sonniez pour qu'on me donne la chasse, c'est pourquoi je la garde... Adieu, Bertrand...

Thomas continua son chemin. Il s'attendait à la réaction de Bertrand qui se précipita derrière lui, l'épée haute. Thomas leva son écu, très vivement décroché, pour parer le coup. Il reçut le choc, mais le rendit vite, désarçonna Bertrand en poussant son bouclier vert, non sans l'avoir penché de telle sorte que la pointe de l'écu s'enfonce avec violence dans le ventre de son adversaire. Bertrand mordit la poussière, éructa, vomit.

— Bravo, monseigneur, dit une voix derrière Thomas.

Thomas se retourna. Un homme, richement vêtu se tenait près du grand chêne, du côté n'appartenant pas à Fernand. Près de l'homme, trois ou quatre escogriffes de la trempe de Bertrand regardaient Thomas.

— Je regrette que Bertrand ait cru bon de vous arrêter, reprit l'homme. Je suis le nouveau maître de ces terres. Mon nom est Gallois.

— Je suis Thomas, chevalier...

— Je sais : on m'a parlé de vous... Bertrand aurait dû savoir que la convention de vente faite avec votre oncle autorise à passer sans payer tous ceux de sa famille. De même, mes hommes et moi pouvons aller chez lui... Allons, Bertrand, on rentre... S'il vous plaît, seigneur, rendez-lui sa trompe...

Thomas tendit la trompe à Bertrand. Ce dernier remonta son cheval, rejoignit les autres. Après un salut exagérément obséquieux, le nommé Gallois tourna bride et s'en fut, suivi de ses hommes.

— Quels chevaux ! murmura Thomas... voilà un homme extrêmement riche !

Il continua son chemin. Il lui sembla que La

Bréhaigne n'avançait pas aussi bien que d'habitude.

— Qu'as-tu donc, bougresse ?... oh ! je sais : Madame la Jument est vexée parce que j'ai admiré les chevaux de ce... Gallois... Madame la Jument se prend pour qui ? Idiote ! Aurais-je parcouru autant de chemin avec ces bêtes aux jarrets fins, chargé comme je le suis ?

Thomas s'interrompit, comme s'il voulait laisser la jument répondre. Elle renâcla, puis ralentit le pas. Thomas reprit :

— Ne sois pas jalouse, La Bréhaigne... depuis le temps qu'on se connaît, tu devrais savoir que je t'aime... Tu joues les mijaurées ! Ça ne te va pas ! Tu es certes une grosse jument pataude, pas même capable de pouliner, mais tu es robuste malgré ton caractère de chien... et puis, tu es ma Bréhaigne à moi ! Alors, de quoi te plains-tu ? On n'est pas copains, tous les deux ? On ne partage pas tout ? Arrête-toi de bouder, espèce de bourrin, tu n'es pas une duchesse !

Thomas chevaucha ainsi, tantôt injuriant sa monture, tantôt lui disant des mots doux. De ce fait, le chemin lui parut moins long.

Lorsque la jument daigna hennir, comme pour signifier qu'elle arrêtait sa fâcherie, le château de Fernand se trouvait tout proche.

Fernand s'était croisé du jour au lendemain, sur un coup de tête. Riche seigneur jadis, il avait doté plusieurs couvents de moines et de moniales. Tandis qu'il guerroyait derrière l'horizon, sa fille, Yvette, put donc se réfugier chez d'aimables religieuses dont certaines devinrent bienheureuses, voire saintes.

Marguerite, son épouse, resta au château, menant un train menu, restreignant les dépenses : le départ de Fernand, l'équipage, les armes, les soldats, les chevaux coûtèrent plus que chaud. On fit des dettes, qu'on comptait honorer, malgré l'intérêt fort. Marguerite ? On ne la voyait pas : effacée, transparente, elle glissait dans les salles du château, pas plus dense qu'un souffle et, lorsqu'elle parlait, on croyait que sa voix arrivait de fort loin.

Mais le temps passa. Fernand fut prisonnier, il y eut une rançon. Les échéances furent dépassées. Il fallut emprunter, vendre pour rembourser. Une fois les terres cédées, les fermes changèrent de mains, comme les closeries, les forêts, les herbages. Un homme devenait riche qui achetait le tout, peu à peu, patiemment, sans se presser. C'était Gallois, le bourgeois enrichi, fort respecté et craint. Marguerite, trop seule, se désespérait au sein des murailles du château. Les lierres grimpaient jusqu'aux créneaux. Les cuisines restaient vides, comme la boulangerie. L'étable et l'écurie ne bruissaient plus de meuglements ou de hennissements. Marguerite en vint à se cuire elle-même des soupes de pois sans lard, se désespérant, ne croyant plus revoir, jamais au grand jamais son époux et seigneur, le renommé Fernand. Elle acquit cette autorité sèche des pauvres qui ne baissent jamais la tête. La faim la rendit présente, vraie, tangible.

Un beau jour, cependant, un grand sauvage hirsute, pas rasé de huit jours, tout cuit par le soleil franchit d'un pas encore ferme le pont-levis qu'on ne relevait plus. Les yeux pâles, transparents semblaient encore contempler l'effroi des grandes batailles et l'horreur des tortures. Il parlait comme personne sa vieille langue picarde en la mêlant de turc, d'arabe et d'on ne sait quels langages exotiques. Le métal de son heaume, rouillé entièrement, ne brillait plus sous le soleil. Son épée ébréchée semblait conserver sur sa lame faussée le rouge du sang. Etait-il mort ou vif ? Etait-il spectre ou homme ?

Marguerite d'abord ne le reconnut pas. Se croyant menacée, elle saisit une épée qu'elle tira de l'armoire où demeuraient encore quelques armes trop vieilles pour rester dignes d'être employées et que Fernand laissa le jour de son départ. Déjà, l'année d'avant, un genre d'arrogant vint jusqu'à sa chambre l'importuner. Elle lui fendit le crâne et retourna dormir. Elle comptait bien agir de même. Cependant, l'allure insolite de l'arrivant conservait un air familier. Il alla s'asseoir sur une chaire branlante et déclara très haut :

— Me voici de retour !

Alors, elle le reconnut. Sous les cheveux blanchis, derrière le réseau dense des rides et des cicatrices, elle devina le visage de son homme. Elle l'embrassa. Il l'étreignit si fort qu'elle se crut fracassée. Les membres rêches et durs de Fernand, tendus comme des câbles, ne connaissaient plus guère la douceur des caresses, ni l'enlacement tendre d'un homme et d'une femme. Même s'il se voulait doux, il n'était que brutal. Il dit qu'il avait faim. Elle servit un vieux fond de soupe sans lard, point trop claire cependant car faite avec des pois. Il la trouva délicieuse et s'endormit bientôt. Il rêva des Mongols qu'on attendait là-bas, scrutant l'horizon en craignant l'avalanche de guerriers conquérants que certains annoncèrent, crurent voir venir au secours des Sarrasins. Il en rêva tout haut, serrant les dents, le poing, brandissant une épée imaginaire et chevauchant en songe un cheval défunt depuis au moins trois ans. L'amour de Marguerite, peu à peu adoucit les gestes de cette brute qui redevint lui-même, à ceci près qu'il était pauvre. L'air du pays natal fit le reste et bientôt, le sauvage ressembla au cher seigneur Fernand, tel qu'on le connaissait... Il raconta la guerre, la raconta encore. Quand elle lui demandait ce qu'était devenu un tel, il relatait sa mort : l'un de ses compagnons fut ébouillanté vif, un deuxième écorché, un troisième battu, un autre criblé de flèches. Il raconta des supplices inouïs, des tortures insidieuses et des morts héroïques. Il narra même comment lui, seigneur et chevalier, dut ramer tout le jour durant plus de six mois sur une galère infâme...

À force de parler, il se calma un peu. Il regarda les lierres envahissant ses murs, les liserons qui croissaient dans la cour et les trouva jolis. Un jour même il chanta une chanson nouvelle qu'il tenait d'un trouvère qu'il rencontra là-bas. Huit jours plus tard, le trouvère se présenta devant la poterne en ruine. Fernand, qui le croyait mort, embrassa fiévreusement ce compagnon d'aventure qui égaya le soir de mille facéties, tours, sottises et chansons apprises un peu partout. Fernand se mit à rire, Marguerite aussi. Yvette revint bientôt de son couvent. Elle fila la laine des trois moutons qui restaient, Marguerite tissa. La vie fut pauvre, mais douce. Elle s'écoula, sereine. Marguerite peu à peu reprit sa transparence et continua d'être ce qu'elle avait toujours été, en dehors d'une interruption qui, pour elle, ne comptait pas vraiment.

Fernand n'osa point prévenir ses parents, ses amis, ses féaux qu'il était de retour. Certains l'apprirent, mais n'allèrent pas le voir. Julien fut de ceux-ci. Il se garda bien de révéler l'événement à Thomas : jaloux des liens unissant Fernand et Thomas, il n'allait tout de même pas les favoriser !

Christian, le trouvère, résida au château. Il comptait y finir ses jours auprès de son ami. Auparavant, il désirait retourner en Champagne, son pays natal, le revoir avant de s'assoupir dans la vie d'un vieil homme. Son âge s'avançait.

Fernand durant l'été chercha très longuement un moyen de survivre, d'avoir un peu d'argent, ne serait-ce que pour amoindrir ses dettes. Il le trouva en juillet, en regardant son vieux visage qui se reflétait dans l'eau des douves du château. Le lendemain, un sbire du marchand Gallois vint demander qu'on paye ce qu'on devait pour le mois en cours. On lui donna une brebis, une table, un coq et beaucoup trop de monnaie. Que faire, la prochaine fois ?

Le pire, cependant, restait de boire la honte, supporter le fait d'être le tout premier à aliéner le fief. Fernand pensait à ses ancêtres qui eurent soin de maintenir l'étendue du domaine. D'ailleurs, jusqu'à une époque récente, les biens d'une famille demeuraient insaisissables, inaliénables, n'appartenant pas au seigneur, mais à toute la lignée. Les temps changeaient trop vite : maintenant, les nobles se séparaient de cette terre dont ils faisaient partie autrefois, comme si les hommes, à l'instar des arbres, plongeaient leurs racines dans la glèbe, comme s'ils naissaient de l'humus... L'incroyable, l'inouï, l'impossible faisaient maintenant partie des choses habituelles et l'on pouvait ainsi perdre un peu de soi-même en réduisant un fief...

3.

Thomas parvint près du château. Bien situé sur une motte élevée, ce château se voyait de loin. Les créneaux se découpaient sur le ciel, contrastant avec lui par leur noirceur. Un peu de suie restait accrochée aux pierres qu'elle teignait, souvenir d'un vieux siège et d'un incendie ancien fomenté en pleine nuit par on ne sait plus quel ennemi...

Thomas s'approcha, un peu inquiet. De loin, rien ne semblait changé : le donjon dominait, semblait encore veiller sur les environs. Thomas examina les courtines et les tours, les barbacanes, avant-corps et tourelles. Le lierre croissait, grimpait à l'assaut des murailles bosselées, s'élançait parfois jusqu'aux créneaux, s'engouffrait dans les mâchicoulis. Pourtant, l'impression de force, de solidité produite par l'édifice demeurait.

Le pont-levis, baissé, fut promptement franchi. Contre qui se défendre sans hommes et sans armes ? Thomas pénétra dans la *baile*, la basse-cour. Il reconnut les communs, l'étable, les deux puits, l'écurie... mais tout restait désert. Un verger, cependant, portait de beaux fruits mûrs : prunes vert tendre et pommes encore jeunes. La bergerie contenait deux moutons alanguis : la chaleur s'élevait, la pluie ayant cessé. Dans un grand appentis traînaient de vieilles machines : galeries de bois mobiles et montées sur roues qui servaient lors des sièges à jeter des pierrailles et qu'on nommait *hourds*. Le bois de ces engins grisonnait de vieillesse. Plus loin un *chat-chasteil*, galerie de même sorte, recouverte d'un toit, abritant un bélier, surmontée d'un castelet suffisant pour dix hommes. Cet instrument de siège fut sans doute récupéré lorsque, abandonnant la lutte, des assiégeants s'en furent. Ce bois bien ouvragé dormait à l'abandon, semblait cassant, fragile, desséché par le temps.

— Tout est endormi, La Bréhaigne... Il n'y a personne...

Thomas mit pied à terre. Il avisa la chapelle. Il s'approcha. Jadis, elle était belle, multicolore... un diable grimaçant, rose, rouge et bleu profond, dansait sur le côté. Thomas alla le voir. Mais la statue ternie perdait toutes ses couleurs : comme une peau déchirée, des lambeaux de peinture pendaient lamentablement sur les flancs pâles du démon. Plus loin un couple nu forniquait à loisir, obscène et éhonté, mais avec une grâce qui témoignait de l'excellence du sculpteur. Thomas sourit.

Il se demandait toujours la raison pour laquelle ce genre de statues ornait bien des églises.

Au seuil du sanctuaire, Thomas hésita. Quelque chose lui faisait peur, mais quoi ? Allons, on ne risque rien dans la demeure du Christ !

Contrastant fortement avec la chaleur du dehors, la froidure intérieure glaça vite Thomas. Cependant, un vent chaud, s'engouffrant par la porte poussa le chevalier jusqu'au milieu du chœur. Et là, sur un pilier, sortant de la pierre, comme s'en arrachant, un âne le regardait. La peinture enfuie n'empêchait pas qu'il fût gris : la pierre salie par la poussière lui donnait cette nuance. L'âne tenait une lyre dont il semblait jouer. Une de ses longues oreilles s'interrompait brusquement : une brisure blanche en soulignait la blessure.

— Hé, bonjour ! messire Ane ! Vous voici mal en point ! Où est donc votre oreille ? Vous ne devez entendre que la moitié de votre musique !

Thomas découvrit au pied du pilier le bout d'oreille cassé. Il le ramassa.

Puis il se trouva là, confus, un morceau de pierre dans une main, levant la tête pour regarder un âne mutilé qui musiquait, immobile, ridicule.

— Messire Ane, j'ai retrouvé votre bien ! Voulez-vous venir le chercher ? Tenez, je l'ai dans la main, vous n'avez qu'à le saisir... Mais il faudra descendre de votre perchoir ! D'ailleurs, vous n'êtes pas un oiseau !

Thomas eut une idée fantasque. Il souleva un banc, l'installa sous la statue, se jucha. Il manquait encore de hauteur. Alors, il grimpa le long du pilier, tenant entre ses dents le bout d'oreille brisée dont le calcaire poreux asséchait sa salive. Embrassant le grand âne, il replaça le fragment. La brisure faisait comme un genre de créneau, de mortaise : elle accueillit son reste et l'oreille se tint, sans joint, ni colle ni rien.

Thomas sauta pour atterrir au pied du pilier. Il regarda la bête qui paraissait sourire. L'oreille replacée ajoutait au réalisme de la sculpture, on aurait dit qu'elle allait bouger. Comme il arrive souvent quand on regarde longuement une statue, Thomas crut que l'âne bougeait, que son regard brillait, que ses sabots antérieurs tenaient la lyre dont il s'apprêtait à jouer. Et d'ailleurs, il joua, et chanta d'une voix tout à fait agréable :

> *Ja nus hom pris ne dira sa reson*
> *Adroitement s'ensi com dolans non*
> *Mes par confort puet il fere chaçon*
> *Moult ai d'amis mès povre sont li don*
> *Honte en auront se por ma rançon*
> *Suys ces deux yvers pris* [1].

Thomas, ébahi, regarda l'âne. Il convint cependant que la statue ne jouait pas, ne chantait pas.

Il se retourna. Derrière lui un gros homme grattait encore de l'archet la panse d'un rebec. Il souriait, ravi de sa blague. Il portait un chapeau

---

1. Traduction : « Jamais un prisonnier ne dira ce qu'il ressent convenablement s'il ne parle comme un affligé. Mais pour se consoler, il peut composer une chanson. J'ai beaucoup d'amis, mais pauvres sont leurs dons. Quelle honte pour eux si, faute de rançon, je demeure prisonnier durant deux hivers. » Cette chanson a été composée par le roi d'Angleterre Richard Cœur de Lion (1157-1199) durant la captivité que lui imposa Léopold d'Autriche.

brun, orné d'une plume et ne semblait pas se soucier beaucoup de se raser.

— Qu'en pensez-vous, seigneur ? C'est une chanson fort triste mais faite par un roi... N'est-elle pas gracieuse ? Je me nomme Christian et je viens de Troyes, bienvenue au château du sire Fernand...

— Je suis Thomas, je viens d'Omerville, là-haut... vous m'avez surpris !

— Me pardonnerez-vous cette farce ? C'était trop tentant... en vous voyant regarder l'âne, je n'ai pas résisté à lui prêter ma voix.

— L'effet fut saisissant... il eût été plus grand si vous vous étiez mêlé de braire au lieu de chanter bien ! j'ai cru que vous étiez sorcier, ou *faé*[1], ou démon !

— Je ne suis que trouvère ! C'est un peu pareil : je fais frémir les gens en racontant mille aventures, je leur donne joie et peur et parfois ils s'imaginent qu'ils voient les chevaliers, les dames et les traîtres dont je narre la vie ! Une fois j'ai fait fuir un brigand comme ça !

— Où donc se trouve mon oncle ?

— Votre oncle ?

— Oui, mon oncle Fernand !

— Vous êtes son neveu ! Dans mes bras, mon ami ! Sachez qu'avec votre oncle nous fîmes mille et un tours au-delà de la mer ! entre nous, c'est à la vie, à la mort, et son neveu m'est cher, puisque Fernand est mon ami !

---

1. Faé (du latin *fata,* nom de la déesse du Destin qui a donné le mot *fée*) : ensorcelé, enchanté.

Thomas recula bien devant l'enthousiasme de Christian ; mais ne put échapper à sa rude embrassade. La barbe drue du trouvère lui écorcha les joues. Ce ne fut pas le pire : l'homme sentait le vin.

Tous deux sortirent de la chapelle. Ils se signèrent au seuil et s'avancèrent dans le jour chaud. Christian montra le chemin. Ils se dirigèrent vers l'ancienne boulangerie.

— Tout de même ! Un âne musicien, lança Thomas, voilà qui est bien ridicule !

— Ridicule ? Non, certes non ! D'abord, j'ai connu bien des musiciens plus bêtes que des ânes, mais ce n'est point la question... de toute chose il faut chercher la *signifiance,* le *sen...* le vrai sens, *etumos logos !*

— Le sens de l'âne ?

— Messire Thomas, tout en ce monde doit se déchiffrer ! les arbres, les pierres, les fleurs racontent tous une histoire et ce que fabrique l'homme en raconte une aussi ! S'il n'y avait pas ces ânes, ces diables, ces bêtes folles sur les murs des églises, je serais bien en peine !

— Bien en peine ?

— Oui : ma mémoire s'y sert et m'aide à trouver mes chansons ! j'y cueille des morales et y retrouve de quoi dire !

— L'âne vous les souffle ?

— Presque... savez-vous ce que dit cet âne ?

— Ce qu'il dit ?

— Oui : il parle clair comme le jour... Il dit que ce qu'on voit n'est que la moitié du monde, qu'autre chose peut s'entendre si l'on prête l'oreille... tenez : l'âne, c'est d'abord, ancienneté oblige, l'animal de Priape, un faux dieu des Romains qui porte fière andouille au-dessous du nombril... Il cherche une femelle pour s'y joindre et frotter : *Asinus asinum...* ou plutôt : *Asinus asinam fricat,* si j'ose paraphraser... comme le vice est fils de toutes les paresses, l'âne en est le symbole et renâcle au labeur... ainsi donc l'écolier qui n'apprend vraiment rien est-il réputé âne !

— La belle affaire ! le plus âne des ânes n'ignore pas cela !

— C'est aussi l'animal de Bacchus : il porta son berceau. Bacchus rendit Antiope folle pour venger Dircé. Dircé, la tante d'Antiope qui, jalouse de la beauté de sa nièce l'emprisonna... mais Bacchus l'aimait bien car elle était exacte dans ses offrandes à ce dieu. Grâce à l'âne, je peux choisir une histoire à raconter parmi toutes celles que je connais...

— Grâce à l'âne ? Ça n'a pas grand-chose à voir !

— Mais si : Antiope s'échappa et attacha Dircé aux cornes d'un taureau... Avec de telles cornes, Apollon fit une lyre. Il y ajouta une carapace de tortue pour faire résonance et des boyaux de bœuf. Ainsi l'âne joue-t-il d'un instrument fait en grande partie de son vieux compagnon, le bœuf qui vit naître notre Seigneur... histoire trop connue pour que je la narre... Cherchons mieux... D'aucuns disent que c'est Amphion qui inventa la lyre : je puis aussi dire son histoire... Or, qui était Amphion ? Le fils d'Antiope et de Jupiter ! Avec son frère Zethus, il construisit les remparts de

Thèbes à l'aide de sa lyre : les pierres obéissaient à sa musique et se plaçaient d'elles-mêmes les unes sur les autres... Mais, cela fait penser à Josué, qui, tout au contraire fit tomber les murs de Jéricho avec ses trompettes ! Une nouvelle histoire que je peux raconter... C'est ainsi que je fais le trouvère... Puisque nous en sommes aux Juifs, n'as-tu jamais vu la synagogue en statue montée sur un âne ? C'est que l'âne est aussi la monture du Christ... D'ailleurs, âne, c'est comme anel, la bague... Je peux raconter l'histoire de la bague qu'on ne put jamais ôter du doigt d'une statue... Anel, c'est comme agnel : l'agneau de Dieu, et revoilà Jésus... d'ailleurs, Josué et Jésus, c'est le même nom pour les Hébreux, un prêtre me l'a dit... Samson combattait avec une mâchoire d'âne et David jouait d'une sorte de lyre... Si je prends le mot âne... comment m'en souvenir ? Simple, je le renverse et je fais un mot avec chacune de ses lettres, c'est ainsi que le mot naquit selon saint Isidore...

— Et cela fait ?

— *Et Non Sapientiam Amor*... retourne les initiales et tu as le mot âne qui n'aime ni science ni sagesse... C'est le pire des animaux, le pire... âne, pire, pire âne... à une lettre près j'ai le nom de Pyrame, dont, je le dis au passage, la seconde et la troisième lettre se trouvent aussi dans lyre... et voilà, je raconte l'histoire de Pyrame et Thysbé. Thysbé attendant Pyrame à l'ombre d'un mûrier vit passer une lionne à la bouche ensanglantée. Elle crut son amant mort et se tua. Pyrame, la voyant

56

défunte se tua lui aussi. Le mûrier s'abreuva du sang des deux amants, depuis, ses fruits sont rouges comme le sang... Nous voici loin de l'âne avec cette lionne. Pourtant je sais une fable : celle du lion et de l'âne pour nous y retrouver. La mort sépare les amants, les éloigne l'un de l'autre, tout juste comme la constellation de l'âne se trouve à l'autre bout du ciel par rapport à celle de la lyre... A propos d'étoiles, la lyre des anciens possédait sept cordes, correspondant aux sept planètes, puis elle en eut douze, pour rappeler les signes du zodiaque... Revenons aux amants séparés : je puis raconter le conte si plaisant de Floire et Blancheflor que la vie sépara... Dans ce conte un magicien fait apparaître... fait apparaître quoi ?

— Un âne, je suppose...

— Pas du tout, un bœuf. Mais il joue de la harpe : tu es donc pardonné. A propos de pardon, te raconterai-je l'histoire de l'empereur de Rome qui pardonna à Cinna son complot odieux ? C'est ainsi que je fais mon métier, que je gagne un peu d'argent, un peu d'or, parfois... le roi Midas qui changeait tout en or préféra la flûte de Pan au son de la lyre d'Apollon, encore lui... Apollon le punit en lui donnant des oreilles d'âne... tel fut l'effet de la colère du dieu et dans le mot *lyra*, n'as-tu point souvenance du mot *Ira*, qui signifie colère ? Ce même Apollon tua les fils de Niobé, la femme d'Amphion, à coups de flèches... la corde de son arc vibra comme sur une lyre... Et dans l'esprit me passe l'image merveilleuse de Bethsabée qui somnole auprès du grand David, lequel joue de la lyre, tendrement, tendrement... Certains n'ont guère plus d'esprit qu'une ânesse et seules deux lettres changent entre *asina* et *anima* !

Thomas, un peu inquiet regardait le trouvère. Le flot de sa parole déferlait, étouffant, enivrant. La voix, habituée à chanter, à parler au-dessus des rumeurs des foules et des foires donnait toute sa puissance et semblait faire vibrer les murs. Mais Christian continua : rien ne semblait pouvoir l'arrêter.

— ... Saint Jean nous dit aussi que la Harpe vaincra la bête dans la Révélation... Coupons un âne en deux, nous l'avons à demi : mi-âne... renversons : âne mi, l'ennemi... l'ennemi, c'est le Diable : je puis te raconter un fabliau fameux, celui du paysan cherchant un parrain pour son fils : il refusa le diable pour sa méchanceté, puis saint Pierre lui-même qui trahit le seigneur, et puis Dieu, lui aussi, qui laissait faire le mal sur terre... puis il choisit la Mort, seule juste puisqu'elle traite chacun de la même façon... Et ce n'est pas fini : cet âne montre un chemin qu'on peut suivre longtemps... D'ailleurs il a mené à son confrère le bœuf dont je pourrais te dire des choses et d'autres, et d'autres, comme sur le canard, le porc, le serpent, le renard... tu vois, ce n'est pas ridicule, un âne avec une lyre... qu'en penses-tu ?

— Que tu es fou !

— Fou ? mais bien sûr... notre fête des fous est la fête de l'âne, on y joue de la musique, et l'âne entre dans l'église, au lieu de la porter comme la synagogue... Il devrait choisir, cet âne : veut-il porter Jésus et s'abreuver de la vraie Foi ou continuer de se charger de l'Eglise des Juifs ? Il ne choisit pas ? Il est comme l'âne de la fable qui meurt de faim et de soif entre un seau d'avoine et un seau d'eau, faute de pouvoir décider s'il mangerait avant boire ou non... Je peux te le raconter aussi... L'âne est aussi le nom d'une cane chez les Normands, le nom de la femelle d'un canard qu'ils appellent malard, son cri est moins harmonieux que le son de la lyre... Veux-tu savoir la fable de l'âne que saillit un beau jour le coq d'une basse-cour ? Non ? Marion croit qu'un chasseur cherche un âne sur pattes alors qu'il court après une emplumée canette sur palmes... je peux te dire aussi ce jeu que tous aiment, celui de Robin et de Marion... Laissons le coq et l'âne et parlons d'autre chose... en attendant, crois-moi les images curieuses qu'on voit sur les églises me sont d'un grand secours et me servent à trouver de nouvelles chansons comme à me souvenir des anciennes... grâce à elles je connais autant de contes qu'il y a de grains de sable dans le tas que voici et je peux tous les jours en inventer de neufs... Il n'y a pas que cet âne : le petit diable me permet, lui aussi, de dérouler l'écheveau de fables amusantes, quant au couple occupé à coïre, il en fait tout autant... Peut-être sont-ils David avec Bethsabée, après le crime odieux que commit ce grand roi ? Chaque image me guide et je contemple dans ma tête des milliers de personnes. Vois-tu cette peinture qui pendouille en lambeaux sur notre âne. On dirait un tissu. Non ! une feuille de parchemin... celui sur lequel

j'ai lu l'histoire ancienne de l'Ane d'Or... Ane et
Or ! Nous revoilà auprès de ce cher roi Midas !

— Quelle mémoire !

— Ne me flatte pas ! je veux rester humble.
Tiens, encore une histoire d'âne ! Sais-tu ce que
disait Robert de Saint-Victor ?

Thomas ne répondit pas tout de suite. Il regardait, intrigué, le tas de sable qui encombrait un
coin de la cour. Une telle quantité de sable avait dû
demander un énorme travail pour être apportée
là...

— Non... Mais à quoi sert ce tas de sable ? Que
fait-il dans la cour ?

— ... Il disait : « Il monte l'ânesse, celui qui
s'exerce aux pratiques de l'humilité vraie. » C'est
dans ses *Opuscules*... Ainsi, moi qui suis humble, je
monterai l'ânesse et jouerai du rebec en guise de
lyre... Là-bas, en Palestine, on surnommait
« l'Anesse » une fille très belle mais tout à fait sotte
qui se vendait sous une tente pour un prix généreux... une âme d'âne, comme je disais...

— A quoi sert ce sable ?

Le trouvère arrêta son discours : le public se
lassait. Savoir finir est une partie du métier. Il fit
signe à Thomas de le suivre et l'emmena vers la
boulangerie. Une fumée épaisse sortait de la cheminée. La porte ouverte laissa voir le dos nu d'un
homme dont la nuque se couvrait du lien d'un
tablier de cuir. Christian désigna la pièce, montra
tour à tour chacun des aménagements qui transfor-
maient la boulangerie en atelier. Il fit aussi signe de

se taire : l'homme qui travaillait en était à un moment délicat de son ouvrage.

La chaleur, dense, intense, épaisse sourdait des murs, planait comme une nuée non loin du sol avant de s'élever, passant sur choses et gens telle l'haleine du diable. Au fond de l'atelier, un four rougeoyait. L'homme qui travaillait, à l'aide d'une longue canne prit dans le foyer une sorte de grosse braise molle.

— Voici la *paraison*, dit tout bas Christian, ce n'est pas du feu, mais du sable...

L'homme souffla dans la canne creuse et la braise devint peu à peu un cylindre. Ce cylindre fut posé, fendu, puis étalé en plaque sur un établi.

— Du verre... murmura Thomas.

Le verrier prit encore un peu de verre en fusion. Cette fois, il ne le souffla pas en cylindre mais en fit une boule qu'il fixa bientôt à une autre canne.

— Cette deuxième canne s'appelle *pontil*, reprit le trouvère.

Thomas suivait du regard chaque geste de l'homme qu'il ne voyait même pas, fasciné qu'il était par la masse en fusion manipulée avec art. La boule devint bientôt une galette qu'on appelle *cive* et qui porte en son centre une petite pointe provenant de l'endroit par lequel elle s'accroche au pontil. Cette excroissance se nomme *boudine*.

Le verrier fit encore plusieurs plaques de verre, certaines à partir de cives, d'autres en cylindres, ou *manchons*. Après quoi, il souffla. C'est alors qu'il se retourna, après s'être abreuvé longuement à la cruche sise non loin.

— Oncle Fernand !

— Mais... Mais c'est toi, Thomas !

Fernand tendit les mains. Thomas et lui se jetèrent dans les bras l'un de l'autre. Un peu de gêne suivit leurs grands embrassements. Puis Fernand expliqua qu'étant revenu pauvre de la croisade, il fallut bien trouver le moyen de vivre. Or il est un état que tout noble peut exercer sans déroger : celui de verrier, et cela, paraît-il, depuis l'aube des temps.

— Mais comment as-tu appris, mon oncle ?

— C'est toute une histoire !

Le trouvère interrompit l'oncle :

— C'est arrivé ainsi : avec une petite troupe de seigneurs qui s'en allaient, une croix cousue sur leurs vêtements, nous arrivâmes devant une ville allemande, là...

— Des centaines d'autres croisés s'agitaient, s'agitaient... coupa Fernand. Ils poursuivaient des hommes qui portaient des chapeaux pointus, très laids, tout jaunes... D'abord cette vêture faillit nous faire mourir de rire !

— Mais, très vite ce fut moins drôle ! Les chevaliers, lorsqu'ils rattrapaient les bonshommes à chapeaux, ou leurs femmes, voire leurs enfants, les tuaient... certains les recouvraient de poix ou de goudron pour les faire brûler...

— Un gros brutal de prêtre riait à perdre haleine...

— Les croisés se préparaient ainsi à combattre l'infidèle...

— Et en tuant d'autres, mais ceux-là sans bravoure.

— Car aucun de ces juifs n'avait la moindre arme...

— Des juifs ! interrogea Thomas... qu'aviez-vous donc à faire de ces gueux ?

— Je ne sais, répondit Fernand, n'empêche qu'en chaque ville que nous traversâmes, chevaliers et barons s'enquéraient du ghetto pour aller trancher têtes...

— Et bras, jambes, mamelles et couillons ! lança lugubrement Christian. Le sang ruisselait... A un moment...

— J'aperçus trois sergents poursuivant un malheureux en chapeau pointu et robe bien gênante quand il s'agit de fuir... Ils le plaquèrent contre un mur et se mirent à le battre... Je ne veux plus m'en souvenir !

— Nous trouvions ça horrible, on aurait dit la fin du monde... Mais ce ne fut qu'un début... En Palestine, ça continua par les combats, tous plus épouvantables les uns que les autres...

— Et nous ne pouvions rien... Nos compagnons de route s'en donnaient à cœur joie, le visage grimaçant sous l'âpre rire du tueur !

— Nous avons appris à connaître ce regard d'assassin, nous l'avons vu plus souvent que les sourires...

— Mais là, c'était trop : on ne connaissait pas, on n'avait pas du tout l'habitude.

— Les chevaliers courtois rugissaient comme

des bêtes féroces au milieu des maisons incendiées, des bûchers.

— Un gros chien dévorait sous nos yeux les entrailles d'un mort... et ça faisait rire le seigneur d'Agelis, Gilbert d'Agelis, le fou... Il riait, il riait ! Riait aussi un moine maigre armé d'un gros gourdin car, ne pouvant verser le sang à cause de son vœu, il ne peut brandir une arme tranchante...

— Celui-là s'entendait à éclater les crânes et nous le montra bien...

— Nos frères, nos amis ressemblaient à des diables, et les juifs fuyaient... j'ai pensé...

— Moi aussi : j'ai pensé que ceux qui ressemblaient le plus à des infidèles, ceux qui n'avaient pas l'air de connaître la Vraie Foi...

— Ceux qui semblaient ignorer que Jésus vint sur terre pour nous sauver...

— Ceux qui paraissaient ne pas savoir que sans la charité, sans la pitié, rien ne sert à rien...

— Enfin, ceux qui se conduisaient comme les pires des impies...

— C'étaient les nôtres...

— Et nous ne pouvions rien, tous deux, seuls contre tous...

— Alors nous décidâmes de marcher plus avant...

— En sortant de la ville nous vîmes bouger l'un des cadavres entassés pour le feu.

— Parmi les morts se trouvait un vif.

— Il respirait un peu...

— Je l'ai pris sur mon cheval...

— Nous sommes partis bien vite... Dans un bois

épais, nous nous sommes arrêtés, nous l'avons soigné... Il n'était qu'étourdi par un coup de gourdin...

— Sans doute le moine...

— C'était un brave bougre de juif qui avait tout perdu, et qui était verrier car c'est un métier que les juifs peuvent faire... Nobles et juifs se rejoignent en cela !

— Il pleura sa famille et dit une prière dans sa langue. Dieu, la sale langue ! Peut-elle plaire au Seigneur ?

— Il sait beaucoup de langues...

— Il nous raconta comment il avait échappé à un premier massacre dans une autre ville...

— Puis à un autre encore...

— On l'avait accusé de brûler des enfants dans son four...

— Mais, maintenant qu'on le connaît, on ne saurait imaginer cette chose de lui...

— Et d'abord, pour quoi faire ?

Les deux hommes regardaient Thomas d'un air grave. Le trouvère reprit :

— Comme il savait chanter, je dis que c'était mon aide...

— Je lui ai donné des habits francs...

— Je lui ai appris des chansons... il m'a suivi durant toute l'année. Quand sire Fernand fut prisonnier, tristes, nous n'eûmes plus le goût de chanter, ni de combattre l'infidèle... Nous marchâmes tous deux, nous vînmes d'abord ici. Fernand n'étant point là, je repris ma route...

— Mais on refaisait une église non loin... Le juif

vint voir et se fit engager... il trouva du bon sable dans la région... Il redevint verrier, mais un peu comme les compagnons d'ici qui s'en vont sur les routes et s'arrêtent quand il y a de l'ouvrage quelque part... ils bâtissent leur fournaise...

— De même manière que les juifs construisent eux-mêmes leur brasier en enfer, puisqu'ils ne connaissent pas la Vraie Foi !

— Comme il est très habile, il revint dans la région et s'installa, car il avait réussi à amasser du bien... ils s'entendent à cet art...

— J'aurais voulu qu'il se fît chrétien, mais...

— Moi, je crois qu'un jour il comprendra... car c'est un homme de bien !

— Un joyeux compagnon ! Bien des chrétiens devraient imiter sa conduite !

— Il m'a appris son art. Je travaille avec lui : je fais le verre et lui le coupe, l'assemble, dessine les vitraux... je ne suis pas habile au dessin...

— Et moi, je suis allé au monastère de Saint-Genoud. J'ai un cousin moine. Il m'a montré un livre de la bibliothèque, un traité qu'écrivit un nommé Théophile, du temps de Charlemagne, enfin, je crois. En tout cas, c'est ancien... La rubrique de ce livre, faite à l'encre la plus rouge l'intitule : *Schedula Artium diversum* [1]... Il y avait dans ce livre des moyens très très bons de fabriquer

---

1. Théophile vivait au IXe ou au Xe siècle. L'ouvrage mentionné est une somme de tous les artisanats médiévaux. On y trouve même mention de la peinture à l'huile, que l'on croit généralement avoir été inventée beaucoup plus tard. La vaste encyclopédie de Théophile fut la référence en matière d'artisanat de toute la période médiévale.

le verre, des moyens anciens et oubliés... J'appris par cœur tous ces moyens et vins les dire à Fernand... notre ami Abraham...

— C'est le nom de notre juif...

— Fut tout à fait surpris, et ravi de ces belles recettes...

On entendit crisser le sol de la baile. Un chariot arrivait.

— Ne parlons plus de lui : le voici ! Il vient chercher le verre que j'ai fait...

Thomas regarda son oncle, regarda le trouvère. Il ne savait quoi penser de tout cela. Il ne chercha pas trop. Il haussa les épaules et murmura :

— *Schedula Artium Diversum !* Et quoi, encore ?

La vie va trop vite. En ces temps un peu calmes, juste après les tumultes, les hommes s'interrogeaient. On a peur, trop peur de ce qui change et, parfois, un changement souhaité trouble autant que celui qu'on subit.

C'est d'ailleurs la raison pour laquelle Julien, maintenant, cherchait son frère, sans trop savoir pourquoi. Il chevauchait en grand équipage, allant de l'exaltation aux larmes. Car il pleurait, comme un vrai chevalier, de tristesse soudaine en s'apercevant qu'enfin, bon, son frère lui manquait... A d'autres moments, la colère le prenait : de quel droit Thomas partait-il ? Un homme n'appartient-il pas à sa terre ? De temps en temps, des bouffées mauvaises assaillaient son esprit : il se mettait à haïr Thomas, à désirer le tuer, à vouloir lui faire mal... En présence de son frère, la rage l'habitait, en son absence, c'était pire. Certains, même s'ils jugent que l'ordre du monde est détestable, refusent absolument de le changer.

4.

Une benne arriva dans la cour, tirée par deux roussins. Tenant fermement les rênes, un homme barbu dirigeait l'attelage. Il fit un grand salut qu'on lui rendit. Il descendit de son banc de conducteur et arriva devant Fernand. Il portait une robe sombre qui rehaussait le disque jaune cousu non loin de son col.

— Bonjour, maître Abraham, lança Fernand... voici mon neveu, Thomas !

— Bonjour à tous... Alors ? Comment allez-vous ? Avez-vous eu le temps de faire toutes mes plaques ?

— Et plus encore ! J'ai pris de l'avance !

Avec précaution, les quatre hommes soulevèrent les morceaux de couleurs translucides. Avec de la cendre et du sable, Fernand fabriquait de bien belles vitres, transparentes avec des reflets verts, ou aux teintes profondes : le jaune d'or, le vert, le bleu intense s'obtenaient avec du vert-de-gris en dosage divers qu'on jetait dans la pâte à l'état de poudre. Le rouge avec un autre oxyde de cuivre, mais tellement ardent qu'il fallait en mettre une infime quantité pour ne pas rendre opaque la lame coulée ou formée à partir d'un cylindre, à moins qu'on ne double tout simplement la paraison de cette couleur au lieu de l'inclure dans la masse.

On installa les lames dans la benne avec le plus grand soin, isolant chacune d'elles avec du chiffon doux, de la paille et du crin. Thomas, impressionné, portait ce verre comme s'il se fût agi du Saint-Graal lui-même : on aurait vraiment dit de larges pierreries plates, rubis, émeraudes, saphirs...

Tout à leur affaire, les hommes, en chargeant la benne, n'entendirent pas venir deux femmes. Ce ne fut qu'en s'essuyant le front du revers de la manche que Thomas reconnut Marguerite et Yvette qui s'approchaient d'un pas lent. Marguerite gardait son air absent. Son regard immobile ne semblait pas voir les choses : il glissa sur Thomas, s'habilla d'un sourire. Elle ne dit rien, ne montra qu'à peine son émotion. Elle restait transparente, comme le plus fin des verres.

En revanche, sa fille, la belle et grande Yvette, montrait autant de grâce qu'elle avait de hauteur. La taille bien prise, la gorge pleine, elle avança, altière mais tendre, avec une joie claire qui vint rosir ses joues lorsqu'elle reconnut Thomas. Son appel fut un cri dans lequel s'entendait, pour qui a des oreilles, un sentiment bien doux.

— Thomas !

Elle accourut. Elle portait une cotte assez simple, comme sa mère. Ils s'embrassèrent.

Bientôt, tout le monde fut dans la cuisine : on servit du vin, du pain, du miel et l'on parla. Abraham qui venait de Villefranche raconta les dernières nouvelles : la scie hydraulique, qui demanda tant de travail pour sa construction, fonctionnait enfin. Thomas, surpris, demanda des explications. Alors, Abraham décrivit la machine : il parla du creusement d'un bras de la rivière, de son élargissement terminé l'an dernier, de l'installation de la grande roue, des engrenages en bois, et de la lame mouvante qui sciait les troncs d'arbres par la seule force de l'eau.

On parla du monde tel qu'il change. Puis, Abraham s'en alla. On regarda partir sa benne dans l'après-midi chaude. Dans la grande cuisine, les femmes se rassirent : la mère se mit à filer la laine, et la fille tissa. Thomas s'étonna de lui voir tant d'habileté au métier. Il en fit la remarque, Yvette parut gênée.

— Nous vivons comme des fermiers, maintenant, dit Marguerite, mais on s'y habitue... Même, on trouve un peu de joie dans ces travaux tout humbles... Si Dieu a voulu qu'il en soit ainsi, que pouvons-nous y faire ?

La voix de Marguerite restait un simple souffle. Pourtant, elle emplit la pièce, semblant jaillir des murs. Un peu d'autorité s'y lisait, souvenir de naguère, mais personne n'y prit garde.

— Au début, ce fut dur, renchérit Yvette : nous

71

n'avions rien, plus rien et chaque chose coûtait...
maintenant, le verre se vend bien et puis...

Un regard de son père fit taire la jeune fille.
Thomas alla s'occuper de sa monture. Il la soigna,
lui parla longuement, puis la conduisit dans une
stalle de l'écurie presque vide, hormis deux chevaux pas vraiment reluisants : un brave roussin
un peu vieux, un autre pas jeune non plus.

— La Bréhaigne, La Bréhaigne, comprends-tu
quelque chose à toutes ces folies ? D'abord ce
trouvère qui à partir d'une image déroule l'écheveau de toutes les histoires du monde... Et Fernand
qui fond le sable... et puis ce château, ouvert à tous
les vents, Yvette qui tisse... et moi qui ne
comprends rien !

— Et mon cousin qui tient conseil avec une
jument ! lança Yvette qui venait d'arriver dans
l'écurie. Tiens ! mais c'est La Bréhaigne ! Dis
donc ! Elle n'est plus jeune !

— Elle me porte encore... elle tiendra, j'espère,
jusqu'au bout du voyage... J'aime bien lui parler.
Souvent, ça m'aide. Je lui confie mes joies, mes
peines. J'ai parfois l'impression qu'elle répond,
qu'elle comprend. Dès que j'ai un ennui, une
hésitation, j'en parle à mon cheval... à cette vieille
Bréhaigne !

— Et, où te mènera-t-elle sur ses jambes d'autrefois ?

— Je vais à Paris... je suis venu vous saluer
avant de partir... Mais...

— Ne pense pas mal, Thomas... ce qui arrive
advient, c'est ainsi... nous tâchons de rester nous-

mêmes malgré la pauvreté. Déjà, plus personne n'a faim... Mon père, par son négoce, espère restaurer un peu notre rang... hélas, il y a les dettes !

— Combien devez-vous ? Et à qui ?

— A ce maître Gallois dont on parle partout pour en dire du mal... Quant à la somme, c'est difficile à dire : ses comptables, ses notaires calculent un intérêt que nous ne comprenons pas. Il faudrait savoir calculer comme eux !

— Je croyais que l'usure... que le prêt à taux n'était pas digne d'un chrétien : l'argent ne fait pas de petits, dit l'Ecriture, et quant à gagner un intérêt à terme, c'est jouer sur le temps, c'est oublier que le temps n'appartient qu'au Seigneur ! Ce maître Gallois ne suit pas la bonne loi !

— Est-il bien chrétien ? On le voit à la messe, mais... Tout a changé, Thomas, maintenant on permet le prêt à intérêt, par nécessité, parce que c'est fini, on ne peut plus faire autrement ! Les juifs et les Italiens... Mon Dieu, mais d'où sors-tu ? On dirait que c'est toi qui t'en reviens d'Orient... tu ne sais même pas ce qu'il se passe ici, à deux journées de chez toi...

— Je ne sais même pas ce qui arrive chez moi... j'ai étudié... Je me suis enfermé dans l'exercice et dans l'étude... Lorsque mon père est mort, j'ai eu beaucoup de peine et j'ai fui les jours en me consacrant à la quintaine et à la lecture : le reste me lassait vite... Et Julien m'a chassé ! Mais tu disais qu'on ne pouvait plus éviter de se faire prêter...

— Beaucoup de seigneurs sont revenus d'outre-mer comme Père, absolument ruinés... certains ont tout gagé : tenures, fiefs et châteaux... Il paraît qu'Enguerrand de La Motte habite dans une caverne au-delà des collines... un autre est devenu ermite et demeure dans la forêt de Beuvre : pour faire comme saint Jean, il mange des insectes... Isaure de Blainville a perdu son mari : il mourut sur ses terres qui n'étaient plus à lui des suites des fatigues des combats de là-bas. Elle consume ses jours dans le couvent où j'ai passé ces dernières années. Chaque nuit elle pleure... La croisade a décimé les rangs des barons et des ducs, des chevaliers, des comtes... Ceux qui restent sont pauvres, certains errent dans les bois, avec de vieux chevaux, ou même en marchant... On a dû te parler de Gilbert ?

— Oui... Il est vraiment comme on le dit ?

— Il se prend pour Perceval, ou quelque chose comme ça... il est fou, il ne reconnaît plus personne... de temps en temps il attaque un cavalier qui passe en le traitant d'émir. Il se croit toujours là-bas... il parcourt la forêt à la recherche d'ennemis et tue parfois un brave homme de chez nous qui ne s'attend guère à voir surgir un dément de la sorte... puis il reste terré durant plusieurs mois, avant de revenir écumer les forêts. Il fait peur : son regard est celui d'un loup... on ne sait même pas s'il mange, s'il boit, s'il vit... certains imaginent qu'il n'est qu'un esprit, un revenant !

— Gilbert ? on le disait si brave, si calme dans la joute, et si habile aussi !

— Certains pensent qu'il lui a poussé des cornes

74

sur le front, qu'il crache du feu, et que ses yeux brillent la nuit ! Son fils, bien que très jeune, le suit de loin... Il voudrait réparer les sottises de son père, mais que peut-il bien faire ?

Yvette et Thomas devisèrent encore longtemps. Yvette parla un peu précipitamment, lançant des mots en cascade. Chacune de ses phrases, prononcée à la va-vite, en cachait une autre qu'elle n'osa pas dire : « Reste, Thomas, reste avec moi, je t'aime... »

Lorsque le soir vint, tout le monde fut dans la cuisine. On dressa la table, installant la lourde planche sur les tréteaux. On dîna de soupe, de lard et de saucisses ainsi que d'un lapin en ragoût avec diverses herbes. Il y avait du vin et le trouvère chanta. Ce diable de Christian sut distraire son monde. Il connaissait des tours et faisait disparaître de menus objets qu'on retrouvait ensuite dans les endroits les plus improbables. Le soir s'assombrit. On avait bien chaud. Marguerite continuait de filer la laine. Yvette, maintenant ravaudait. Une paix, une douce tranquillité régnait sur cette veillée. On reprit en chœur un refrain ou deux. Puis Fernand parla. Il raconta son voyage. Une peine profonde saturait son récit.

— Cent mille hommes à cheval... Dix-sept bataillons... nous n'en avions que sept... Ils nous encerclèrent. On demanda aux cuisiniers, aux palefreniers de prendre des armes et de se battre avec nous... on les fit équiper de courtepointes, de tapis de selle, ils prirent des pots de cuivre, des pilons, n'importe quoi... certains avaient de grands couteaux à dépecer la viande, d'autres un simple bâton : c'est ainsi qu'on chargea... Il y eut une confusion terrible, un vacarme inouï... Un cuisinier, avec un pot de fer en guise de casque, fracassa un grand Maure avec un merlin de boucher... devant moi, un mécréant chamarré à la peau plus que noire fit tournoyer une épée courbe. Je pus le tuer... puis un autre, mais la nuit vint sur moi au beau milieu du jour... quand je repris conscience, le soleil était haut. Des milliers de morts jonchaient le sol de terre jaune. J'entendis une voix : « Seigneur, avez-vous remarqué que nous ne sommes point morts ? »... C'était Christian, qui me donna à boire... Cette bataille fut horrible je n'ai jamais eu aussi peur ! La mort se trouvait là : on la voyait vraiment, on lui parlait, elle répondait. Il arrivait qu'on la supplie de venir, vite, vite, tellement c'était dur de vivre encore ! Elle ne nous effrayait plus, plus du tout, à ces moments-là, seule la vie nous faisait peur !

— Peur ? lança Christian... nous ne savions même plus ce que c'est... La peur ? La laide, la mauvaise, celle qui rend fou... Nous vivions dedans, nous la respirions. Les combats furent les pires, les plus acharnés... personne n'en a jamais vu de semblables ! les plus braves pâlissaient... malheur aux sentinelles qui gardaient camps ou places : on les égorgeait...

— Après avoir bu, je me levai... Je ne vis pas le groupe de cavaliers aux épées courbes. Christian s'aplatit au sol... mais je fus pris...

On raconta longuement diverses aventures, les

souvenirs s'échangèrent et la nuit s'avança. Avant d'aller dormir dans l'une des deux chambres Thomas déclara :

— Je partirai avant le jour... je ferai silence... je ne veux pas avoir à vous dire adieu... Je ne veux plus jamais dire adieu...

Puis il alla se coucher dans le grand lit de la chambre la plus vaste. Il s'endormit vite. Plus tard vinrent le rejoindre Yvette et Christian qui s'endormirent de part et d'autre de Thomas. La nuit passa.

Thomas fit comme il avait dit : il s'éveilla avant le coq. Il se leva sans faire de bruit, et sans remarquer qu'Yvette n'était plus dans le lit. Il descendit l'escalier, but un peu d'eau au puits. Une vache meugla dans l'étable. Thomas marcha vers l'écurie. Il allait y arriver, quand il s'arrêta net pour se diriger vers l'église. Il y entra. Il voulait revoir l'âne. Il put le distinguer dans la pénombre. Une petite tortue qui marchait sur les dalles rentra pattes et tête dans sa carapace. Thomas faillit marcher dessus. Il la vit, crut qu'il s'agissait d'un caillou, se demanda qui l'avait jeté là, le ramassa, ne sut que faire et reposa la bête enclose à l'endroit même où il l'avait trouvée.

— Il faudra que j'y pense... que je réfléchisse...

Puis il pria Notre-Dame. Enfin, il alla chercher La Bréhaigne et s'en fut dans la campagne. Avant de partir, il ne vit pas qu'un des roussins manquait dans l'écurie. Son regard, bizarrement, ne remarquait que certaines choses.

Il chevaucha dans le matin frisquet. Il comptait

ne point s'arrêter avant Villefranche. Une phrase du trouvère lui encombrait l'esprit : « Nous ne voyons que la moitié du monde. » Comment en voir plus, en savoir plus, en connaître plus ? Et puis... pour quoi faire ?

Le chemin qu'il suivait traversait une forêt, passait sur un pont, puis longeait la rivière jusqu'à un village. La rivière alors se divisait. Le jour tardait à venir. Thomas poursuivit son chemin. Puis, sans qu'on voie le soleil, une lumière rouge envahit l'horizon. Elle filtrait à travers les troncs de la forêt, s'interrompait derrière les arbres pour éclater dès qu'on les dépassait, en éclairs sanglants, blessant le regard.

Une sorte de mendiant, un gueux croisa Thomas et le salua. Courbé, tremblant à cause du froid, il cheminait à pas menus, l'air humble et peureux. Un vent glacial se leva. Un coq chanta au loin. On entendit un galop. Le gueux se retourna, poussa un petit cri d'effroi.

Une masse noire vint vers Thomas, coupant sa route, fonçant sur lui. Il eut juste le temps d'éviter une lance, mais perdit l'équilibre : La Bréhaigne manquant d'agilité n'avait pas pu se mouvoir aussi rapidement que le voulait son cavalier. Thomas tomba lourdement. Mais il fut vite debout. Il saisit sa hache d'armes et regarda venir l'ombre fantastique. Cette fois, il distingua un grand destrier maigre, surmonté d'un chevalier plus maigre encore. Le cheval chargea. Thomas esquiva en glissant sur le côté de la bête. Il attrapa la jambe du cavalier, sachant que sa main, occupée à tenir la lance, ne s'abattrait pas sur lui de ce côté... Thomas réussit à faire choir l'étrange personnage. Ils luttèrent confusément, puis le chevalier se dégagea, ramassa son écu, se précipita sur Thomas, qui n'eut que le temps de se couvrir du sien lorsque l'épée de l'autre s'abattit. Il esquiva encore, mit un peu de distance entre son adversaire et lui. Un cri strident précéda l'attaque de l'homme sombre. La mêlée fut âpre, furieuse... Le jour permit bientôt de distinguer les armoiries peintes sur les boucliers. Le gueux, effaré, plongea dans un fourré pour se mettre à l'abri. Il s'écorcha aux ronces dures qui traversèrent le méchant tissu de ses vêtements.

— Gilbert ! cria Thomas.

Mais Gilbert ne répondit pas : il frappa. Thomas para, frappa à son tour. Le combat dura, puis se rompit à un moment. Les deux hommes s'observèrent. On entendit au loin le pas d'un cheval. Le gueux sortit de son fourré, s'en fut en courant à perdre haleine.

— Traître ! hurla Gilbert, voici tes compagnons ! Tu es si pleutre que tu n'oses me combattre seul à seul ! Chien ! ils sont nombreux ! Une armée entière ! Je n'y suffirais pas ! Mais je te retrouverai, Sarrasin ! Je reconnaîtrai tes armes, ton visage de serpent, et ce jour-là sera ton dernier !

Puis il s'élança vers sa monture, sauta dessus, piqua des deux et disparut à travers bois. Thomas, ébahi, se demandait encore s'il rêvait, quand le pas du cheval se rapprocha.

— J'espère que ce n'est pas encore un fou !

C'en était peut-être un, mais pas de la même

espèce : Christian arrivait au plus grand galop de son roussin.

— Messire Thomas, dit-il, si vous le voulez, je viens avec vous !

— A Paris ?

— A Paris !... je voulais attendre l'an nouveau pour partir, car ce n'est pas la bonne saison pour voyager... mais, puisque vous cheminez, autant être deux... j'ai avancé mon départ ! Dites-moi... qui était ce pauvre hère qui courait sur le chemin comme s'il avait le diable aux trousses ?

— Je ne sais pas... je l'ai à peine vu.

— Bon alors, on y va ? Vous m'acceptez comme compagnon de route ?

— Je croyais que vous vouliez rester avec mon oncle...

— Oui... mais avant, je dois aller à Paris, voir une dernière fois mes vieux amis, puis chez moi, en Champagne saluer ma sœur et peut-être mes parents s'ils vivent encore un peu ! Qu'est-il arrivé ? On s'est battu ici ?

— Gilbert, répondit Thomas.

Le trouvère se signa.

— Il n'est pas si terrible, ajouta Thomas... mais il est vraiment fou...

— On dit que c'est un diable...

— Je ne le crois pas...

— Moi non plus... mais ce forcené me fait peur !

— Dites donc ! Vous et mon oncle parlez souvent de peur !

— Ni lui ni moi ne la connaissions avant la

Terre Sainte... mais nous avons vu tellement, tellement de choses épouvantables !

— Bon, en route ! Vers Paris !

— Je connais bien Paris... Il faut savoir reconnaître une ville ! Nos chevaliers croisés crurent voir Jérusalem dans chaque village ! Certains se mirent à genoux devant les murs de Maubeuge : ils venaient de Lille et se croyaient arrivés... D'autres, plus raisonnables, appelèrent Ville Sainte la cité d'Orléans ou celle de Beaugency...

— Vous les trouvez plus sages ?

— L'erreur, à mon avis, paraît un peu moins grande... N'étaient-ils pas plus près de la Terre Sainte que les premiers ? Enfin, n'en parlons plus... Toujours est-il que je préfère vous accompagner, car je reconnaîtrai Paris ! Tandis que vous êtes bien capable de vous arrêter, je ne sais pas, moi, à Senlis, à Creil, ou, selon le chemin suivi, en Asnières, ville des ânes, ou en Aubervilliers, Pantin, Bobigny, ce qui serait moins grave...

— Parce que c'est plus près de...

— Non, pas de Jérusalem : de Paris !

Le trouvère éclata de rire. Thomas haussa les épaules. Puis, les deux hommes prirent la route. Le soleil, maintenant, s'élevait, illuminant l'est. Il perdait progressivement sa rougeur pour jaunir. Un peu de chaleur renforça les parfums de la forêt.

Derrière eux, sur le même chemin, mais loin, un jeune garçon chevauchait. Il rencontra le gueux essoufflé et lui demanda s'il n'avait pas vu Gilbert, le chevalier. Le gueux lui décrivit le combat. Le jeune homme voulut savoir si Gilbert, son père, n'avait pas eu de mal. Le gueux expliqua qu'il n'avait rien vu, ayant fui, préférant s'éloigner du tumulte et ne pas risquer de recevoir un mauvais coup. Le cavalier voulut encore savoir qui était celui que Gilbert attaqua. Le pauvre diable ne le savait pas. Il put simplement répondre qu'il s'agissait d'un chevalier portant un écu vert.

Pendant ce temps, Thomas et Christian s'avançaient. Bientôt, ils suivirent la rivière. Elle montrait une grande largeur à cet endroit. Un train de bois qu'on flottait passa. Sur les troncs, Thomas reconnut quelques-uns des bûcherons qui venaient de l'aval. On se salua de loin.

— Je n'aimerais pas monter ainsi sur un tronc, dit Thomas... j'aime l'équilibre, me tenir bien campé sur mes jambes, reposer sur la terre ferme... je sais nager, mais l'eau est insidieuse lorsqu'on n'est point poisson ! La terre, au moins, c'est sûr...

— Je le croyais aussi...

— Mais ?

— Rien... le bois sur l'eau... un peu de ce bois servira au chauffage... le bois sur l'eau c'est comme un mariage d'eau et de feu : l'un refuse l'autre, c'est pourquoi le bois flotte et qu'ils ne se mélangent pas...

— Pourquoi dis-tu que la terre n'est pas sûre ?

— Il existe un pays, au sud...

— En Aquitaine ? Chez les Anglais ? Agen ou je ne sais... plus... Périgueux ? On m'a parlé de ces terres où luit le soleil... j'aimerais les connaître !

— Les Anglais ? Il fait toujours trop chaud chez eux. Sacrés Normands ! J'ai visité leur Sicile : on y étouffe ! Non, je te parle des montagnes... Il y a bien longtemps j'y voyageais avec mon maître, un trouvère renommé. Il s'appelait Gilles et avait été moine. Il savait le latin et d'autres langues encore et tout sur l'art de la mémoire... C'était l'hiver ou presque et la terre devint folle.

Christian raconta avec force détails le glissement de terre qui secoua les monts en 1248 tout près de Chambéry.

— La neige fondit, il y eut l'eau et le feu, et les maisons tombaient... ensuite, un trou immense s'ouvrit, le sol se déchira. Une maison, par miracle resta debout, entière... mais on la retrouva à près d'une heure de marche d'où elle était avant, avec son jardinet adjacent : un ou deux arbres, quelques fleurs... moi, je la vis venir, traverser la campagne, s'avancer à ma rencontre, je crus ma tête folle... Je me suis toujours demandé comment cela se peut, pourquoi arrive-t-il que la terre ainsi bouge...

— Un livre qu'on m'a lu, le traité d'Honorius, en donne la raison...

— Et quelle est cette raison ?

— Les tremblements de terre viennent des vents... Les vents, comme on le sait, sont enfermés dans les cavernes... Ils enragent, ils trépignent, ils veulent s'évader, ils frappent le sol, les parois des cavernes, et c'est ainsi que tout tremble !

— Ils ont une grande force, en tout cas... quand on a vu ça, on se méfie du sol : l'eau des rivières, au moins, bouge tout le temps, tandis que celle des lacs reste où elle se trouve...

— Il y a des inondations !

— Il y a toute la misère du monde...

— Tu n'es pas gai ! Pourquoi es-tu si sombre ?

Thomas pensa soudain aux deux chevaliers morts dont les tombes se trouvaient au bas de la falaise, près de chez lui... enfin, près des lieux de son enfance. La terre, là aussi, fut mouvante. Il faillit en parler, mais ne le fit pas : ces choses-là ne devaient plus lui rester familières, il devait s'éloigner de ce qu'il fut d'abord. De toute façon Christian répondait déjà à sa dernière question :

— Je suis vieux... je suis vieux maintenant, et j'ai commencé tôt !

— Tu as commencé tôt ?

— Oui, déjà tout enfant, je voulais être vieux... je me suis entraîné à porter un grand âge... notre monde est si ancien qu'on se demande pourquoi il y a encore des enfants ! J'aimais courber le dos, m'appuyer sur un bâton et singer le vieil homme...

— Quelle idée... mais pourquoi ?

— Parce que j'avais compris... lorsque tu es jeune et que tu donnes ton avis, on se moque de toi, on te dit : « tu verras ! » on se gausse de ton manque d'expérience... mais, lorsque tu es vieux, il en va autrement : il y a au moins deux possibilités !

— Lesquelles ?

— Soit on parle de toi comme d'un sage vénérable qui a beaucoup vécu et vu tout autant, soit on pense que tu n'as plus vraiment toute ta tête et alors on te laisse... Quoi qu'il en soit, tu es tranquille... Tu bougonnes dans ton coin, on te respecte ou on te plaint, mais personne ne t'ordonne d'aller fendre du bois ou labourer un champ... Tu peux te reposer... Alors, dès que j'ai voyagé, j'ai ajouté dix ans à mon âge réel... on m'a cru parfois, en criant merveille de voir mon front si lisse par rapport à mes ans... Puis, l'écart s'est tassé... Maintenant, je rejoins peu à peu l'âge que je voulais avoir : ma mémoire a grossi comme une oie gavée... J'ai commencé par n'ajouter plus que cinq ans à mon âge véritable... De toute façon, les vieux ne disent pas moins de bêtises que les jeunes ; ils ne font que les dire d'une façon ancienne !... Voilà pourquoi je me suis fait vieux... Pour la paix, le droit à la bêtise ! Ton oncle n'a jamais su lequel de nous deux était l'aîné de l'autre ! Nous calculons mal...

— C'est comme pour sa dette... il paraît qu'on en ignore l'exact montant, faute d'avoir des notaires à nous !

— C'est que ceux de Gallois savent un art nouveau qu'on apprend à l'Université...

— Un art nouveau ?

— Un art nouveau qui nous vient de là-bas : l'Orient... ou l'Italie. On m'a dit qu'un maître l'enseignait à Paris... en général, il faut aller à Modène, je crois...

— Tu connais cet art ?

— Non... mais on en dit grand bien... des fils de marchands font un très long voyage pour aller l'apprendre et étudient longtemps... Et les marchands, ils s'y entendent ! Crois-moi !

— Je te crois... Et qu'est-ce que cet art ?

— L'Art de la Division. Mais à mon humble avis, il ne vaut certes pas celui de faire du vin ! Il

85

permet par calcul de savoir combien de parties forment un tout avec précision...

— La belle affaire : en trois cents il est quinze vingts !

— Et si je te loue trois deniers au denier cinq ? Combien me devras-tu dans sept ans et trois mois ? Ne cherche pas... voyons plus simple : je te donne un denier pour six tous les ans... au bout de trois ans tu auras gagné... ?

— Trois deniers !

— Non !

— Pourquoi non ?

— La première année tu auras quatre deniers, donc la tierce partie de la somme totale, je devrais te donner... voyons : la tierce partie de cette tierce partie... L'année d'après... Chaque tierce partie fait naître sa propre tierce partie !

— Arrête ! Tu me romps les nerfs !

— Encore savons-nous parfois compter tiers ou quart, mais calculer absolument des parties plus subtiles demande un art très grand et long à connaître...

— Dis-moi, si je l'apprends je pourrais aider l'oncle... je pourrais savoir si Gallois se méprend ou s'il fait exprès de demander trop... Je suis sûr qu'il est malhonnête... je l'ai vu une fois : il a l'air malhonnête !

Un autre train de bois flotté fut en vue. Thomas salua encore ses amis bûcherons. Soudain, de la forêt qui longeait l'autre rive, se fit entendre un craquement de branches, accompagné de cris. Gilbert surgit des taillis, hurlant et l'arme haute : il avait vu les bûcherons. Il leur vint sus, criant une devise, les injuriant, les qualifiant d'émir ou de sultan... Il lança son cheval qui, aussi fou que lui, marcha presque sur l'eau, montant sur les troncs, allant d'abord de l'un à l'autre, ce qui étonna grandement tout le monde, puis, évidemment, se retrouva dans l'eau, comme son cavalier.

Un grand fracas écorcha l'air. Puis, les rires s'étranglèrent : coincés entre les grumes, le cheval et l'homme furent proprement broyés par les troncs se jouxtant. Ainsi mourut Gilbert, fou d'avoir trop tué dans les pays lointains, fou d'illusions égarées, de soif, de faim, fou d'une guerre trop folle et d'une foi trop dense.

On repêcha les corps, on les hissa à terre. On ne pouvait reconnaître leurs formes. Ce n'était qu'un chaos, un magma d'os et de sang.

— Cet homme n'était déjà plus dans ce monde... murmura Christian.

— Il ne se trouvait plus dans celui qu'on voit en tout cas... peut-être errait-il là où se trouve l'autre moitié des choses, répondit Thomas.

— Si tu prends une vitre et que tu regardes un âne au travers, peux-tu être bien sûr qu'il n'y a pas derrière la vitre un écran de métal qui la mue en miroir ?

— Quoi ?

— Aussi Sot Nul n'Existe... Je te reparle d'âne !

— Ah ? je n'ai pas bien compris...

— Peu importe : si tu vois un âne dans la vitre c'est que c'est un miroir !

— Ainsi suis-je un âne ?

— Si tu persistes à croire qu'on peut aller du côté de l'autre moitié des choses ! Nul, de mémoire d'homme, n'a pu percer tout le secret des signes. On ne va pas où on veut, en deçà, au-delà... Le destin s'amuse de nous...

— Je voudrais mieux connaître... savoir comme toi penser à mille choses si l'on me parle d'âne... Tu as un secret pour cela ?

— J'en ai plusieurs... Tu en apprendras quelques-uns à l'Université, dans l'art très pertinent qui clôt la rhétorique et qui est *memoria*...

— Et toi, comment fais-tu pour te souvenir des poèmes anciens et pour inventer aussi des chansons nouvelles ?

— Il y a l'exercice de l'art de mémoire qui féconde les images au-dedans de la tête... mais la plus grande loi s'énonce aisément. Il faut cependant un travail constant : l'esprit ne doit jamais se reposer, il doit toujours marcher... mais ça, autant dire que c'est simple. On ne peut s'empêcher de penser. Il faut simplement savoir se diriger, savoir conduire son esprit...

— Et cette plus grande loi ?

— Ne jamais penser une seule chose à la fois. Jamais. Sinon, on devient bête. Il faut chevaucher sa pensée, lui laisser parfois la bride sur le cou, puis autoritairement choisir sa voie. Un mot doit en appeler un autre, une image en révéler une différente... le tout en même temps, au point que tu ne puisses jamais dire tout ce qui te passe par la tête, puisque tandis que tu parles, d'autres images, d'autres mots arrivent... Elles se bousculent, ils se pressent, c'est une foule dans ta tête, une armée, un peuple... et tu en es le roi : tu dois savoir lui commander, t'en faire obéir, tu dois choisir parmi les mots, les idées ce que tu veux et laisser impitoyablement les autres, tu dois devenir l'injuste roi de tes pensées !... souviens-toi de cela : c'est la clef de la science du moine et de l'art du trouvère : mémoire et imagination agissante... Ne jamais penser une seule chose à la fois !

Un peu plus tard, le jeune homme arriva près de la rivière. Il découvrit le corps de Gilbert qu'on avait laissé là. Les bûcherons continuaient leur chemin sur l'eau et allaient prévenir le prêtre du village situé plus bas. Le garçon, après avoir regardé le cadavre, éclata en sanglots. Il se nommait Enguerrand, Enguerrand Glatin. C'était le fils de Gilbert. Il chargea le corps rompu de son père sur son cheval et l'emmena. Il chevaucha jusqu'à chez lui, sanglotant, pleurant à chaudes larmes et hurlant de douleur.

— Père, rugit-il entre deux hoquets, je te vengerai ! Je te vengerai ! Je suis encore trop jeune et j'ai beaucoup à apprendre pour manier les armes, mais j'apprendrai, je serai fort comme tu le fus, et je retrouverai ce chevalier à l'écu vert ! Je le tuerai ! Je le tuerai.

Lorsque le prêtre arriva, il ne trouva pas le mort. Cette disparition de corps fit grand bruit dans la région. On crut à un maléfice. On en fit une légende. On imagina que le corps du chevalier fou s'éleva dans les airs, parcourut la distance séparant la terre du firmament à la façon d'un ange. Cette distance, pensait Brunetto Latini, égalait dix mille et soixante-six fois l'épaisseur de la terre.

5.

Ils chevauchèrent encore. Thomas se sentait
vivement impressionné par son compagnon. Un
homme qui ne peut plus croire en la stabilité du sol
n'est pas n'importe qui. Quelqu'un qui peut vivre
en sachant qu'un jour, peut-être sa maison se
déplacera d'une lieue doit avoir sur le monde un
regard particulier. De plus, le trouvère disait
toujours des choses étonnantes, inattendues,
curieuses...

Tout à sa réflexion, Thomas ne vit pas que le
trouvère les faisait bifurquer vers l'autre bras de la
rivière, celui qu'on avait élargi.

— Regarde la force, elle est dans l'eau, murmura Christian.

Thomas leva les yeux. Un moulin se montrait
devant lui. Mais il ne s'agissait pas d'un moulin
ordinaire. La grande roue à l'axe horizontal, mue
par l'eau, voyait son mouvement rotatif se trans-

former en mouvement alternatif grâce à une judicieuse transmission. De plus, une seconde roue,
dentée, commandait un dispositif permettant
d'avancer automatiquement la pièce de bois à
scier. Le tout se mouvait d'une façon continue dans
un cliquetis sec que l'oreille percevait malgré le
bruit de la rivière.

— Regarde, Thomas, regarde les roues dentées !
Chacune diffère de l'autre et leur assemblage
formerait à mon sens un beau lieu de mémoire !

Thomas, fasciné, ne réagit pas : il regardait. Il en
avait pourtant vu, des moulins, en Artois, Flandre,
Picardie, Normandie : des gros, des petits, des
flottants, installés sur des embarcations... mais,
trop habitué à les voir, il ne les regardait jamais.
Aujourd'hui, l'enthousiasme de Christian lui
ouvrait les yeux. Il s'émerveilla de l'esprit du
trouvère qui devait tourner ainsi, comme une roue
de moulin : sempiternellement. Il se rendit compte
que, dès que l'esprit devient attentif, les choses les
plus habituelles deviennent passionnantes.

— N'arrête pas de penser, malheureux ! Ou
plutôt, comme tu penses sans cesse ainsi que tout le
monde, n'oublie pas d'écouter la voix qui parle en
toi ! Ne te laisse pas aller à la contemplation
passive ! cria Christian, mais le bruit couvrait sa
voix... Il se racla la gorge et récita avec une force
splendide une longue tirade latine qui signifiait
ceci :

« *Un bras de l'Aube, qui traversait les nombreux
ateliers du monastère se fit bénir partout grâce*

92

aux services qu'il rend... un lit dont les courbes coupent en deux le milieu de la vallée a été creusé non par la nature, mais par les moines. Par ce moyen, l'Aube donne une moitié d'elle-même à l'Abbaye, comme pour saluer les religieux et s'excuser de n'être point venue toute...

La rivière s'élance d'abord avec impétuosité dans le moulin, où elle s'affaire pour broyer le froment sous le poids des meules et agiter le crible fin qui sépare la farine du son...

Mais la voici déjà au bâtiment voisin! Elle remplit la chaudière et s'abandonne au feu qui cuit pour préparer la boisson des moines lorsque la vigne a donné aux soins du vigneron la réponse mauvaise de la stérilité et qu'il faut suppléer au sang de la grappe par la fille de l'épi!

La rivière ne se sent pas quitte pour autant! Les foulons situés près du moulin l'appellent. Elle s'est occupée de la nourriture des frères, il est donc juste que la rivière se consacre à leur vêture! Elle élève et abaisse les pilons ou maillets, comme on préfère...

Après quoi, elle entre dans la tannerie pour préparer les matériaux nécessaires à la chaussure des frères!... Elle montre autant d'activité que de soins! Elle se partage en une foule de bras prompts à tamiser, broyer, tourner, arroser, laver, moudre... [1] »

Christian avait entendu les mots qui précèdent alors qu'il passait près du scriptorium de l'abbaye

---

1. Ce texte est reproduit dans : *Descriptio Monasterii Claraevallensis*, in Migne, *Patrologie Latine*, T. 185 570A.

de Clairvaux, à l'intérieur duquel un moine dictait à un scribe une sorte d'hymne à la force hydraulique. Le trouvère, grâce à son maître Gilles avait ses entrées dans maints couvents. Il n'était pas un trouvère ordinaire, mais plutôt un savant dont la mémoire ardente conservait le souvenir de tout ce qu'il avait lu.

— Rien : des mots qui reviennent comme les saisons... dès que je vois un moulin, une roue, je pense à cette merveille de la force de l'eau... Il faut y prendre garde !

— Elle vient de tuer un chevalier dément...

— Le revers de la médaille... la force étouffe ou fait vivre, c'est selon... Seule la mémoire est pure...

— Je ne suis pas si sot, lança Thomas, un peu pincé... je puis aussi me souvenir de certaines choses !

— Et de quoi ?

— Sais-tu pourquoi l'eau est douce dans les rivières, tandis que la mer est salée ?

— Non...

Thomas se sentit fier d'enseigner quelque chose au trouvère. Il voulait amoindrir cette impression d'écrasement qu'il éprouvait en sa présence. Il se mit donc à réciter un passage de l'*Imago Mundi* de Gossouin de Metz :

— « Les eaux viennent toutes de la mer, et les douces, comme les salées. Elles viennent de la mer et y retournent toutes. Certains demanderont : " Puisqu'elles viennent de la mer, comment est-ce que l'eau douce en vient ?... " C'est simple, l'eau qui a son cours sur la terre est douce parce que la douceur de la terre lui enlève son amertume, retient sa salure ! »

— Je vais garder cela dans ma mémoire ! Mais dans quelle partie du lieu le mettre ?... voyons... où vais-je... ?

— Qu'est-ce qu'un lieu de mémoire ? Je t'en ai déjà entendu parler...

— *Locus memorandum...* Il faut choisir un lieu, une fois pour toutes, une église par exemple... un endroit que tu connais bien et que tu as parcouru longuement. Lorsque tu veux te souvenir de quelque chose, il suffit de placer les éléments de cette matière dans les différentes parties du lieu... ainsi, en regardant en esprit ce lieu, tu contemples en même temps ce dont tu dois te souvenir...

— Un lieu ?

— Ou quelque chose qui se constitue de parties diverses bien distinctes, cette scie par exemple...

— Et comment fais-tu, toi ?

— Imaginons, chevalier, que tu veuilles te souvenir de ta cousine Yvette...

— Je n'ai besoin de rien pour la voir dans mon cœur...

— Justement, justement... ses yeux... comment sont-ils ?

— Bleus comme le jour...

— Nous dirons donc que cet engrenage-là, le gros et sombre que l'eau touche parfois, nous regarde avec des yeux bleus... Au-dessus, l'engrenage en bois beaucoup plus clair nous aide de lui-même : il peut rappeler par sa couleur les cheveux d'Yvette... Que ferons-nous de la roue ? Ah ! je sais ! La roue à aubes... aube ! *alba,* oui, la blancheur de l'aube, le teint de lys de ta cousine...

— Ce n'est pas vraiment ma cousine !

— Qu'importe ! Ainsi nous avons l'engrenage aux yeux bleus, un autre qui est blond, et la blancheur de la peau d'Yvette... Maintenant, lorsque tu penseras à la scie, tu penseras aussi à ta cousine... donc, tu ne penseras pas une seule chose à la fois...

— C'est vraiment comme cela que tu parviens à te souvenir de tant et tant de chansons ?

— Certes, mais ce n'est rien : il faut aussi penser... me souvenir d'Yvette qui est gente et très belle ne pose aucun problème, et encore, je ne suis pas amoureux d'elle comme certain chevalier !

— De qui parles-tu ?

— Il faut penser, te dis-je !... Yvette, Yvette et sa blancheur de lys, où va-t-elle nous mener ?

— Quel est le chevalier qui...

— Yvette ne te fait-elle pas penser à civette, à cause du son ? L'herbe douce et parfumée qui va si bien avec le lapin, tu sais, ce lapin que nous avons mangé avec elle et ton oncle. Le lapin, comme l'âne a de longues oreilles !... lapin se dit autrement *conil* qui est un très vieux mot et qui désigne aussi ce que les femmes cachent sous leurs jupes... j'ai connu une Irène qui l'avait fort joli... Elle venait d'Espagne, d'une ville assez belle qu'on nomme Saragosse... Irène me donne reine : elle fut reine de mon cœur... Reine coléreuse d'où Irène, reine et ire... J'ai pris ma lyre pour chanter ses mérites... la lyre pour la reine Irène... Mais cachons cette nudité dont je viens de parler, il faut qu'elle se vête... et par sons identiques, revoilà Yvette...

— Tes paroles sont comme le vin, et me voici tout ivre... Qui est le chevalier qui aime Yvette ?

— Nous y viendrons... il me semble bien sot ! Un véritable âne... parlons donc de cet âne, L'amour rend parfois bête et je fus aussi âne quand je chantais Irène... et revoici l'image près de laquelle nous nous rencontrâmes : l'âne jouant de la lyre, la clef de maintes choses et qui, désormais, pour toi, restera lié à Yvette...

— Christian, je ne comprends plus rien !

— ... Il est une bienheureuse Yvette qui fut recluse à Nuy... que ne donnerait pas un certain chevalier pour une nuit avec Yvette ? Yvette est aussi le féminin d'Yves, Yves fut le nom d'un évêque renommé qui mourut à Chartres il y a bien longtemps ! A Chartres, la grande église porte une figure d'âne musicien ! Yvette, par chemins détournés nous ramène à notre premier entretien, à l'âne et à la lyre dont nous avons parlé et donc à Apollon qui fut archer... mais c'est un autre archer dont nous devons parler, puisque l'amour te tient !

— Moi ?

— Toi !... Il suffit de te regarder quand on prononce le nom de la très belle Yvette. Et tu ne te vois pas ! Il a des yeux et ne se voit pas, comme dit l'Evangile. « Les yeux sont des miroirs où se mire l'Aimé... L'Ami ouvre ses yeux pour qu'il s'y contemple et l'ami et l'aimé se joignent en regard... »

— Tu ne t'arrêtes jamais ?

— « L'Aimant et l'Aimé s'unissent de deux manières : il y a entre eux une union réelle, ainsi lorsque l'Aimé est présent aux côtés de l'Aimant », dit le Docte Thomas, mais ce n'est pas ton cas... tu n'es pas proche d'elle... Mais « il y a une union affective. Pour comprendre cette seconde union, il convient de considérer la perception qui la précède, car tout mouvement d'amour procède d'une perception »... Ainsi, la flamme qui couvait vient de renaître lorsque tu l'as revue... Ton regard reflétait ta passion comme l'eau, comme le miroir... mais miroir, c'est fait de verre, or que fait le père d'Yvette ?

— Du verre...

— Mire-toi au miroir des yeux d'Yvette, et tu ne verras plus un âne, mais un chevalier... Yvette, c'est aussi le nom d'une rivière qui coule sous Paris... Et c'est Yvette l'eau qui peut sans doute calmer le feu qui te consume ! Tu vois, tout se retrouve, s'imbrique, se correspond... tire un fil, et viennent chaîne et trame et tout l'écheveau suit !

Thomas rougit un peu. Mais pourquoi ? A cause de sa flamme, révélée, transparente ? Ou s'agaçait-il encore de la science bizarre du trouvère. Il avait cru pouvoir prendre une sorte d'ascendant en parlant des tremblements de terre, de l'eau salée... mais le trouvère le surprenait toujours, connaissait plus de choses, en parlait mieux : il ne répétait pas purement et simplement ce qu'il avait appris. Il savait discourir, parler bien... Thomas se jura d'apprendre à le faire à l'Université de la ville de Paris. Il murmura :

— Je ne comprends plus rien !

— Yvette t'aime, tu aimes Yvette, et moi, je te le dis ! J'en profite pour te montrer comment on pense plusieurs choses à la fois !

Le chevalier rougit encore plus intensément.

— Tu y penses tout seul, mais si tu n'y pensais pas, bien des choses rallumeraient désormais ta remembrance : tout moulin, tout foulon mû par la force hydraulique te rappelleront cette scie, donc ses engrenages, dont les yeux, les cheveux... donc Yvette. De même si je te parle de lapin, tu penseras à elle et aussi lorsqu'on discourera devant toi à propos d'âne, de civette, de civet, de rivière (et pour deux raisons : celle de la scie et celle, près de Paris, qui se nomme Yvette !)... qu'on te parle de saint Marc, de lion, d'âne, de lyre, d'Irène, de conil, et de saint Yves, tout te ramènera à Yvette... et c'est ainsi qu'il faut faire pour se souvenir, que ce soit d'Yvette ou de quoi que ce soit... Il faut tisser les mailles d'un filet idoine à pêcher le poisson que ta mémoire recherche dans ton souvenir... Pêcher, dans la rivière qui se nomme Yvette ? Je viens de te donner un exemple des moyens qui permettent de n'oublier rien, de ce qu'on nomme *methodus*, ce qui veut dire : recherche... et methodus n'est-ce pas un peu *modus thesis*... la façon d'être de ce qui est posé, donné, de ce qu'on recherche ? Saint Isidore n'eût pas fait mieux ! Allez, ne te fais pas prier, avoue-moi que tu l'aimes, confesse ta passion... Méthode fut un grand saint qu'on surnomma « Le Confesseur »... Un autre saint du même nom inventa avec saint Cyrille de nouvelles lettres à l'usage des Slaves...

— Je crois que tu es fou !

— Je le suis ! La roue de la scie tourne tant qu'il y a de l'eau dans la rivière. Et celle du moulin fait de même, qu'il y ait ou non du grain à moudre ! Est-ce que tu me comprends ? Je t'ai dit d'abord que tu aimes Yvette, ce qui tombe très bien puisqu'elle t'aime aussi... d'autre part je te donne le moyen d'apprendre à te souvenir...

— Je ne comprends pas très bien...

— Mais tu admets que tu aimes Yvette ?

Le chevalier devint tout cramoisi. Il murmura :

— Oui...

— C'est déjà ça...

— Mais ton histoire de *thesis*...

— Eh bien ?

— J'ai du mal...

— Bon, prenons les choses autrement...

Le trouvère se mit à expliquer les premiers principes de l'Art de la Mémoire d'après le *Traité pour Herrenius* qu'on attribuait alors à Cicéron. Il expliqua d'ailleurs que cet Herrenius fut ingrat, puisqu'il participa au meurtre de Cicéron. S'il y eut effectivement un Herrenius parmi ses assassins rien ne prouve que ce fut le même. D'autre part, Cicéron n'est certainement pas l'auteur du traité en question, ce qui n'a pas d'importance, puisque le trouvère composa un joli poème relatant à sa façon la mort du grand Romain, assassiné par son élève même, le tout en vers de huit syllabes en dialecte champenois.

— Et tu te souviens de tout cela, s'ébahit Thomas, comment fais-tu ?

— Bien, dit-il... nous voyons tous les jours des choses mesquines, et banales... Nous ne parvenons pas à nous les remémorer, puisqu'il n'y a là rien de propre à stimuler l'esprit... En revanche, si nous voyons quelque chose d'extraordinaire, de grand, de bas, d'admirable ou honteux, notre mémoire le conserve sans effort aucun... tu es d'accord...

— Assurément...

— Il faut donc voir ce dont nous devons nous souvenir d'une manière remarquable... s'il s'agit de quelque chose de banal, donnons-lui de nouvelles couleurs : ainsi nous ne les oublierons pas...

— Et comment ?

— Si tu veux te souvenir d'un cheval, par exemple... d'un simple cheval comme tous les autres, que rien ne distingue de milliers d'autres chevaux, tu n'as qu'à t'imaginer que tu l'as peint en rouge et que tu l'as placé dans un lieu précis, dans ton lieu de mémoire, disons sur l'engrenage aux yeux bleus... ainsi, l'engrenage du regard d'Yvette contemple un cheval rouge... Tu vois la scène ? Un engrenage qui regarde un cheval... voilà qui n'est pas banal ! Voilà ce qu'on ne saurait oublier ! Tel est le procédé le plus simple de la mémoire des choses...

— Mais, pour l'instant, ce sont des choses encore simples... si je te racontais quelque chose... par exemple mon voyage, depuis chez moi jusqu'à chez mon oncle, retiendrais-tu le tout ?

— Raconte toujours...

Thomas raconta.

Tandis que Thomas parlait, les deux cavaliers avançaient. Bientôt, Villefranche fut en vue.

— Et tu te souviendras de tout ?

— Oui...

— Je pourrai te demander dans quelques semaines de me raconter mes journées ?

— Oui...

Thomas réfléchit et prononça lentement ces mots :

— Je conçois que cet art permette de se souvenir... mais comment te fait-il trouver des histoires nouvelles ?

Un trouble envahissait visiblement le chevalier.

— Eh bien, je puis inventer l'histoire de la roue qui regarde... cette roue qui tourne n'est-elle pas le destin ? Et si ce cheval rouge est sous le regard du destin, c'est déjà quelque chose... pourquoi est-il rouge ? Du sang s'est répandu sur lui... ainsi je puis imaginer que le chevalier qui le montait est mort et que c'était son destin... Et si c'était Gilbert ? bon... ce regard bleu est sans doute celui d'une fée... elle va pouvoir sauver ce chevalier qui n'est que blessé... d'accord ? Cette roue c'est peut-être celle d'une charrette... non : ça existe déjà ! Un chevalier dans une charrette c'est...

— Lancelot !

— Oui, grâce à mon stratagème j'ai déjà fait surgir en toi l'histoire de Lancelot ! Mais si cette roue est celle d'un moulin ?

— On l'a empoisonné avec du blé mauvais ?

— Qui ?

— Je ne sais pas... un meunier ?

— Oui... mais ce meunier est sans doute le diable pour être si méchant... mais alors que moud-il ? les âmes qu'il a prises et c'est l'un des supplices de l'enfer... Et voilà notre chevalier, tant pis, gardons-lui sa charrette, qui arrive devant le moulin de l'enfer... Il est blessé et le diable va moudre son âme... son cheval couvert de sang prévient une fée qui vit dans la rivière, puisque la roue, au départ n'était autre que l'engrenage de la scie...

— La fée de Lancelot vivait bien dans un lac !

— Qui a blessé le chevalier ?

— Je ne sais pas...

— Un nommé Yves, un chevalier noir aux oreilles d'âne...

— Pourquoi ?

— Nous parlions d'âne, naguère... alors, ser-vons-nous de l'âne... ainsi, il faudra expliquer pourquoi le chevalier porte des oreilles d'âne : voilà un beau sujet pour une histoire de plus... mais je dois aussi décrire celle du chevalier qui arrive en charrette à la porte du moulin de l'enfer... Grâce à l'image grotesque d'un cheval rouge, d'une roue et d'un regard, je puis maintenant composer deux histoires et me souvenir aussi d'un cheval ordi-naire... sans compter tout ce qui peut arriver dans ma tête... Tu remarqueras que je n'ai pas commencé une histoire mais deux, car je ne pense jamais à...

— ... Une seule chose à la fois !

— A la bonne heure ! Voilà ! Tu me comprends

désormais... souviens-toi du lapin dénommé conil... il m'aurait fait souvenir de l'histoire du chevalier qui fit parler cette partie des femmes [1]...

— Et que disait-elle ?

— Des choses étonnantes, mais nous ne parlons pas de cela pour l'instant !

— Ah ? Parce que nous parlons de quelque chose en particulier ?

— Il ne faut pas qu'il s'égare, l'esprit : je sais où je veux aller... il y ira par force, car je sais me commander ! Bien, disais-je... j'aurais donc pu te raconter cette histoire... juste après...

— Ou juste avant ?

— Je ne crois pas... Mais j'aurais pu tout aussi bien raconter l'histoire de saint Yves mais un lapin peut aussi faire penser à un lièvre et mener à Esope qui raconta comment une tortue vainquit à la course un lièvre... ses longues oreilles nous ramenaient à l'âne... L'esprit est si prompt que nul lièvre, si rapide fût-il, ne le suivra jamais... il vole, il vole !

— Regarde ! Nous arrivons à Villefranche !

— Pas encore, pas encore : tu ne vois que les faubourgs...

— Mais, toutes ces maisons ?

— Villefranche est très grande... c'est une ville carrée, le tracé de ses rues a été décidé une fois pour toutes. Chaque maison a été prévue... on fait

---

1. Cf. *Du Chevalier qui fist les cons parler,* fabliau dont il existe plusieurs versions et qu'on trouve par exemple dans le manuscrit 19152 de la Bibliothèque Nationale.

comme ça de nos jours... connais-tu Aigues-Mortes ?

— Non...

— Je suis parti de là, avec ton oncle... c'est une ville neuve aux rues perpendiculaires, une ville moderne, sans courbes, avec des angles... chaque maison y ressemble à celle d'à côté... Villefranche est pareille... ses maisons ont toutes le même âge, nulle n'est plus vieille que l'autre, ou alors de si peu... Ce ne serait pas un très bon lieu de mémoire... On dirait un échiquier, et les gens qui y vivent sont les pions du jeu... quelqu'un jette les dés, ils suivent les mouvements qu'on décide pour eux...

— N'est-ce pas notre sort à tous ?

— Sans doute...

— Mais ça ne me dit pas pourquoi il y a là tant de maisons, alors que nous ne sommes pas encore dans la ville !

— Parce qu'autour des villes on bâtit des maisons. Alors, les villes, en vieillissant, prennent du ventre, grossissent comme certains hommes... Elles deviennent obèses...

Villefranche se trouvait encore loin. Le groupe de bâtiments qui jouxtait la route n'était autre qu'un atelier de tissage. Thomas vit encore une machine en action : une roue à aubes, dans la rivière tournait. Elle broyait les couleurs des teintures. Une autre servait à fouler les tissus. Non loin de là, une vaste construction carrée dominait le tout. On entendait des claquements, des crissements, des craquements, ainsi qu'un chant tout à fait agréable et dont on distinguait bien les paroles tant les voix des chanteuses étaient claires :

Toujours draps de soie tisserons
Et n'en serons pas mieux vêtues
Toujours serons pauvres et nues
Et toujours faim et soif aurons...
Jamais tant gagner ne saurons
Que mieux en ayons à manger
Du pain en avons sans changer
Au matin peu et au soir moins.
Car de l'ouvrage de nos mains
N'aura chacune pour son vivre
Que quatre deniers de la livre.
Et de cela ne pouvons pas
Assez avoir viande et draps,
Car qui gagne dans sa semaine
Vingt sous ne s'est mis hors de peine...
Et nous sommes en grant misère.
Mais s'enrichit de nos salaires
Celui pour qui nous travaillons
Des nuits grand parties veillons
Et tout le jour pour y gagner.
On nous menace de rouer
Nos membres quand nous reposons
Aussi reposer n'osons...

— C'est la chanson des tisserandes, telle qu'elle est connue par l'histoire d'Yvain, le Chevalier au Lion... déclara Christian.

Thomas écouta. Il aima cette musique et s'aban-

donna au plaisir d'entendre. Quand la chanson
s'arrêta, il regarda Christian et lui dit :

— Une voix se distingue des autres... elle me
semble plus belle, plus pure... on dirait qu'elle
s'envole... et j'ai l'impression...

6.

Thomas n'eut pas le temps de reconnaître la voix. Une grande clameur se fit. On ne pouvait d'abord pas voir ce qui la produisait : la route tournait, masquant l'entrée de l'atelier de tissage. Dès le tournant franchi, on vit une foule d'hommes furieux qui tentait d'enfoncer la lourde porte.

— On dirait vraiment l'entrée d'une forteresse, remarqua Thomas... que se passe-t-il ?

— Ce sont les peigneurs et les cardeurs du bourg !

— Que viennent-ils faire ?

— Ce qu'ils viennent faire ? Mais tout casser, pardi... Allons, viens avec moi, il faut les arrêter !

— Mais, pourquoi ?

— Je t'expliquerai... vite !

Les ouvriers du bourg venaient à bout de la lourde porte : ils avaient apporté un bélier. Derrière l'entrée, des femmes tentaient de repousser les

109

lourds battants, mais elles ne purent endiguer l'élan des cardeurs qui, avec une violence inouïe se frayèrent un passage. Au milieu du groupe des assaillants, on remarquait les fileurs qui, férocement frappaient à l'aide de leurs quenouilles. Du sang coula : les cardeurs maniaient avec force leurs archets à carder, dangereux peignes triangulaires [1]...

Les femmes des métiers ne furent pas en reste pour ce qui est de la violence : toute sorte de parties des métiers furent employés. Le combat fit rage.

Bousculant les cardeurs, les montures de Thomas et de Christian firent merveille. L'épée du chevalier, le bâton du trouvère apeurèrent certains combattants. De plus, s'attaquer à un seigneur les intimidait quelque peu. La bataille continua, mais avec moins d'enthousiasme, puis, défaits, les ouvriers du bourg s'en furent.

Les fileuses regardèrent les nouveaux arrivants. Certaines saluèrent le trouvère. On pansa les blessés qu'on emmenait dans une salle voisine et destinée à cet usage.

— Yvette !

Thomas venait de reconnaître sa cousine qui portait une légère blessure au front. Voyant son cousin, la jeune fille sembla contrariée. Son visage se durcit lorsqu'elle s'adressa au trouvère.

---

1. Les problèmes de rivalité entre les ouvriers cardeurs et peigneurs de laine sont évoqués dans *La Révolution industrielle du Moyen Age* de Jean Gimpel, éditions du Seuil, Paris, 1975, ouvrage dans lequel on trouvera une représentation de scie hydraulique médiévale due à Villard de Honnecourt.

— Christian, pourquoi êtes-vous venus, je ne voulais pas qu'il sache...

— Je n'ai rien dit... l'atelier est sur notre chemin... on a vu les cardeurs...

Yvette pinça les lèvres. Thomas s'étonna de voir chez elle une autorité inconnue de lui. Elle se leva sans le regarder et se dirigea vers les métiers.

— Bien, cria-t-elle à la cantonade... celles qui le peuvent et dont le métier fonctionne doivent se mettre au travail... nous avons perdu assez de temps ! Les autres s'employeront à réparer ce qui est réparable. S'il le faut, allez chercher de l'aide auprès du charpentier... assez traîné, les filles ! Au travail ! Pour vous remettre, je vais faire venir du fromage et du vin. On s'arrêtera dans une heure pour se reposer un peu... Allons ! Courage... et je veux vous entendre chanter ! Même toi, Anne, qui fais toujours semblant ! Tu crois que je n'ai pas remarqué que tes lèvres bougent sans qu'aucun son n'en sorte ? J'ai de l'oreille, tu sais ! Il faut chanter, même quand on n'aime pas sa voix ! Et c'est en l'écoutant qu'on chante de mieux en mieux ! Le travail qu'on fait en chantant est toujours le meilleur !

Yvette fit signe aux deux hommes. Elle les emmena dans une petite pièce avec une table sur laquelle se trouvaient disposés du vin et du fromage. Une ouvrière apporta les gobelets.

— J'ai bien du souci ! dit-elle.

Le chant des fileuses s'éleva. Thomas n'entendit évidemment plus la voix connue, plus belle et planant au-dessus des autres, qu'il avait remarquée en arrivant.

— Bon ! s'exclama Yvette... je suppose qu'il faut que je t'explique...

Thomas ne répondit pas. Il saisit son gobelet et engloutit une bonne rasade de vin épais...

— J'aurais préféré que tu l'apprennes plus tard... mais enfin... voilà, je dirige cet atelier, je travaille...

— Mais à qui appartient-il ?

— A plusieurs personnes, dont messire Jean, sur le fief duquel il est construit... Comme il restait un peu de ma dot, que je n'ai pas voulu donner à maître Gallois, mon père et moi avons acheté des *uchaus*...

— Des quoi ?

— Cela se fait beaucoup chez les hérétiques du côté d'Albi, interrompit Christian, mais c'est une bonne idée : il faut savoir prendre ce qui est bon où on le trouve...

— Je n'aime pas du tout ces hérétiques et je refuserais de leur devoir quoi que ce soit ! répondit Thomas...

— Tu as bien des choses à apprendre, murmura Yvette... Bon... comment dire... lorsqu'on manque de bien pour construire un moulin, un atelier, une *usine*, comme on dit en picard, il faut se mettre à plusieurs. A deux ou trois, ou quatre... chacun possède alors un quart du tout, sauf le propriétaire de la terre qui possède un peu plus... Ainsi peut-on partager justement ce que rapporte la filature entre tous les membres de notre groupe...

— Fort bien, mais que fais-tu, toi, dans cette...
usine ?

— Autant te l'avouer : je déroge et je travaille...
enfin presque : j'y vais rarement de mes mains,
mais je touche un salaire... J'ai appris à tisser au
couvent et je dirige cet atelier, comme tu as vu...
l'argent que j'en tire fait patienter maître Gallois...

— Ce même maître Gallois, s'indigna Christian,
qui s'occupe des ateliers de la ville... les bourgeois
de la commune veulent détruire notre fabrique.

— Ils nous détestent, reprit Yvette, car nous
cardons la laine et nous usons de rouets, ce qui est
interdit dans la ville...

— Pourquoi ?

— Parce que les machines ôtent un peu de
travail... Maître Gallois excite les inemployés
contre nous, comme il fait monter la colère de ceux
qui ont de l'ouvrage en les menaçant de perdre leur
emploi, à cause de nous, car nous travaillons plus
vite, et vendons moins cher, tout en produisant
plus... Ils disent que la laine cardée est moins
bonne et préfèrent la quenouille au rouet... bien
sûr, maître Gallois, le plus gros des bourgeois de
Villefranche jure ses grands dieux qu'il n'est pour
rien dans les attaques des ouvriers de la ville contre
notre atelier... Il n'ose d'ailleurs pas aller ouverte-
ment contre le seigneur Jean qui est puissant, ainsi
que contre les deux autres seigneurs qui tiennent
cet endroit... En attendant, ce travail nous aide,
Thomas. Avec le produit du verre, mon salaire et le
revenu de l'atelier dont nous touchons notre part,
nous parvenons à payer régulièrement notre

dette... Maître Gallois a bien tenté de faire saisir ce bien, je veux dire, notre part d'atelier, mais nos amis l'ont menacé... il est fou de rage, mais n'ose rien directement... Tu entends la chanson ? J'aime bien faire chanter ce qui concerne les ouvrières de la soie à celles qui travaillent la laine... En réalité, nous payons bien nos ouvrières, plus que Gallois et les membres de la Corporation de Villefranche ne payent les leurs... ça ne leur fait pas plaisir ! Alors, de temps en temps, les ouvriers viennent tout casser... Ce ne sont pas seulement des ouvriers : il y a, parmi eux, des malandrins redoutables que Gallois embauche pour entraîner les autres...

Thomas, un peu éberlué, garda le silence. Il but encore. Yvette prit congé et alla veiller sur ses ouvrières. Thomas et le trouvère sortirent. Ils examinèrent soigneusement les chevaux qui, heureusement, n'avaient pas trop souffert de la bagarre, hormis deux ou trois égratignures...

— Tout de même, lança Christian, casser des métiers ! C'est que ça coûte cher, les métiers !

— Mais que dirais-tu, toi, si l'on faisait des engins capables de chanter, ou de trouver des chansons ?

La chose parut bien incongrue à Christian qui rit beaucoup trop fort. On avait fini de soigner les chevaux.

C'est un Thomas pensif qui reprit la route. Christian le laissa à sa rêverie. Le trouvère chevaucha en sifflotant l'air des fileuses.

Ils longèrent encore la rivière, chevauchèrent

calmement dans le paysage tendre. Il fallut longtemps pour que Thomas prenne la parole :

— Mais comment font-ils pour partager les
revenus de leurs *uchaus*...

— Ils comptent les pièces de drap... l'argent...

— Oui... il n'y a pas de division... Mais tout cela
m'a l'air florissant... mon oncle devrait parvenir à
payer sa dette...

— Elle n'a pas de fin... et mystérieusement,
certains actes écrits ont disparu du château... Tu
sais qu'on inscrit les dettes sur du parchemin, on
fait deux copies que chacun vérifie... Il ne reste plus
que celle de Gallois, puisque Fernand a perdu les
siennes... Les juges, par ici, donnent un peu trop
souvent raison à Gallois...

— Le monde a bien changé...

Ils arrivèrent à Villefranche. La porte du Nord
de la ville restait ouverte. On ne leur demanda rien
pour les laisser entrer.

— Cependant, Gallois a un peu peur... Plusieurs
seigneurs des environs sont alliés à Fernand ou à
d'autres de ceux qui tiennent la filature. Il suffirait
qu'ils modifient un peu la hauteur des barrages sur
la partie de la rivière qui traverse leurs terres pour
que Gallois soit dans l'incapacité d'utiliser ses
propres moulins... On peut ainsi donner trop de
force ou pas assez... Ces seigneurs ont aussi des
moulins, ils concurrencent Gallois... Bref, c'est un
peu la guerre, à la grande joie des pêcheurs !

— Pourquoi ?

— A chaque barrage se crée une sorte de lac,
puisque l'eau monte avant de déferler... et pour

une redevance modique, les pêcheurs ont accès à ces endroits, véritables réserves à pêches miraculeuses !

— Je ne connais rien à tout ça... Chez nous, on a des terres, des serfs, un four et des moulins, mais tout reste nôtre...

— Ton père ne se croisa pas... il était bien trop vieux... ainsi ne fut-il pas ruiné ! Mais pour beaucoup...

A la porte d'une taverne, Thomas et Christian attachèrent leurs chevaux. Ils entrèrent.

— Nous devrions dormir dans une auberge... Demain, il y a un marché sur la grand-place... je pourrai dire quelques bêtises pour regarnir mon escarcelle...

— C'est une belle façon de vivre que la tienne, trouvère... tu peux toujours t'assurer de quoi vivre !

— Toujours, non... mais tout de même : tu voyages avec peu, sinon dans la mémoire... j'ai le monde dans la tête et je vais, ventre vide, bourse plate... je fais sortir le monde de ma mémoire, on me lance des sous, je fais rentrer dans mon esprit tous les braves gens qui en sont sortis, et je repars, ventre plein, bourse un peu rebondie... enfin, quand ça marche ! Il y a bien des fois où se bousculent en moi les chevaliers des légendes, les belles dames et les paysans rusés, mais personne ne veut entendre... j'ai alors froid et faim. Et puis, je me sens bien seul ; même si une foule bouge en moi !

— Tu voyages toujours seul ? mais ne rencontres-tu pas des gens sur ta route ? de plus, à

116

force de parcourir le monde, tu dois avoir des amis partout !

— Des amis... oui, j'en ai encore quelques-uns. D'autres ne sont plus. Ecoute :

> *Li mal ne sevent seul venir ;*
> *Tout ce m'estoit a avenir*
> *S'est avenu.*
> *Que son mi ami devenu*
> *Que j'avoie si près tenu*
> *Et tant amé ?*
> *Je cuit qu'il sont trop cler semé*
> *Il ne furent pas si bien semé*
> *Si ont failli* [1]

Christian récita d'une voix forte le poème. Les gens, dans la taverne, se retournèrent pour regarder, écouter le trouvère.

— Qu'en penses-tu ? demanda-t-il.

Thomas n'eut guère le temps de répondre. Une voix, aussi forte que celle de Christian se fit entendre. Un homme maigre, assis plus loin, qu'on n'avait pas remarqué, venait de se lever pour continuer de réciter le poème composé quelques années auparavant par le compère Rutebeuf :

> *Itel ami m'ont mal bailli,*
> *C'onques tant com dieus m'assailli*
> *En maint costé*
> *N'en vi un seul en mon osté*

---

1. Traduction : « Les maux ne savent pas venir seuls : tout ce qui pouvait m'arriver est arrivé. Que sont devenus mes amis, que j'avais tenus si près de moi, et tant aimés ? Je crois qu'ils sont très clairsemés, ils ne furent pas bien semés et n'ont pu lever. »

Je cuit li vens les a osté,
L'amors est morte ;
Ce sont amis que vens emporte
Et s'il ventoit devant ma porte
Ses emporta
C' onques nus ne m'en conforta
Ne du sien riens ne m'aporta [1]

— Ma parole, cria Christian, ce n'est pas possible ! décidément, la mauvaise herbe...

— Eh oui, dit l'autre... c'est bien ce que je vois !

Les deux hommes se regardèrent, et firent mine de se mettre en garde, comme s'ils allaient se battre. L'assistance, ravie de l'incident, regarda intensément les deux farceurs. Christian prit son rebec, l'autre, immédiatement, sortit un luth de sous la table à laquelle il se tenait, et tous deux se mirent à danser en jouant une musique endiablée, l'un lançant un motif, l'autre lui répondant. Leur danse s'agrémenta de mines grotesques, puis, chacun singea l'autre. Ils se mirent, toujours en jouant, à chanter. Christian lança le premier couplet :

De lors ke j'acointai Amors
Les ai servi et nut et jor,
Onkes n'an oi fors que dolors
Et poinne [2]

Tous deux reprirent ensuite le refrain :

---

1. Traduction : « De tels amis m'ont maltraité car jamais, tandis que Dieu m'a assailli de maints côtés, je n'en vis un seul chez moi, je crois que le vent les a enlevés, l'amour est mort, ce sont amis que le vent emporte et il ventait devant ma porte et il les emporta. »

2. Traduction : « Dès que j'ai rencontré l'amour, je l'ai servi la nuit, le jour et n'en obtins rien d'autre que douleur et peine. »

Hé ! trikedondene
Trikedondaine

Puis l'autre musicien attaqua le second couplet :

J'ains la millour de son païs,
C'onke tant n'en amait Paris
Helaine... [1]

Ils poursuivirent, chantant alternativement les couplets, cette chanson peu aimable pour l'amour et, entre chaque couplet, hurlèrent ensemble et grotesquement le refrain :

Hé ! Trikedondene
Trikedondene !

Enfin, ils s'arrêtèrent, éclatèrent de rire.

— Sais-tu qui est cette admirable fripouille ? demanda Christian à Thomas.

— Heu... Non, je ne connais pas...

— C'est Albert, l'admirable, l'étonnant, le merveilleux...

— L'extraordinaire, le fabuleux, le non moins étonnant... reprit l'autre musicien.

— Le curieux, l'époustouflant... le trouvère qui bafouille et chante comme un tonneau, j'ai nommé...

— Albert, monseigneur, pour vous servir, trouvère de son état... je dis bien : trouvère, vraiment

---

1. Traduction : « J'eus la meilleure de son pays : jamais Pâris n'aima autant Hélène. » Les chansons citées ici sont tirées de *Chansons Satiriques et Bachiques du XIIIᵉ siècle*, éditées par A. Jeanroy et A. Langfors, Honoré Champion, Paris, 1965.

trouvère... je ne suis pas comme certains qui jouent aux trouvères, si vous voyez...

— Regarde-le, Thomas... celui-là saurait faire rire les morts au point qu'ils en mourraient encore une fois !

— Holà, Christian, lança Albert... j'ai une grave question à te poser...

Christian prit l'air de quelqu'un de prodigieusement intéressé.

— Je me demande si... encore est-ce un sujet qui demande réflexion... mais enfin... ne devrions-nous pas boire pour fêter notre rencontre ?

— Ah ! l'affaire est difficile ! Il ne s'agit pas ici d'une cause qu'on règle à la légère... qu'en penses-tu, Thomas ?

— Moi, mais je crois évidemment qu'il faut boire...

— Entends-tu, Albert, notre ami le chevalier pense que...

— Oui, mais a-t-il connaissance de tous les aspects de la question ?... il convient de l'étudier avec circonspection... Ah ! chevalier, votre jeunesse me semble bien légère... Boire ou ne pas boire ? Voilà qui va demander un long moment de discussion, c'est une question qu'il faut disputer, allons-y pour une *quaestio disputata*... Il faudra des raisons démonstratives, des attendus... Il faut, de plus, savoir ce qu'en disent les anciens !

— Ça va être long...

— On ne saurait peser ces choses rapidement...

— La nuit ne sera pas de trop...

— Bien, demandons au tavernier un peu de vin

120

pour nous soutenir, le temps nécessaire à l'examen de cette cause extrêmement difficile !

— Il faudra même beaucoup de vin !

On apporta du vin, et, tout en buvant comme des trous, les deux trouvères discutèrent longuement, avec des airs extrêmement doctes, la question de savoir s'il fallait boire ou non pour fêter leur rencontre. Au bout d'un certain nombre de pichets, ils furent d'accord pour conclure, mais l'affaire avait été chaude, qu'il devenait très urgent de boire pour célébrer ces retrouvailles. On demanda donc encore, et encore du vin, jusqu'à ce que se pose le problème suivant : devait-on boire davantage ? On argumenta derechef, en vidant maints gobelets, avant de conclure que c'était nécessaire. Le tout se déroula sous le regard amusé de l'assistance qui croulait de rire. Les deux farceurs surent ainsi distraire la galerie durant une bonne partie de la nuit. Ce n'est pas sans un certain mal de tête qu'ils rejoignirent la paille de l'auberge pour dormir, accompagnés de Thomas, malade comme un chien.

Cette nuit-là, Yvette ne dormit pas. Elle tournait et retournait des mots dans son esprit. Elle écrivait sur une page blanche imaginaire, sur un pur parchemin, des phrases limpides et belles à l'adresse de Thomas. Il avait suffi qu'elle le revoie pour que, d'un seul coup, elle comprenne la raison de la triste langueur qui l'avait prise un jour, elle ne savait plus quand... Mais comment dire tout cela, sinon en le traçant sur ce vélin si blanc où s'écrivent les songes que l'on fait éveillé tout au fond de la nuit ?

7.

Il fit froid au matin. Thomas, encore endormi, n'apprécia guère de se sentir secoué. Il s'éveilla et regarda Christian qui se trouvait déjà prêt au départ.

— On s'en va, dit-il.

Thomas ne posa pas de question. Ses yeux mal ouverts contemplaient un monde flou. Il savourait ce trouble du matin, cette impression familière d'être en dehors des choses... d'exister ? Il soigna routinièrement sa jument, mais en lui parlant à peine, contrairement à l'habitude.

Les deux hommes furent bientôt dans la campagne qu'une buée rosie par le soleil levant colorait. Thomas recouvra ses esprits lorsque le vent piquant lui déferla sur le visage.

— Nous sommes partis bien vite, Christian...

— J'aime autant...

— Mais, tu ne voulais pas conter des histoires sur la place du marché...

— Si, mais Albert est arrivé avant moi... le second arrivé laisse la place à l'autre... c'est ainsi...

— Dommage... j'aurais bien aimé te voir et t'entendre devant la foule !

— Il y a d'autres villages !

— N'empêche que c'est une belle vie, trouvère... toujours en voyage, à rencontrer des gens...

— Trouvère ? C'est le plus bel état du monde ! Et faire pleurer ou rire, y a-t-il plus admirable négoce ?

— Et puis, ça fait plaisir de voir comme vous vous entendez bien entre collègues, comme vous adoucissez l'idée de la concurrence... toi et cet Albert, par exemple...

— Ne me parle plus de ce chien ! De ce pelé, de de galeux, de ce...

— Comment ? Mais vous aviez l'air si heureux de vous retrouver !

— Je n'ai jamais été heureux de retrouver cet imbécile !

— Mais pourtant, les poèmes, le jeu pour savoir si l'on doit boire... enfin, c'était chaleureux, non ?

— Oh, ça ? Non, Thomas, il ne faut pas croire ce que tu vois ! Ne suis-je pas cocasse ? L'art est plus vrai que la vie !

— Mais enfin, vous vous êtes quasiment jetés dans les bras l'un de l'autre !

— C'est pour ne pas faire voir...

— Ne pas faire voir quoi ?

— Que je hais cette fripouille et qu'elle me le rend bien ! Quant aux poèmes, au jeu, c'est l'habitude... on connaît les mêmes choses et nous savons exécuter les mêmes farces... on joue la comédie, ne doit-on pas, par profession, savoir contrefaire les amis inséparables alors qu'on ne peut pas se supporter ! Non, mais, vraiment, Albert, c'est... un abruti, un mauvais, un salaud, un... il n'y a pas de mot, tiens ! Ou alors en latin...

— Rien que ça !

— Ah ! Ça m'énerve ! Parlons d'autre chose !

Thomas n'insista pas. Christian, tout en chevauchant, continua de bougonner d'incompréhensibles borborygmes. On sentait bien qu'il maudissait l'autre trouvère, pour une raison inconnue, peut-être même secrète.

La matinée avança, tranquille. Il fallut s'arrêter pour manger un peu, faire paître, se raser. Au loin, dans la plaine, tels des navires voguant sur un flot calme, émergeaient des bâtiments qu'un mur ceignait, sans toutefois les cacher. Les toits de cette flotte immobile brillaient sous le soleil vif.

— Le monastère, murmura Christian.

— On va bientôt y arriver...

— Nous y parviendrons ce soir, Thomas... la plaine est vide, et c'est trompeur... ce monastère est grand, très grand. Il se situe beaucoup plus loin qu'on ne le croit...

— Il paraît bien proche...

— Il se trouve bien loin...

Christian, grâce à son maître Gilles, connaissait beaucoup de moines. Il pouvait ainsi aller de couvent en couvent : on le recevait généralement lorsqu'il demandait l'hospitalité. De plus, les moines se chargeaient d'écrire, sous la dictée du trouvère, certaines de ses histoires. Ainsi, elles ne se perdaient pas. Christian savait lire, mais non écrire, comme un certain nombre de gens de son temps. Aussi appréciait-il à sa juste valeur le fait de voir ses œuvres copiées.

Depuis le fond des âges, les poètes composaient ainsi, avant que soient écrites leurs œuvres. Toute poésie était art du verbe et de la mémoire. Christian, quant à lui, composait le soir, au soleil couchant, murmurant ses mots tandis que l'ombre gagnait sur le ciel. L'inspiration n'est qu'une écoute de ce qui parle en nous. C'en est aussi la répétition. Christian se persuadait que saint Jean faisait ainsi et que l'aigle n'avait guère d'importance. Autrefois, Christian avait cru qu'il valait mieux composer les farces, les fabliaux, les fables au matin, tandis que le soir se prêtait mieux aux sujets plus graves... Le temps, l'expérience le détrompèrent progressivement. La rigueur de son inspiration, fécondée par la judicieuse fantaisie des procédés rhétoriques, lui donnait depuis longtemps la certitude de posséder son métier. Il pouvait donc trouver un poème n'importe quand. Certes, à certains moments, c'était plus facile... Mais un bon trouvère doit être capable de composer à la demande, n'importe où, n'importe quand... Sinon, ce n'est qu'un amateur...

— Ce monastère va te surprendre, Thomas... tu ne le connais pas ?

— Non... mais en quoi va-t-il me surprendre ?

— Tu as déjà vu des moines ?

— Bien sûr... je suis allé à l'école, chez moi, et frère Antoine m'a enseigné diverses choses...

— Ils parlaient, tes moines ?

— Ils... quoi ?

— Ils parlaient ?

— Oui... sauf un vieux sourd-muet...

— Ah... bon... tu vas te retrouver en terrain de connaissance !

— Pourquoi ?

— Tu verras... Ce sont de bons moines et la table est bonne pour qui aime les pois au lard, les fèves, les haricots et les lentilles ! Ils te surprendront !

— Tu les connais donc ?

— De longue date, de très longue date...

La journée continua. Elle fut un peu morne. L'ampleur de la plaine recelait on ne sait quoi d'écrasant qui mettait mal à l'aise. Nos deux voyageurs ressentaient certainement l'horrible impression du nageur fatigué, allant au bout de ses forces, mais ne sachant pas s'il atteindra le rivage, si proche d'après la vue, si distant d'après les muscles. Le monastère semblait défier l'allure des chevaux par sa masse immobile et qui, pourtant paraissait s'éloigner au fur et à mesure qu'on avançait. De grands champs, mal limités par des haies naines, portaient les tiges dures du blé décapité. Thomas n'avait jamais vu d'aussi vastes parcelles, gagnées besogneusement sur la forêt, par des milliers de moines tranchant et découpant, aplanissant à qui mieux mieux les fûts, les troncs, les ronces, fourrés et breuils.

127

On avait dû restreindre leur ardeur. La forêt, bien utile, risquait de disparaître, de mourir sous les tranchants conjugués de milliers de Parques en robe de bure et troquant les ciseaux contre la lourde cognée. Or la forêt faisait vivre tout un peuple de bûcherons, de charbonniers. Diverses autorités limitèrent peu à peu le défrichage, arrêtant la lourde chute des cognées, l'écartèlement des coins, la coupe nette des serpettes... Le défrichage, il faut le dire, présentait bon nombre d'inconvénients. De plus, la grandeur des parcelles ainsi offertes les rendait vulnérables aux vents, plus difficiles à protéger par des haies. Loi et édits seigneuriaux firent cesser l'abattage.

La grande plaine, cependant, demeurait : rasée, brûlée, défrichée, mise à nu, elle se donnait au vent, immensément glabre. Le blé n'y montrait pas de richesse : un peu grêle des épis, un peu dur au pied, malaisé à faucher, il restait ordinaire, malgré la richesse de la terre. Certains moines virent dans ce manque de productivité d'un bel et bon espace une sorte de punition : il n'est pas juste de voir trop grand. Il y a quelque orgueil à vouloir cultiver des champs de cette taille.

Le paysage ne ressemblait en rien à ce qu'avait connu Thomas : chez lui, tout paraissait plus intime, plus vrai, plus tendre. Les oiseaux gazouillaient, voletaient sur les haies peuplées de petits animaux aux pelages luisants. En y pensant, tandis qu'il chevauchait dans un trop vaste espace, Thomas ressentit vivement une bouffée de nostalgie qui lui mit les larmes aux yeux. Il se souvint des longues promenades, et des jeux de son enfance, lorsqu'il se cachait dans les buissons tandis qu'on le cherchait. En ce temps-là, Julien et lui s'entendaient mieux.

Ce dernier, au même moment, allait sur les chemins auxquels Thomas pensait. La nostalgie de Julien répondait à celle de Thomas. Il regardait les buissons, écoutait les oiseaux et s'étonnait, contre toute vraisemblance, de ne pas découvrir son frère dissimulé derrière tel ou tel arbre, dans tel ou tel bosquet, comme au bon vieux temps des jeux. Julien ne savait vraiment plus quoi penser. Haïssait-il vraiment Thomas ? Déteste-t-on véritablement quelqu'un qui vous manque à ce point ?

Soudain, il sursauta. Il crut voir Thomas. Oui, Thomas... enfin, Thomas tel qu'il fut autrefois.

Un jeune garçon se trouvait là, un jeune garçon qui le regardait gravement. On devinait à sa mise que c'était le fils d'un seigneur. De plus près, il ne ressemblait guère à Thomas, l'éloignement seul créait l'illusion, à moins que les préoccupations de Julien en fussent la cause. Non loin du garçon, un assez beau cheval attendait.

— Bonjour, dit Julien... Comment t'appelles-tu ?

L'autre ne répondit pas. Il se baissa, ramassa un caillou, le lança vers Julien qui l'évita de justesse, déviant la trajectoire du projectile à l'aide de son écu vert. Puis le garçon courut vers sa monture, sauta en croupe d'assez belle façon. En hardi cavalier, il piqua des deux et s'en fut au galop. Julien, interdit, stupéfait, ne songea même pas à poursuivre le garnement. Il fit demi-tour et décida de rentrer. Il se sentit mal, tout d'un coup, attristé, morose. Il sursauta lorsqu'une vache meugla dans un pré. Chaque bruit lui parut une menace. Il ne comprenait pas pourquoi, mais son humeur s'assombrit fortement à cause d'un pressentiment qu'il ne pouvait expliquer. Il s'emporta, se mit en colère, injuriant son frère, parce qu'après tout, du moins le pensait-il, c'était sa faute...

Loin de là, Thomas supportait difficilement la longueur de la route.

— J'ai hâte d'arriver...

— Moi aussi, répondit Christian, d'autant plus qu'il y a tout, dans ce monastère, hormis les femmes... Tout : du bon pain, du vin, de la bière et des livres, beaucoup de livres... et la belle écriture de ceux qui vivent courbés, scrutant le parchemin qu'ils font vivre avec l'encre te réjouira, j'en suis sûr.

Un peu plus loin paissaient ou broutaient des moutons, des chèvres, des vaches pleines : le cheptel des moines montrait son importance. En dehors de la nourriture, du lait, des peaux pour les souliers ou pour se tenir chaud, l'élevage des moines servait principalement à la fabrication du parchemin, dont les *membranae*, grands folios blancs, permettaient d'écrire et de garder les paroles.

La lenteur, la lourdeur de la chevauchée n'empêcha point le rapprochement. Avant d'arriver au monastère, encore loin de ses bâtiments, se dressait, en dehors du chemin, une sorte de grange, faite de planches à claire-voie.

— La parcheminerie, expliqua Christian, enfin... le séchoir !

Les moines fabriquaient eux-mêmes le parchemin. Ils en faisaient grand usage et se devaient de le produire en quantités suffisantes. Ils traitaient donc énormément de peaux de veau mort-né pour le vélin, de chèvre pour le chevrotin, voire de cheval ou de mouton... Selon l'importance des textes, ils choisissaient parmi différentes qualités.

Cette industrie demandait un soin constant. Après l'écorchage, il fallait faire tremper les peaux dans l'eau claire d'une rivière durant au moins un jour entier. On les égouttait ensuite avant de les empiler, côté chair en dessous, après quoi, on barbouillait ce même côté chair de chaux, avant le pliage. Une fois pliées, les peaux attendaient une quinzaine de jours, qu'on les rince de nouveau, qu'on les dépouille de leur laine, poil ou crin. On les replongeait ensuite dans des bains de chaux de forces différentes, on les relavait, avant de les tendre verticalement sur les claies ou *herses* [1].

— Tu vois, Thomas, expliqua le trouvère qui avait souvent vu travailler les parcheminiers, ces peaux sont restées tendues suffisamment longtemps, il faut abréger leur supplice... Il convient maintenant de les écharner à l'aide d'un *pistolet*, c'est-à-dire un genre de ciseau qui permet de lisser

---

1. La description de la parcheminerie vient de *Paléographie du Moyen Age* de Jacques Stiennon, Armand Colin, Paris, 1973.

131

en même temps qu'on écharne. Ce n'est pas un mince travail ! Quand il est fini, il ne reste plus qu'à polir, blanchir avec de la chaux éteinte. Puis le *ratureur* tend de nouveau les peaux sur une nouvelle herse, l'appuyant sur un *sommier* de cuir de veau, promenant obliquement son fer à raturer de haut en bas et de droite à gauche pour enlever soigneusement toutes les inégalités... Il suffit de poncer encore, de passer un apprêt d'amidon pour que la peau soit prête. Ce monastère, quoique septentrional, fabrique, pour certains usages, des parchemins dont seule la face intérieure est polie. La blancheur de ce côté fait qu'on le nomme *album.* Je ne connais pas blancheur plus pure, plus idéale... le teint d'une vierge doit seul être aussi blanc !

— Dis-moi, tu t'y connais ! on dirait que tu...

— Non, hélas, je n'ai jamais fabriqué de parchemin... mais je trouve ça si beau... Il faut passer la main sur la face lisse pour se rendre compte de cette douceur... il faut entendre le glissement de la plume lorsqu'elle chemine pour écrire sur ce blanc sans défaut... un souffle, une caresse !

— Holà ! On dirait que tu parles de la cuisse d'une belle !

— Aucune belle n'a cette finesse, cette...

— L'odeur, en revanche...

Le vent avait permis qu'on ne perçût guère, jusque-là, le remugle de la parcheminerie. Mais il tourna soudain. Ce fut abominable. Christian et Thomas piquèrent un peu leurs chevaux pour passer le plus rapidement possible au large de l'odeur infecte venant de la remise où séchaient les peaux.

— Sur le fumier nauséabond pousse la pure rose, déclara le trouvère, qui n'en ratait pas une... de même cette puanteur est nécessaire pour faire resplendir en écriture la fleur de rhétorique...

Au bout d'un temps qui parut long, ils furent enfin devant le monastère. Mais là, rien... à part une grande porte, extrêmement close, une porte bardée de ferrures, pentures, clous, une porte formidable de chêne vieux, de fer noir, une porte menaçante qui semblait ne jamais, jamais s'ouvrir et qui s'ouvrit pourtant. Thomas entra le premier. Il pénétra dans une vaste cour entourée d'une colonnade déserte. Il crut que le lourd vantail de l'entrée s'était ouvert tout seul, comme par magie. Il se retourna et découvrit un petit homme, vêtu de bure, qui refermait derrière les voyageurs les deux panneaux épais. Ce moine aux bras puissants, malgré sa petitesse, s'arc-boutait, ahanait considérablement dans son effort intense pour refermer le portail. Thomas et Christian le regardèrent. Lorsqu'il eut terminé, il se tourna vers les arrivants.

— Bonjour, bredouilla Thomas.

Le moine ne répondit pas, mais parut soudain en proie à une crise nerveuse : il lança ses deux bras en l'air, les fit tournoyer vivement, s'agitant avec une série de soubresauts curieux. Thomas, inquiet, regarda Christian. Quelle ne fut pas sa surprise en constatant que son compagnon se mit à souffrir du même trouble. Cette maladie, décidément, se propageait bien vite... Thomas s'inquiéta d'une telle contagion, d'autant plus que la gesticulation étrange des deux hommes continua durant quelques très longs instants. Puis, elle s'arrêta net.

— L'abbé Beaussart est au scriptorium, murmura Christian, d'une voix presque imperceptible.

— Comment ? demanda Thomas.

Sa question, dans le silence, résonna comme un cri. Un lourd regard du petit portier, chargé de réprobation, intimida Thomas qui baissa la voix pour demander :

— Mais... que se passe-t-il ici ?

— Je t'expliquerai... viens !

Les deux hommes allèrent vers l'écurie où ne se trouvaient que deux ânes, trois bardots, un baudet et deux mules. Un frère palefrenier, impressionnant de mutisme, saisit les rênes des chevaux, avant de mener ceux-ci vers deux stalles vides aux mangeoires pleines.

— Ils sont tous fous, murmura Thomas à l'oreille de Christian... qu'est-ce...

— Ils ont fait vœu de silence... ils ne parlent pas à cette heure-ci !

Christian entraîna Thomas vers les voûtes de la grande cour. On franchit une porte pour se retrouver dans une autre cour où se promenaient deux bonnes dizaines de moines, l'air absent, marchant de long en large. Certains bougeaient les lèvres dans un murmure insonore, d'autres regardaient le sol, puis le ciel.

— C'est une promenade, un peu de repos, expliqua le trouvère... D'ici quelques minutes, ils retourneront à la tâche. Pour l'instant, ils prient ou méditent, juste avant de se détendre...

Un bruit sec, répété, se fit entendre. On eût dit le claquement d'un bec de cigogne. Un grand moine apparut, tenant une crécelle d'une main, et portant de l'autre une sorte de coussin, une vessie de cuir remplie d'on ne sait quoi. Les autres moines se rangèrent, moitié d'un côté de la cour, moitié de l'autre. Celui qui avait actionné la crécelle posa la vessie à égale distance des deux groupes, alla se ranger à l'écart, puis fit à nouveau résonner sa crécelle. Christian tira Thomas à lui, pour qu'il se place un peu à l'écart.

— Je me suis trompé : c'est l'exercice... le jeu... Tu vas voir, dit-il.

Le claquement de la crécelle n'avait pas fini de se dissoudre dans l'air que, déjà, les deux groupes de moines couraient l'un vers l'autre. L'un des moines du groupe de gauche, vif comme un torrent, saisit la vessie de cuir et courut comme un dératé tandis que trois autres le poursuivaient. Un quatrième le rattrapa, l'agrippa par l'épaule, les autres arrivèrent, le saisirent aux jambes, le firent choir. Il tomba dans la poussière, se roulant en boule autour du coussin qu'on tentait de lui arracher. Les moines de son groupe luttaient à qui mieux mieux pour empêcher qu'on dessaisisse leur équipier de cette vessie. Le tout se déroulait dans un silence total à peine ponctué de quelques râles. Une bagarre générale, muette et violente, se déroula, âpre, acharnée pour la possession de la vessie : il y eut bientôt, au centre du terrain, un amas, un tas, un conglomérat de moines gigotant, s'attrapant les uns les autres. Puis, de cette mêlée informe surgit soudain un jeune homme, qui bouscula tous ceux qui, autour de lui tentaient de le retenir. Il échappa au groupe, et tenant sa robe pour ne pas qu'elle le gêne, se mit à courir vers le mur du fond. Immédiatement, la mêlée se défit, tous les autres moines se jetèrent à la poursuite du jeunot dont la vivacité extrême ne permit pas qu'on le rejoigne. Parvenu au mur, il posa la vessie, se retourna essoufflé, regarda les autres, qui se mirent tous à gesticuler, les uns furieusement, les autres en ayant l'air de ressentir une grande joie. L'homme à la crécelle fit claquer cet ustensile et tout rentra dans l'ordre. Les moines se placèrent en rang, puis s'en allèrent par une porte basse, le dernier tenant la vessie.

— Les jeunes moines jouent à la *soule* pour se détendre... C'est ainsi que l'abbé Beaussart amoindrit la dureté du silence pour les novices... La fatigue du corps permet l'élévation de l'esprit...

— Mais, Christian, ils ne parlent jamais ?

— Il y a un temps pour naître, un autre pour mourir... il y a un temps pour chaque chose : à certaines heures, ils parlent...

— Ça me fait... ça me fait un peu peur, tous ces gens silencieux...

— Or donc, tu aimerais entendre parler !

— Oui... je me sens tout drôle... ce silence oppresse, non ? On a envie de bruit !

— Tu vas être servi !

Le chevalier suivit le trouvère qui l'emmena cheminer dans le dédale de multiples couloirs. Plus

ils s'approchaient du *scriptorium* et de la bibliothèque, plus un murmure, une rumeur, puis un
grondement allaient s'amplifiant.

— On a le droit de parler, par ici ?

— Plus que le droit, Thomas, le devoir !

Une porte épaisse, aux lourdes ferrures, se
trouvait entrouverte. On regarda. Dans un tohu-
bohu indescriptible des hommes lisaient haut et
clair de grands volumes aux pages vastes comme
des voiles. D'autres, en écrivant, marmonnaient un
peu moins fort ce qu'on leur dictait. Au bout de la
salle, assez grande, se trouvait une cathèdre suréle-
vée, au siège vide. Le mélange des paroles dites par
ceux qui dictaient, répétées en marmonnant par
ceux qui écrivaient se heurtaient à d'autres paroles,
dites et répétées pareillement. De l'autre bout de la
salle, un homme, assis sur une chaise à roues,
s'avança soudain, poussé par un moine à l'air
triste.

— Ecoute, Thomas, lança Christian, n'est-ce
pas une bien belle musique que ces voix qui se
tressent ?

L'homme à la chaise roulante arriva au même
moment.

— Ça ne m'étonne pas que ça te plaise, ami
Christian... on dirait... on jurerait entendre cette
musique nouvelle dont tu raffoles et dans laquelle
chacun chante n'importe quoi de son côté ! *Ars
Nova ! Ars Nova...* Vous vous rendez compte, jeune
homme ?

— Euh... je... bredouilla Thomas.

— Bonjour l'abbé, coupa le trouvère... voici

mon compagnon, le chevalier Thomas, fort lettré et instruit, mais qui n'a jamais ouï autant de bruit, environné d'autant de silence... Il est vrai que le monde est un jardin ceint d'écritures... mais n'ignorait-il pas que ces écritures, elles-mêmes, sont entourées de silence !

— Savez-vous, jeune homme, que je suis le parrain de ce trouvère ? s'écria l'abbé, que je suis, moi, responsable devant Notre-Seigneur de ce...

— Ribaud, paillard, insensé, compléta Christian.

— Exactement ! Vous vous rendez compte que je l'ai quasiment élevé ? Et ce misérable ne jure que par l'*ars nova !* Comment pourrais-je m'acquitter de ma mission ! Et dire qu'il chantait si bien, lorsque, tout petit, je lui apprenais la musique selon les préceptes de Grégoire ! Maintenant, il braille et, de plus, compose des chansons à faire rougir une gaupe ! Vous voyagez avec lui ? Quel courage ! Moi, je préférerais qu'on me loge sous une cloche battante que d'écouter ses sornettes ! Au moins, ce que disent les cloches a le sens commun... Bon, frère Gautier, vous surveillerez l'atelier, tandis que je vais accueillir nos visiteurs !

Le moine à l'air triste marcha vers la cathèdre, s'y jucha, tandis que Christian se mettait à pousser la voiturette de l'abbé. Christian se dirigea tout naturellement vers le grand réfectoire. Il traversa la grande salle et l'on se retrouva autour d'une table. Un moine apporta presque immédiatement de la bière, des fèves cuites, du gros pain, du sel, du miel, du fromage. Les deux voyageurs mangèrent.

L'abbé ne dit rien, mais regarda Thomas. Le regard de l'abbé semblait voir au-delà des êtres, percer leurs secrets, lire dans leurs âmes. Il ne posa aucune question, mais Thomas se sentit obligé de parler, de raconter son histoire, comme pour justifier ce que l'abbé avait déchiffré en lui. Il se raconta, certes, ne trahissant pas un mot de la vérité. Sous l'œil clair du vieux moine, il eut l'impression de mentir, ne serait-ce que par omission. L'abbé connaissait bien les hommes : on ne dirige pas une telle communauté depuis tant et tant d'années sans avoir découvert, étudié, compris certains mécanismes, certaines subtilités du cœur et de l'esprit, on ne peut avoir confessé des dizaines et des dizaines de novices sans comprendre à la fois les faiblesses et les forces des âmes. Le silence, de surcroît, avait dû lui enseigner autre chose que l'écoute : une façon particulière de comprendre sans mots, d'entendre sans paroles, comme par divination. Thomas acheva son récit. Un silence un peu lourd suivit, que l'abbé rompit d'un sourire :

— Tu as beaucoup parlé, Thomas... Reprends un peu de bière, pour reposer ta gorge !

L'abbé servit lui-même le chevalier.

— Ainsi, reprit-il, tu es chevalier... mais les temps ont changé et tu cherches une autre aventure, c'est-à-dire une aventure différente... Tu ne combattras pas des géants ni des infidèles, mais tu découvriras ce qu'il y a dans les livres... Etrange époque, c'est vrai, où toutes les voix discordent... Le monde est vieux et l'on ne sait plus bien qui est qui et qui doit faire quoi ! Les moines, autrefois, restaient reclus, travaillaient pour produire leur propre subsistance... aujourd'hui, ils se promènent dans le monde et mendient leur pain... autrefois, on chantait ensemble, maintenant, chacun chante sa chanson sous ombre de... comment déjà ? Ah oui ! Art nouveau ! Naguère on punissait les usuriers... aujourd'hui les chrétiens empruntent et prêtent !

— Autrefois, les moines restaient sur terre, lança joyeusement Christian, ils ne se mêlaient pas de contrefaire l'oiseau !

L'abbé éclata de rire.

— Bravo, messire l'impertinent, me voici pris à mon propre piège ! Allons, je radote ! Mais l'âge ne me rend ni plus sage ni plus fou ! Je reste insensé ! Merci donc au Seigneur qui limite ma folie en m'obligeant à rester assis sur cette voiture ! Lui seul sait ce que j'inventerais encore !

Thomas, interdit, regardait les deux hommes. Devant son étonnement, le moine reprit :

— Autant raconter à ce jeune homme la frénésie qui me conduisit à perdre l'usage de mes jambes... ainsi rira-t-il avec nous ! Raconte donc, trouvère !

— Ah non, mon parrain ! C'est à vous de tout dire et vous dites fort bien !

— Bien, je vais donc raconter... Je ne saurais discerner ce que je ressens en parlant de cela... Je devrais mourir de honte, cependant, c'est avec joie que je... Tu es sûr de ne pas vouloir dire toi-même l'aventure, Christian ? C'est ton métier de dire !

— Non, l'abbé, l'histoire est vôtre et vous dites à ravir !

— Bien, je vais donc...

— Vois-tu, Thomas, l'abbé est un saint homme, mais la flatterie marche toujours : c'est vrai qu'il raconte bien... mais il aime qu'on le dise autant qu'il aime se faire prier !

— Si j'avais l'usage de mes deux jambes, si je pouvais bouger mes pieds, ce trouvère ne pourrait plus s'asseoir... bon, voici l'affaire...

8.

— J'ai lu, recopié, appris, parlé, dit, entendu
plus de huit cents livres... mes yeux ont cheminé
sur les pages, s'y sont arrêtés, fatigués, repus... ils
ont pleuré parfois d'avoir trop parcouru les pages...
J'imagine toujours que parchemin veut dire encore
plus que chemin, de même que parfaire est beaucoup mieux que faire... Il arrivait parfois que je
voie en lisant ce que disaient les feuilles, comme si
au lieu de lettres, je contemplais des peintures
mouvantes à l'image du monde... Lire, mâcher les
mots, parler, ruminer permet ce trouble des sens,
de l'esprit, de la mémoire : je m'effrayais parfois de
voir comme je vous vois l'incendie d'une bibliothèque ou la mort d'un preux... je sentais l'effroi
sourdre en sueur froide dans mon dos... Celui qui
est ainsi avide de lectures, n'est-il pas coupable et
pécheur autant que celui qui s'enivre ou s'indi-
gère ?

Une larme coula sur la joue du vieux moine. Thomas regarda ses yeux délavés, comme usés à force de s'être frottés aux lettres. Thomas se sentait proche de l'abbé : il connaissait, comme lui, le désir irrépressible du savoir, la faim inextinguible de la connaissance.

— J'entrais dans les livres, et parfois même la nuit, je rêvais de lecture et parlais tout haut. Et puis...

L'abbé Beaussart hésita : l'aveu lui coûtait.

— Sans doute un peu... d'orgueil : n'étais-je pas moi-même à l'intérieur des livres ?

L'abbé toussa, regarda ses interlocuteurs, reprit :

— Oui, il est un livre racontant d'étonnantes merveilles... Il est un livre qui me tenait captif, qui ne me lâchait plus, qui m'enfermait, m'emprisonnait... Il est en bon latin, assaisonné de grammaire, et dépeint l'aventure des Anglais d'autrefois... Il fut écrit jadis par Guillaume de Malmesbury... Un bénédictin à l'ancienne, un vrai, pas comme ceux d'aujourd'hui... Et quelque part en son livre, j'ai vu, lu, prononcé l'aventure incroyable du brave frère Elmer...

— Brave si l'on veut, ricana Christian... un vent de frénésie lui aéra l'esprit !

— Elmer avait dû lire, dans Ovide, l'histoire de Daedalus et de son fils Icare...

— Je l'ai entendue moi aussi, interrompit le trouvère, et ça ne m'a pas donné l'idée de jouer à l'oiseau ! Tout le monde connaît cette histoire ! Mais, par la grâce de Dieu, rares sont les fous qui...

144

— Elmer décida de faire ce qu'il fallait afin de s'envoler : il fabriqua des ailes et essora comme un aigle... trois choses toutefois l'empêchèrent de demeurer bien longtemps dans l'air... un tourbillon, d'abord, avec le mugissement du vent furieux qu'on l'investisse, l'oubli qu'il avait commis de se fabriquer une queue avec des plumes, pour la placer *in posteriori parte*, mais aussi, et surtout le fait que d'un seul coup, le frère Elmer prit conscience de sa témérité, se rendit compte de sa folie [1]...

L'abbé s'interrompit encore et réfléchit avant d'ajouter :

— Je m'interdis de regarder encore ce livre... je brûle d'envie de l'ouvrir, de le lire encore, de... Certes, il se trouve tout entier dans ma mémoire, mais... J'aimerais tant toucher ses pages, voir ses lettres, sentir l'odeur...

— Le vent ne vous effrayait donc pas ? demanda Thomas.

— Non, je ne craignais pas trop le vent, je me fis de belles ailes, assez souples à manier, n'oubliai point la queue, bien cousue à mon froc... Ces ailes s'ajustaient à mes épaules par des rênes de cuir très exactement apprêtées, poissées, solides... et pour ne pas trop prendre peur de ma propre audace... que le Sauveur me pardonne ! j'ai bu plusieurs cruchons de vin afin de m'enivrer... Les frères, un peu inquiets, voulurent m'empêcher de voler, mais j'ai

---

1. La vie des moines, le langage par signes, proviennent de l'ouvrage de Dom Louis Gougaud, *Anciennes coutumes claustrales,* Abbaye Saint-Martin-de-Ligugé, 1930 ; on y trouvera aussi l'histoire du moine volant, reprise de Guillaume de Malmesbury.

su déjouer leur surveillance et même... et j'en ai honte... j'ai rudoyé frère Alfred qui veillait sur moi, afin de restreindre ma folie... Enfin, titubant sous l'effet du vin, je suis allé jusqu'à la colline, plus loin, je l'ai gravie... déjà, mes frères venaient derrière moi pour me rattraper... je bus encore à même une outre emportée à dessein, me harnachai, courus sus à mes frères, dévalant la pente... ils s'écartèrent pour me laisser passer... et soudain, je les vis tous, très en bas, tout petits, même mon frère Joseph à la taille si haute... Ils me regardaient, les yeux ronds, affolés... et moi, je me pris pour un ange, je volais ! Je volais ! J'ai tourné dans le ciel, bien au-dessus des arbres ! J'ai plané en spirale comme un aigle, un hibou, je me suis élevé, prenant garde cependant de n'aller point trop haut, à cause du soleil... et j'ai loué le Seigneur quoique en me demandant ce qu'Il en penserait... et si c'était l'ennemi, dans sa mauvaiseté, le semeur en mon âme de l'idée de voler ? Je m'efforçais de n'y plus penser, je volais, et tout à ma joie, je fermai soudain les yeux pour mieux sentir le vent caresser mon visage... en les rouvrant, un arbre fut devant moi, je le heurtai bien fort, mais sans trop de dommage... et c'est en retombant que mes jambes éclatèrent. Et, comme ce pauvre Elmer, me voici tout infirme... Tandis qu'on me portait pour rentrer, un orage éclata. Il y eut un éclair et je compris alors que tout ça était fou... et pourtant, parfois encore, j'ai envie de voler... de reprendre mes ailes et de rouler avec ma chaise à roues jusqu'au bas de la pente, afin de m'élever... ainsi sommes-nous tous bien plus fous que sages !

L'abbé se tut. Bientôt, il se leva pour retourner au scriptorium. Les deux voyageurs purent alors se promener parmi les ateliers silencieux, visiter les cultures, les vergers, voir la fromagerie, la brasserie, la boulangerie... Le monastère ressemblait à une ville entière, avec tous ses travaux... On leur fit goûter, sans un mot, un peu de fromage, on leur fit boire la jeune bière, ils croquèrent une pomme qu'on prit sur une claie pour eux. Le silence, bizarrement, paraissant renforcer la saveur des aliments : le seul bruit entendu tandis qu'ils les mâchaient provenait de leur mastication même... Ces menues nourritures, complétant la collation offerte par l'abbé, leur permirent de ne pas trop s'impatienter jusqu'au repas du soir. Ce repas serait un peu plus riche que d'habitude, en l'honneur des voyageurs. Certains moines s'en réjouissaient d'avance : l'amélioration prévue de l'ordinaire leur donna du courage pour continuer leur ouvrage. Les autres jours, le repas du soir ne se composait que de la *miste* bénédictine : un quart de livre de pain, le tiers d'une hémine de vin... Les voyageurs furent secrètement bénis par plus d'un frère. Nul doute que ce serait profitable durant la suite de leur voyage. Les bénédictions silencieuses ont certainement autant d'effet que les autres.

Le silence, toutefois, n'habitait pas la totalité du monastère et s'interrompait parfois, même en dehors du *scriptorium*. En visitant les bâtiments, Thomas et Christian entendirent, venant d'une salle d'étude, deux voix se répondant. Pour une raison ou pour une autre, une *lectio* avait lieu à ce moment. Les deux voyageurs se dirigèrent vers la pièce et virent deux hommes, un jeune et un vieux, assis côte à côte et les écoutèrent.

La *lectio* consistait à la fois en une sorte d'entretien entre le maître et l'élève, un dialogue de type platonicien. En même temps, s'y déroulait l'analyse, l'étude d'un texte lu à haute et intelligible voix, une *clara lectio,* afin que l'élève entende les *voces paginarium,* les voix du texte. Lire ainsi permettait d'entendre, de s'entendre tandis que, *os justi meditabitur sapientiam,* la bouche, la voix pouvait méditer la sagesse, la mâcher, la ruminer comme un aliment, car la science se dévore, et, tel saint Jean, dans l'Apocalypse, qui mange le livre, les moines se livraient à une manducation, une mastication méditative de leurs lectures. Certes, il existait des exercices de lecture silencieuse (*Legere sibi, tacite legere,* disait-on) [1]. Mais ce n'était point l'objet de l'entretien. De temps en temps, le maître interrompait la lecture de l'élève pour le questionner à propos de grammaire, ou du sens du texte, l'étymologie d'un mot, l'interprétation d'un passage selon ses quatre sens répertoriés : littéral, historique, éthique, analogique... Il s'agissait donc pour l'élève de lire, de considérer, de méditer, de cogiter, de percevoir, non seulement la lettre d'un texte, mais ses potentialités, d'en intégrer le son et

---

1. Voir à propos de la *lectio,* J. Leclercq, *Initiation aux Auteurs Monastiques du Moyen Age,* Editions du Cerf, Paris, 1957.

le sens, de s'en nourrir, de l'incorporer. Dès lors, sa lecture devenait complète : le texte, en lui, résonnait, raisonnait, lui donnait sa substance et construisait en lui durant un voyage, existait hors du livre sur un parchemin fait d'une autre peau, d'une autre vie : le corps, l'esprit même du moine, habités par la parole. Ainsi pouvait-on parler de la saveur des lettres et du parfum de la grammaire, ainsi pouvait-on savourer les mots de la science ancienne, jouir de leur consistance, de leur forme en bouche, de leur plénitude et de leur épaisseur comme on goûte un vin vieux, qui se « déverse alors dans une outre neuve », selon le mot habituel de l'abbé Beaussart, paraphrasant à sa façon l'Evangile.

Thomas et Christian s'éclipsèrent discrètement. Laissant le maître et son élève à leur tâche. Une autre surprise les attendait : c'était le jour de la saignée trimestrielle. Ils virent, avant le repas, les moines en rang se diriger vers l'infirmerie où un frère phlébotomiste fort habile prélevait d'un sagace coup de lancette ce qu'il fallait de sang hors des vaisseaux des moines. On demanda aux voyageurs s'ils voulaient qu'on les saigne. Thomas n'osa guère refuser, mais Christian s'opposa farouchement à cette opération. Thomas regretta un peu de s'être laissé faire, d'autant plus qu'un léger vertige le prit, après que la lancette eut pénétré sa peau. Mais ce ne fut que l'affaire d'un instant.

Au réfectoire, Christian et Thomas furent placés parmi les moines, de part et d'autre de l'abbé. Il y eut la prière, puis l'on rompit le pain. Enfin, l'on

149

mangea les lentilles d'eau constituant le brouet. Un moine assis à côté de Christian regarda Thomas, puis joignit ses deux pouces, puis ses deux index, formant ainsi un cercle. Thomas le regarda, interdit. Le moine recommença. Heureusement le voisin de Thomas intervint et tendit le pain au moine en question. Un autre moine ferma la main, puis frappa deux fois l'index de cette main avec le pouce : le moine lui tendit la cruche. Thomas put apprendre ainsi quelques éléments du langage par gestes en usage dans ce monastère. Il s'en servit, imitant les autres pour demander qu'on lui donnât ce dont il avait besoin. Cet apprentissage hésitant fit sourire Christian, lequel maniait admirablement le langage par signes. En l'honneur des invités, on servit de belles truites prises au vivier : le signe pour les désigner consistait à passer un doigt d'un sourcil à l'autre. Thomas se sentit un peu lourd en sortant de table. En effet, comprendre les signes, les répéter, fut pour lui un jeu, un amusement. Il s'étonnait de réussir à se faire entendre et, redemandant sans cesse des aliments, pour vérifier qu'il y parvenait bien, il en fut quitte pour manger un peu trop. Par chance, l'un des frères qui servait s'en rendit compte et lui prépara en cuisine une bolée d'une tisane tout à fait bonne pour ce genre d'embarras. Thomas apprécia cette gentillesse et regretta de ne pouvoir remercier à haute voix : il ne connaissait pas le geste de la gratitude. Il restait un peu honteux de sa goinfrerie, et encore plus qu'elle fût visible. Après tout, pensa-t-il, cette abondance d'aliments restaurerait le sang perdu au cours de la saignée.

Ils couchèrent dans une cellule libérée pour eux. Le sommeil de Christian fut lourd et profond. Celui de Thomas, extrêmement agité, ne le reposa pas. Il rêva. Son long rêve, consacré à Yvette, aurait dû lui plaire, être agréable. Il parut d'abord l'être : Thomas se vit marchant avec elle parmi les arbres et les fleurs d'immenses jardins, tandis que dix mille oiseaux chantaient. Un grand paon blanc les précédait partout. De tendres rosées les baignaient après avoir fait jouer chacune de leurs gouttelettes dans la lumière du soleil. Pourtant, une amertume demeurait. Yvette dirigeait les rêves de Thomas, elle y régnait avec cette fermeté hautaine acquise à force de commander. Thomas aurait voulu songer à elle sans qu'elle fût présente de cette façon. Un peu de recul semblait nécessaire : elle lui volait son rêve, un peu comme si elle rêvait à sa place. Il tenta de s'éloigner, de se perdre, d'échapper à sa cousine dans le grand jardin. Chaque fois le paon le précédait et appelait Yvette. Elle ne lui laissa aucun répit : il devenait gibier, proie, tandis que la jeune contremaîtresse le harcelait, le poursuivait d'un amour obligatoire et dévorant. Thomas s'éveilla au milieu de la nuit, couvert d'une sueur glacée. Il ne se rendormit qu'au bout de trois heures.

Le lendemain, l'abbé accompagna les deux voyageurs à la porte, tandis que retentissaient déjà les chants graves des matines. Une fois la porte passée, Thomas demanda à Beaussart :

— Mon père, connaît-on par ici l'art de la division ?

— Mon fils, ne vous laissez pas séduire par les arts trop modernes... Il est assez de connaître, d'apprendre et de perfectionner nos vieilles connaissances, qui furent assez bonnes pour les savants de jadis : « nous sommes des nains juchés sur les épaules de géants »... Oui, c'est parce qu'ils nous portent que nous pouvons voir plus loin qu'eux. Si leur savoir était digne d'eux, il reste bien suffisant pour nous... Méfiez-vous des arts impies qui proviennent, de çà et là, d'outre-mer ou d'ailleurs !

— Mais alors, il n'est pas bon d'apprendre à diviser ?

— Je n'ai point dit cela... seulement, ce n'est pas l'urgence...

— Savez-vous si l'on enseigne cet art à Paris ?

— Je ne sais... l'Université est un lieu trop étrange, trop moderne pour moi... Un docteur, paraît-il, y est, ou y était, qui enseignait la plupart des choses arithmétiques qu'on peut savoir... mais c'est là le programme du quadrivium... Il faut déjà connaître les arts nobles du trivium : grammaire, rhétorique, dialectique... encore ces excellentes matières me semblent-elles suffisantes...

— Mais j'ai très envie de savoir diviser...

— Et moi j'eus très envie de pouvoir voler, mon fils... Il est sage de ne point trop nous abandonner à nos propres inclinations... Enfin, si vous tenez vraiment à savoir cette chose, allez voir le docteur Thomas, qui est si savant... il saura vous dire qui

152

peut vous enseigner la division, s'il ne peut le faire lui-même...

Christian, qui avait assisté au dialogue, murmura :

— Je croyais que savoir est toujours bel et bon...

Ce disant, il plaça le pouce sur sa mâchoire, les autres doigts sur l'autre mâchoire, avant de les faire glisser vers le menton, exécutant spontanément le geste signifiant l'idée du beau, du bon, du bien...

— Mon fils et mon filleul, reprit l'abbé, gardez en votre esprit la paix et sachez bien que si la science est en effet belle et bonne, il est bien supérieur de posséder la Foi qui, seule, nous sauvera... il est juste de savoir, mais il est suffisant de croire... autant que nécessaire... ne perdez jamais cela de vue !

Le frère qui conduisait l'abbé obéit au signe que ce dernier lui fit et poussa la voiture vers le monastère tandis que son occupant prenait congé de ses hôtes. Christian et Thomas regardèrent l'abbé rentrer et saluèrent de la main, avant de repartir. La Bréhaigne renâcla un peu, puis se mit en route.

— J'ai vraiment mal dormi, dit Thomas... Je ne regretterai pas les lits du monastère...

— Ils sont bien durs !

— Moins que la terre... Je me souviendrai toujours de l'hospitalité de l'abbé Beaussart ! Enfin, ce n'est pas sa faute si j'ai eu une nuit agitée !

— Alors, que penses-tu de mon parrain ? demanda le trouvère.

153

— Sacré bonhomme en tout cas! Un peu étrange, non?

— Etrange? Ça veut dire quoi, étrange? Moi, je le crois saint et je n'aime guère qu'on le critique! Il a ses humeurs, mais c'est le meilleur homme du monde! Certains pensent qu'il est fou! Mais ils se gardent bien, les sots, de le dire devant moi!

— Fou, il doit l'être...

Christian se mit en colère :

— Fou? Comment ça? Et pourquoi? Oui, pourquoi? N'est-ce pas un vieux rêve que de vouloir voler? Est-il vraiment insensé d'oser faire ce que tant d'autres, ce qu'aucun autre n'osent? Ce courage-là est-il démence? Les gens sont lâches et celui qui montre de la bravoure est appelé dément par les pleutres alentour!

— Je ne parle pas de ça... il faut être fou pour accepter d'être le parrain d'un insensé tel que toi!

Christian se calma aussitôt, et partit d'un bon gros rire.

— C'est que je l'aime beaucoup, mon cher parrain! Il est parfois bourru, il n'aime pas trop les choses d'aujourd'hui, mais il est sage et savant, et s'il bougonne, c'est parfois pour cacher son bon cœur! Oui, la nouveauté l'inquiète et il n'aime guère ces moines d'aujourd'hui qui prêchent hors des églises et mendient au lieu de travailler pour se nourrir... C'est un homme d'autrefois... un puits de science, et pourtant il prêche la pieuse, ou plutôt, selon l'expression qu'il emploie, la docte ignorance!

Le voyage suivit son cours. Il y eut des jours et

puis des nuits, des matins froids, d'autres plus gais. Et toujours, l'avance lancinante au rythme des montures. Ils voyagèrent durant plusieurs semaines, rencontrèrent des gens, un frère prêcheur par-ci, un groupe de moines par-là, sept ou huit pèlerins qui allaient vers le Sud, d'autres se dirigeant vers Chartres, des gens d'armes transportant on ne sait quel trésor. Ils dormirent dans des auberges propres, dans d'autres bien plus sales, voire à la belle étoile. Il y eut une ou deux rixes. Christian chanta parfois sur des places, des marchés.

On continua d'avancer, encore, toujours... Un beau matin, Thomas se mit à chanter. Il manquait singulièrement de justesse et Christian lui dit :

— Je commence à comprendre pourquoi ces moines vivent dans le silence !

Thomas haussa les épaules et bouda quelque peu. Christian se moqua de lui :

— En voilà un orgueilleux ! Si on ne peut plus rien dire, parce que Monseigneur se prend pour un merle ! Monseigneur est bien susceptible ! Croit-il donc chanter comme chantent les anges ? Il faut rester modeste, surtout lorsqu'on écorche la musique de si belle façon ! Va demander à la crécelle qu'elle te donne des leçons ! Ou alors à l'âne lorsqu'il brait ! Tous deux ont beaucoup à t'apprendre ! De plus, l'âne sait aussi jouer de la lyre !... En attendant, ne prends pas la mouche aussi vivement : non seulement tu chantes faux, mais en plus tu es susceptible !

— *Non solum, sed etiam !* Pourquoi ne prêches-

155

tu pas en latin, pour parfaire le portrait ? Regardez-moi l'admirable docteur ! On sent qu'il est fort
sage, avisé totalement ! Es-tu donc évêque pour me
faire la leçon ? Ecoutez-moi ce trouvère ! Le voilà
qui prêche maintenant ! Il lui suffit d'aller voir des
moines pour se croire l'un d'eux... Il me répri-
mande, fustige mon orgueil ! Un orgueilleux lui-
même, qui se croit si parfait qu'il s'autorise à tout
juger !... et patati, et patata ! Et d'abord, frère
Christian, est-ce bien charitable de se moquer de
celui qui chante mal ? N'est-ce pas un péché que de
manquer à ce point de... et puis, vraiment...

— Vraiment quoi ? Je n'ai rien dit, moi... juste
que tu chantes comme un hibou ivre ! On verra les
tortues fuir au galop, plutôt que de t'entendre, les
ânes combler leurs trop vastes oreilles...

— Avant de critiquer, il faut d'abord...

— Bon, ça va ! N'empêche que ce n'est pas bien
de mettre mes oreilles à la torture sous prétexte de
chanter ! Tu offenses les oiseaux, voilà ! T'entendre
chanter est insupportable ! Certes, les démons
doivent beugler ainsi en enfer, pour punir les
damnés ! Pauvres damnés ! Existe-t-il donc des
péchés si noirs qu'on mérite un tel tourment ? Ce
doit être bien épouvantable !

— Monsieur se prend sans doute pour un rossi-
gnol ?

— Ça vaut mieux que de chanter comme un
corbeau malade !

— Monsieur le trouvère, parce qu'il chante bien,
méprise tous les autres... Ah, il est joli, le trouvère !

— Parce que le petit chevalier maigre sur sa

jument antique se trouve regardable ? Comme le corbeau d'Esope, il se croit fin chanteur et beau de sa personne ! « Ils ont des yeux et ne voient pas ! Ils ont des oreilles et n'entendent pas ! »

— A propos d'oreilles, les miennes chauffent fort !

— Probablement sont-elles brisées, si **tu t'es** écouté, petit chevalier de farce qui chantes **si bien** qu'on croit que la pluie va tomber !

— Le petit chevalier va te...

— Regarde !

Ils s'arrêtèrent net. Ils venaient de sortir du bois. Devant eux, au bas de la butte parsemée de hameaux, la ville s'étendait. On distinguait dans la brume les maisons, les vergers, le fleuve et, sur l'une des îles, la grande église multicolore, brillant sous un rayon de soleil, jaune comme le beurre, qui perçait les nuages, se reflétant dans l'eau claire de la Seine, telle une fière nef prête à l'essor. C'était Paris.

9.

Paris, en contrebas, ne semblait pas bien grand. On distinguait, de loin, les cinq îles. En descendant, les murailles qui ceignaient la ville aveuglèrent peu à peu l'horizon. Au loin, à gauche, on apercevait l'église Saint-Laurent, parmi les moulins et les vignobles dont la plupart appartenaient aux Filles-Dieu, ces religieuses produisant un vin renommé dont elles n'usaient guère.

Quelque chose de léger dans l'air, un certain charme de la lumière, la beauté calme du paysage firent naître une allégresse dans le cœur de Thomas, comme dans celui de Christian : Paris, découvert ou retrouvé, Paris, offert aux yeux, aux pas, demeure une merveille, un chef-d'œuvre toujours à connaître mieux, toujours nouveau et surprenant.

Les deux voyageurs cheminaient dans la rue Poissonnière, qu'on appelait aussi « Vallée aux voleurs ». Ce nom ne décourageait pas les gens qui

159

l'empruntaient : ils se pressaient, dépassaient Thomas et Christian, ni les conducteurs d'attelages criant gare à chaque instant bien qu'ils ne semblassent guère se soucier de bousculer quelqu'un. Plus on approchait de Paris, plus la foule devenait dense. Thomas pensa qu'il n'avait jamais dû voir autant d'hommes, de femmes, d'enfants assemblés durant toute sa vie...

— Regarde, La Bréhaigne, regarde ! Paris ! murmura-t-il.

La Bréhaigne n'eut pas l'air de s'extasier outre mesure. Pour la vieille jument, ici ou ailleurs... du moment qu'une mangeoire pleine ne se trouve pas trop loin !

Bientôt, Christian et Thomas longèrent le plus immense tas de gravats, d'immondices et de débris divers qu'on puisse imaginer. Il s'élevait à droite, formant une butte de belle taille sur les flancs de laquelle se dressaient des habitations de fortune. En approchant de l'enceinte, on pouvait voir des hommes, des femmes, des enfants, vêtus de haillons, fouiller dans l'ordure pour y grappiller on ne sait quoi. Certains se battaient pour un relief, un rogaton, ou encore un quelconque reliquat vaguement exploitable d'objet ébréché. Cette butte était ironiquement nommée « *mons superbus* », ou Montorgueil, tandis que l'on donnait plaisamment à l'ensemble des cabanes branlantes qui s'y trouvaient la douce appellation de « Villeneuve-sur-Gravois ». Ce spectacle attrista Thomas qui talonna sèchement sa monture.

La porte de la ville se trouvait bordée à droite

par la rue Mouffetard, ce qui évoquait parfaitement l'odeur immonde qu'on y pouvait renifler. Elle émanait du grand fossé qui la séparait du mur fortifié. Il y avait à l'époque deux rues Mouffetard, une au sud, gravissant la montagne Sainte-Geneviève, et celle, hors les murs, qui longeait le fossé de l'enceinte. Christian savait deviser longuement pour déterminer laquelle puait le plus, laquelle évoquait le mieux le délicat parfum de la moufette...

Cette voie se prolongeait, après la porte Saint-Denis, par un autre chemin, tout aussi imprégné de remugles : on l'appelait Saint-Roch, car ce saint protège de la peste. Christian lança quelques plaisanteries d'un goût peu relevé en passant entre ces deux routes. Thomas se boucha simplement le nez. Enfin, ils parvinrent juste devant la porte... Paris, tout près, là, de l'autre côté, les attendait.

Marchands et voyageurs se pressaient pour entrer, payer des droits, accomplir diverses formalités. Tous discutaient avec les factionnaires, les préposés. La cohue, joyeuse ce jour-là, bruissait de plaisanteries, de blagues, de bons mots. Portés par le mouvement, Thomas et Christian se retrouvèrent à l'intérieur des murs sans trop savoir comment : peut-être se liquéfie-t-on dans cette rivière humaine, y perd-on ce qu'on est, y devient-on une goutte insignifiante, inconsciente d'elle-même avant de renaître, soudain, baigné par l'air radieux de la ville dont on sait qu'il rend libre.

Thomas, fort civil, salua quelques-uns des gens

qui passaient. Christian rit assez fort. Thomas s'offusqua :

— Et alors ? En voilà des sauvages ! Ils ne répondent pas quand on leur dit bonjour !

Un sourire moqueur illumina le visage du trouvère qui répondit en fredonnant, scandant :

— Trikedondene, niquedouille, et tralala, il y a bien trop de gens pour qu'on dise bonjour à chacun ! La journée n'y suffirait pas ! On n'est pas au village, mon jeune ami ! Trikedondene et tralala, car nous sommes à Paris ! Il y a tellement de passants que pour les saluer tous, on attraperait des crampes au bras !

— N'empêche que les gens d'ici ne sont pas très polis !

— Trikedondene ! trikedondon, on n'est pas très poli, dans la ville de Paris. Ça étonne Thomas, mais moi je sais pourquoi ! Tralala !

— Arrête de chanter comme un niaiseux ! Et explique !

— Ici, mon bon ami, trikedondene, tu fais ce que tu veux, trikedondon, les gens te laissent tranquille, si tu ne les gênes pas, tralala ! Là-haut, là-bas, partout, tout le monde te regarde, et l'on jabote et parle, et les potins pullulent... trikedondene... Mais à Paris, ce n'est pas pareil, trikedondon : on ne se connaît pas, personne ne sait qui tu es, personne ne t'ennuie et tralala... Chez moi, dans mon village, chacun épie chacun, chacun veut regarder comment tu te conduis, mais à Paris ! Mais à Paris !

— Trikedondene, je suppose ?

— Exactement !

— Si je comprends bien, tu n'apprécies rien plus que la tranquillité : tu as toujours voulu être vieux pour l'atteindre, tu aimes Paris parce qu'on ne t'y ennuie pas... Je me demande...

— Quoi donc ?

— Pourquoi tu ne te décides pas à vieillir à Paris !

— Ayant commencé vieux je m'en vais rajeunir !

— Trikedondon !

Ils continuèrent leur route, passèrent devant Saint-Jacques-de-la-Boucherie.

— Paris, reprit Christian, c'est le paradis des trouvères ! A peine chantes-tu, que viennent et viennent les gens ! Certains donnent des sous, d'autres de simples mailles... Ah ! Paris, Parouart !

— Parouart ?

— C'est un petit nom gentil que l'on donne à Paris, il en est d'autres encore...

Tout autour d'eux s'élevaient des étals, débordant largement les deux grandes halles des Champeaux. Christian, qui connaissait la ville mieux que s'il y était né, montra tour à tour les marchands qui passaient :

— Voici le marchand Aliber... Puis la vieille Gertrudon... Et Thibert le boucher... là, son rival, Saint-Yon, aussi gras que ses bœufs ! Ils s'évitent, s'ignorent, ne se regardent pas ! Ils se détestent ! Leurs commis, paraît-il, se battirent un beau jour à grands coups de gigues d'agneau ! Et ça tapait, et ça cognait, tu aurais dû voir ça ! Le plus fort saisit un quartier de bœuf, oui, tout un quartier, et l'appliqua soigneusement sur la trogne d'un grand gaillard de garçon boucher qui depuis ressemble à un cochon, avec son nez tout étalé, tout épaté, tout plat... Remarque, il ne s'est pas laissé faire ! Oh non !... Il a saisi une queue de bœuf et s'est mis à fouetter l'autre de si belle façon et de telle manière qu'il lui arracha une oreille... On allait en venir aux couteaux lorsque les sergents arrivèrent ! Ah, c'était beau ! C'était beau ! Tu aurais dû voir ça ! Parce que, juste avant que le grand gaillard saisisse la gigue, un apprenti, un petit futé avait lancé de la tripaille à la figure de...

Le trouvère devint lyrique. Sans mettre pied à terre, il commença à raconter le combat, trouvant les accents les plus épiques, transformant cette bagarre de garçons bouchers travaillant pour des patrons concurrents, en geste phénoménale, en combat héroïque digne certainement d'un preux, d'un Guillaume d'Orange, d'un Alexandre, d'un Roland. Les gens s'attroupèrent pour écouter. Le trouvère ajouta force détails, commenta, insista sur les faits les plus cocasses, décrivant longuement les charmes d'une belle bouchère dont les vêtements furent déchirés durant la mêlée, charmes que tous purent admirer tandis qu'elle fessait à coup de plat de hachoir l'un des garnements du groupe adverse. Christian pérorait, juché sur son cheval, lançant des mots sonores, peuplant l'air de visions admirables. Bref, on y était, on avait l'impression de contempler la scène. Des mailles et autres menues monnaies plurent lorsque le récit s'acheva, Chris-

164

tian mit enfin pied à terre et les ramassa. Puis, après être remonté, il se tourna, tout essoufflé vers Thomas.

— Alors, qu'en dis-tu ?

— Sacrée bagarre, mais... au fait...

— Quoi ?

— Quand tu as commencé, tu as dis : « il paraît que »...

— Et alors ?

— Ça veut dire que tu n'as pas vu cette bataille !

— Qu'est-ce que ça peut faire, puisque, grâce à moi, tu l'as vue ! Car tu l'as vue, non ? comme de tes propres yeux.

Thomas ne répondit pas. Décidément, ce trouvère... Christian ne laissa pas durer le silence, il désigna les passants :

— Voici Barbette, le changeur, et là, Héron, l'apothicaire : on dit qu'il fait des remèdes, mais aussi des poisons... la belle Coquatrix, qui vend de très beaux fruits et qui chante à ravir...

Christian fit de grands gestes à l'intention de ceux qu'il désignait. A la grande surprise de Thomas, certains répondirent. Le trouvère, satisfait, déclara :

— Tu vois qu'on se salue tout de même à Paris ! Enfin, parfois...

— Ils te connaissent ?

— Non, mais les riches aiment à être salués, aussi, certains d'entre eux répondent !

D'autres, en revanche, ne prêtaient guère d'attention au trouvère empoussiéré par le voyage et dont le cheval sale faisait bien grise mine. Ils mirent pied à terre et laissèrent leurs chevaux à un gamin qui les garda contre une ou deux mailles.

— Ces trois riches, là, vêtus comme des princes, ce sont Gentien, Bourdon, Barbette, et celui-là, derrière, c'est Popin... ils sont tous changeurs, prêteurs et tout ce que tu veux, ce qui les rend fort riches avec l'argent des autres... Ils règlent entre eux les affaires de leur métier et chacun dirige leur groupement, l'association, correspondant à leurs métiers, quoi...

— Ils ont une guilde, comme chez nous...

— Voilà... Tous les corps de métiers en ont une... mais ici, ils sont plus puissants qu'ailleurs !

Ils marchèrent encore et traversèrent la Seine au milieu d'une rue : le pont du Châtelet, bordé de maisons hautes faites de bois et plâtre, formait une voie étroite, et parfumée d'odeurs de cuisine : des gens, par là, préparaient leur repas. Au pied du pont, cachées par les maisons, tournaient les grandes roues, des moulins-bateaux, broyant le blé, l'orge, le seigle qu'apportaient les chalands, les embarcations diverses qui descendaient la Seine et qui donnèrent à Paris ses armoiries.

Soudain, ils s'arrêtèrent. Notre-Dame se tenait là, grande, belle, calme. La pierre, étonnamment vibrait, vivait, peinte de mille couleurs. Des nouveaux venus, comme Thomas, scrutaient, le nez en l'air les statues de façade. Christian entraîna Thomas, lui montra autre chose : des images multicolores représentant des saints qu'on distinguait à peine en raison de la hauteur. Deux badauds regardaient comme eux, commentant les scènes représentées par les sculpteurs :

— Voici Pépin, dit l'un.

— Là, c'est Charlemagne...

Ils ne virent pas le malandrin qui, tandis qu'ils parlaient, coupait habilement leurs bourses avant de s'enfuir. Ce qui n'échappa guère à Christian qui laissa un instant Thomas pour aller s'entretenir avec le brigand. Puis on continua de s'ébahir devant la jeune église. Christian montra à Thomas l'immense inscription que constituait la signature de l'architecte qui construisit le transept Sud : « Maître Jehan de Chelles a commencé ce travail le 2 des ides de février 1258 »... L'inscription s'étendait sur une telle longueur que huit hommes auraient pu s'allonger parallèlement aux lettres sans que rien dépassât... Thomas s'étonna d'une telle dimension.

La fierté des architectes ne présentait habituellement pas cette démesure. Certes, tous tenaient à signer leurs œuvres, pour qu'on se souvienne d'eux, et l'on voit dans les labyrinthes des grandes églises, au centre, à la fin du petit pèlerinage que constitue leur parcours, une plaque portant le nom du *Doctor Lathomorum* responsable de l'édifice. Rares, cependant étaient ceux qui outrepassaient la légitime fierté de l'homme signant son œuvre pour la muer en ostentation, en superbe comme Jean de Chelles... D'autant plus que, malgré leur grande beauté, les églises de ce temps n'étaient pas trop bien bâties. Les architectes s'enrichissaient parfois plus en remettant sur pied celles qui s'effondraient qu'à en édifier de nouvelles. Les plus admirables édifices ressemblaient ainsi à des colosses aux pieds d'argile et cette fragilité évoque bien celle de toute entreprise humaine.

Thomas vit un pèlerin aller vers le labyrinthe. Il suivrait le chemin, peut-être à genoux, en un parcours mystique évoquant le voyage d'un croisé, ou celui vers Santiago. Un autre homme en revint, le sourire aux lèvres, sachant que cette route symbolique vaudrait une indulgence.

— Viens, Thomas, viens... Je connais un autre pèlerinage et qui te plaira bien... mais auparavant, allons chercher les bêtes... ensuite nous chanterons !

Ils rebroussèrent chemin, récupérèrent leurs montures qu'ils tinrent par les rênes en marchant devant elles. Christian entraîna Thomas dans un entrelacs de rues. On prit celle des Marmousets. De chez un charcutier sourdait un délicieux parfum de petits pâtés chauds.

— Christian ! Si on mangeait ? Regarde, il y a même un barbier, là... On mange, et puis on se fait raser... qu'en penses-tu ?

— Non, pas encore, Thomas... il faut d'abord travailler un peu !

— Travailler ?

— D'une part... et de l'autre, il existe, sur la rive senestre, un endroit où les pâtés sont les meilleurs du monde : c'est ceux-là qu'il nous faut !

Les deux compères tournèrent dans la rue de la Barillerie afin d'aller jusqu'au Pont-au-Change. Là se trouvaient les boutiques des orfèvres, des changeurs et drapiers. Christian longea le fleuve jusqu'à ce qu'on puisse voir le jardin du roi, derrière le Palais de Justice, allant jusqu'aux petites îles, là même où furent brûlés les maîtres du Temple...

D'un seul coup d'un seul, Christian s'arrêta et se mit à chanter. Il tendit les rênes de son cheval à Thomas, afin d'avoir les mains libres pour jouer de son instrument, et lança d'une voix formidable :

— Ecoutez, mes amis, le plus fameux rebec de l'univers entier ! Il beugle comme une vache, il brait comme un âne et si l'on me paye bien, il chante comme une sirène ! Ecoutez-le, il parle !

Effectivement, le rebec parla : quelques obscénités semblèrent sortir de la caisse. Christian n'aimait rien tant que ces petits exercices de ventriloque qui remportaient toujours un assez franc succès. Bientôt on s'attroupa et l'on jeta des sous. Le malandrin de tout à l'heure en profita bellement. Il avait suivi Christian de loin. Il ne perdit pas son temps, mais s'empara des bourses de l'assistance avec l'entrain du moissonneur dont le blé est bien lourd. Le rebec de Christian résonnait dans l'air frais : le trouvère, fort habile, imitait le cri de divers animaux.

— Si l'on me paye encore plus, j'arrêterai de jouer, afin de ménager ce qu'il vous reste d'ouïe après ce beau concert ! Qu'en dis-tu, rebec ?

Le rebec répondit que ce n'était pas trop tôt, qu'il en avait plus qu'assez de travailler, d'autant plus qu'on ne le payait pas. Bref, il trouvait ça injuste et voulait dormir.

— C'est un buveur d'eau ! hurla joyeusement

Christian, voilà pourquoi il est maussade ! Rebec ?
Rebec ? C'est bien un nom qui vient de Rebecca...
Vous savez, Rebecca, qui épousa Isaac ! Et où donc
Eliezer, envoyé par Abraham, rencontra-t-il
Rebecca ? Où donc ? Au bord d'un puits ! Au bord
d'un puits ! Or, rebec est buveur d'eau ! Rebec est
donc maussade !

La foule se mit à rire, et les sous plurent de plus
belle. Le rebec répondit que ça valait bien mieux
que d'être un ivrogne. Christian parla ensuite
d'Esaü, le mangeur de lentilles, fils de Rebecca et
montra que vraiment, boire de l'eau et manger des
lentilles... enfin, quant à lui, il préférait le vin, les
petits pâtés chauds... mais il ne forçait personne !
Le rebec protesta, injuria Christian qui reprit :

— La femme du rebec se nomme rebèbe, elle est
plus petite, mais possède autant de cordes car,
comme toutes les femelles, elle fait grand bruit !
Rebèbe ! Rebèbe ! N'est-ce pas bien proche de
rhubarbe ? Et que fait la rhubarbe ?

Suivit un exposé parodiquement docte au sujet
des effets intestinaux de la rhubarbe, le tout mêlé
de faux latin et de grec improbable. Le rebec
protesta pour la forme, mais fut vite subjugué par
la faconde de Christian. Pendant ce temps, avec
une virtuosité toute professionnelle, le malandrin
opérait consciencieusement. Une chanson termina
la représentation, des sous l'accompagnèrent, tin-
tant sur le sol. Enfin, Christian s'arrêta.

Lorsqu'il s'en alla, le malandrin le suivit jusqu'à
certaine taverne, dans la rue aux Fèves. Ils attachèrent La Bréhaigne et le cheval de Christian à l'un

des anneaux scellés dans la muraille, puis entrèrent.

A peine ouvrirent-ils la porte qu'une odeur trop lourde sembla fondre sur eux, mélange de soupe, de sueur, de vin renversé tournant à l'aigre, d'eau croupie que buvait lentement le sol de terre battue, de bière sure et de soupe recuite. Une fumée épaisse piquait les yeux, empêchait de bien distinguer les gens de l'assistance, qui se tenaient assis par terre sur des *jonchées* douteuses, nattes de roseau et de paille qui grisonnaient car on ne les changeait pas souvent. La fumée provenait de la cheminée où cuisait on ne sait quoi dans un chaudron si gras que les flammes grésillaient contre son fond, tandis que s'envolaient des fumerolles noirâtres.

Cette buée à couper au couteau donnait à la salle un aspect irréel, fantomatique. Un brouhaha, fait de diverses paroles laissait émerger, çà et là, des jurons orduriers, avec le choc bien sec des dés qu'on laisse choir sur les joncs du sol, celui des pièces qu'on pose trop violemment sur le tablier d'échecs. Ce bruit s'accompagnait d'un concert de toux rauques. Les murs, couleur de suie, brillaient d'une humidité gluante sur laquelle éclatait parfois la blancheur un peu crue d'un graffiti récent, profondément gravé dans la chaux.

Les trois nouveaux venus se frayèrent un chemin, bousculant les corps de ceux qui étaient assis là, agglutinés. Il y eut des injures, des menaces... mais les trois hommes parvinrent au fond de la salle. Un individu à l'allure louche, sans doute le tenancier, leur ouvrit la porte d'une autre pièce où

171

jouaient d'autres gens dans un coin un peu sombre. Ils purent s'asseoir autour d'une table presque propre et portant la trace humide d'un chiffon rapidement passé sur la surface du bois mal poli, propice aux plus belles échardes. Le malandrin vida les bourses qu'il venait de voler, Christian ouvrit sa besace, remplie des pièces qu'on lui avait jetées. On rassembla le tout puis l'on partagea, pièce par pièce. Thomas, révolté, serra les dents, ne dit rien, tandis que le voleur vidait un gobelet avant de repartir.

— C'est honteux ! maugréa le chevalier, honteux !

— Mais non : on s'arrange et tout va bien... n'es-tu pas content d'avoir bu ce vin ? grâce à ces petits arrangements, nous n'écornons pas nos économies ! Il faudra que tu t'y fasses, si tu veux vivre à Paris ! Les choses y sont chères et, pour te loger, il faudra que tu payes. Allons, sortons de cet endroit, et allons...

— Où ?

— A la taverne, pardi !

— Mais, on y est !

— Une taverne ? Où ça ? Ici ? Ah ! non ! C'est un bouge, une décharge, une étable, un cloaque... On s'est arrêté là pour un instant, pas plus, afin de contenter notre ami le voleur qui a le goût fort bas ! maintenant, allons dans une taverne, une vraie ! Je connais la meilleure... enfin, la pire : c'est selon ce qu'on pense... On y boit plus car le vin est meilleur ! En fait, il est bien pire, puisqu'il incite à boire ! On y devient de meilleure humeur, mais c'est ce qu'il y a de plus déplorable pour notre salut !

— Et qu'a-t-elle de plus que celle-ci ?

— On y rencontre des gens bien pires... ou bien meilleurs ! Le vin, en attendant, y est tout à fait supérieur à cette piquette qu'on vient de nous servir... En plus il y a des tables, des vraies où tous peuvent s'asseoir... Oui, il y a beaucoup de place et le sol est dallé... on peut y avoir, juste à côté, des pâtés excellents, qui surpassent ceux qu'on trouve rue des Marmousets !

— Tiens, c'est vrai que j'ai faim !

— La puanteur de cette taverne coupe l'appétit, l'air y est si épais qu'on dirait de la soupe... Dommage qu'elle soit mauvaise et qu'elle nourrisse mal... Ah ! Que ça sent mauvais ! On se croirait à la campagne ! Allons !

Les deux hommes sortirent. Ils marchèrent, étonnés de respirer enfin. Ils allèrent jusqu'au Petit-Pont qu'ils devaient franchir afin de se rendre sur la rive gauche.

Pour un petit pont, c'était un petit pont ! Donnant accès à la Montagne Sainte-Geneviève, il formait par son étroitesse un véritable goulot d'étranglement, régulant lentement les aller et retour du Quartier Latin vers la Cité comme vers la ville marchande et grouillante. Le Petit-Pont, encombré, populeux, ne pouvait se franchir que moyennant péage. Après quoi, on se retrouvait dans une intense bousculade : ceux qui allaient, ceux qui venaient débordaient leurs files respectives, se heurtaient aux marcheurs et aux cavaliers à contre-courant, pestaient, se houspillaient, s'injuriaient ou se battaient. Sur les côtés de cette voie étroite se dressaient des maisons sur pilotis, deux ou trois moulins fixes, autant de moulins flottants, des marchands d'herbes, d'épices aux parfums un peu lourds se mêlant aux odeurs sales des boutiques de volailles vives. A ce délicat mélange s'ajoutait l'effluve des marchands de poissons qui, venant de la mer, passaient sur le pont, après avoir cheminé sur la longue route des Poissonniers qui les menait d'abord aux Halles. De là, ils préparaient leurs livraisons pour les cloîtres, les collèges de la Rive Gauche et passaient le Petit-Pont, suivis ou précédés par les vendeurs de laine, de toile, d'huile, de fer, de bois de lance, de suif, de cire, de miel, de vin...

Il fallut un certain temps pour que Thomas, Christian et leurs montures puissent franchir le pont. Ça ne se passa guère sans injures, ni coups de coude dans les côtes.

A l'autre bout du pont, on reprit haleine à l'ombre du Petit-Châtelet. Christian montra à Thomas la grand-rue Saint-Jacques, bordée de masures, de granges, de jardinets, le tout interrompu par la masse de l'église Saint-Benoît, le couvent de Saint-Mathurin...

— Voici donc ton nouveau pays, Thomas, lança le trouvère... Nous allons d'abord boire, avant de te trouver un collège... Voici la Cité des Arts Libéraux, mon ami... voici le Jardin des Lettres !

Thomas n'imaginait pas que ce serait ainsi : il pensait auparavant que cette rive ne serait qu'une immense salle d'étude, peuplée d'étudiants, pavée de livres. Et que voyait-il ? Un village, même pas une ville aux maisons accotées, se jouxtant comme les villes du Nord, mais des vergers, avec des bâtiments de petite taille, interrompus par des églises plus massives... De la boue partout, en dehors de quelques rues pavées. Il pensait que Paris sentirait l'encre fraîche, la noix de galle, le parchemin. Et que respirait-il ? L'odeur des pommiers dont les branches alourdies par des fruits dépassaient des haies et des barrières, celle des cochons qui passaient, le groin dans le caniveau médian, le parfum des cuisines et des rôtisseries qui volait par les rues, se mêlant à d'autres fragrances qu'on n'identifiait pas.

— Allons, viens, Thomas...

— Je meurs de faim !

— Nous allons chez dame Sylvie ! Il y aura des pâtés, du vin et, j'espère que nous y rencontrerons un ami, un fameux ami !

On marcha vers le Clos-Bruneau. Par endroits, la ville resserrait son tissu, montrait des maisons collées les unes aux autres, ou à peine séparées par d'étroites venelles comme dans les vrais villages. On pénétra dans l'une de ces venelles pour entrer dans un îlot un peu sombre, mais propre. Là, Christian se dirigea droit vers une porte dont seule la partie inférieure se trouvait close. Il regarda à l'intérieur, puis, ouvrit et entra. Un gamin prit les chevaux et les mena vers une remise où se trouvaient du foin, de l'avoine...

Cette taverne ne ressemblait guère à l'autre.

D'abord, le sol dallé resplendissait : ici, la propreté régnait. Les tables, bien cirées, brillaient dans un strict alignement. Les gens, plus calmes, parlaient moins fort et la rumeur semblait plus un ronron familier qu'un fracas agressif. Il s'agissait d'une taverne « banale », c'est-à-dire que, située sur les terres de l'Université, cette dernière y taxait les denrées qu'on y vendait, mais contrôlait, par ailleurs, la tenue de l'établissement. Dame Sylvie dirigeait cet estaminet comme elle le voulait, c'est-à-dire excellemment. Des tavernes franches se tenaient un peu partout qui relevaient d'autres juridictions.

Un jeune clerc, au fond, écrivait, tranquille, posant un papier sur une écritoire percée d'un trou dans lequel se fichait une corne contenant de l'encre. A ses pieds, un grand chien dormait. De loin, Thomas put voir que le clerc écrivait vite et mal. Peu importe.

Cette taverne était spacieuse. Les joueurs, au fond, ne gênaient guère, malgré leurs exclamations, leur agitation. Les dés roulaient, on poussait du bois. Cependant, même les échéquistes gardaient un peu de mesure, ce qui contrastait fort avec l'habitude de cette sorte de gens, généralement braillards, voire violents, à cause des sommes qu'ils misaient. Il faut reconnaître que la lenteur du jeu possédait en ce temps de quoi énerver le plus patient. Les pièces se mouvaient alors comme aujourd'hui mais la dame, qu'on nommait *fierce*, ne pouvait faire qu'un pas en diagonale et le fou, ou *aufin*, sautait obliquement jusqu'à la troisième case, ou par-dessus une autre pièce. Encore faut-il savoir que ces règles n'étaient point immuables, variaient selon les régions. Certains joueurs usaient de dés pour diriger la marche d'une partie. Les tours étaient des chariots et se nommaient *rocs* et les pions *paonnets*. Ce jeu fut « moralisé » par Jacques de Cessole qui s'en servit afin d'expliquer comment l'on doit se bien conduire, la marche du jeu devenant une métaphore de la vie : le Moyen Age occidental avait féodalisé ce jeu venu d'ailleurs en y abaissant le pouvoir du roi. Moins moral était le fait qu'on perdait parfois des fortunes sur l'échiquier.

— Veux-tu jouer, Thomas ?

— Non : d'abord manger, manger ! De toute façon, jouer est impie !

Thomas s'assit. Christian alla vers la desserte à côté de laquelle se trouvait une grosse dame joviale au corsage rebondi de telle sorte qu'on le lorgnait souvent. C'était dame Sylvie, la patronne, autant dire la souveraine de cet établissement. Un beau sourire illuminait la transparence bleutée de ses yeux. Elle portait, çà et là, les traces attendrissantes du temps qui passe. Des ridules, aux coins des paupières ensoleillaient son visage plutôt qu'elles ne le vieillissaient. Loin d'attrister sa mine, elles tempéraient l'impression de force que dégageait la robuste stature de Sylvie, y posant l'ombre suave de la fragilité, du peu de temps que dure la douceur des choses...

— Eh bien, Sylvie, tu ne reconnais pas ton vieil ami ?

177

— Oh si ! Je te reconnais ! Et tu n'es pas plus joli qu'autrefois...

— Les années t'embellissent, douce amie, et tu deviens dodue comme un joli pain blanc ! Allons, du vin et des pâtés ! As-tu du blanc manger, de la bouillie de veau ? Des terrines ? du fromage ?

— As-tu de l'argent, toi ? Parce que je te connais... il y a longtemps que je me méfie des trouvères !

— Je t'ai toujours payée !

— Oui, mais tu ne t'es jamais pressé !

Christian déposa sur la table quelques pièces que la femme prit en riant. On entendit : « j'ai gagné » du côté des joueurs. Un homme se leva, plutôt bien de sa personne, malgré un ventre arrondi. Richement vêtu, il aurait pu passer pour un bourgeois. Mais son regard brillait d'une fièvre, d'une joie que n'ont point les marchands.

— Cet homme-là, s'écria Christian, n'est pas Virgile ni même Bertrand de Born ! C'est l'étonnant, le superbe, l'effarant Rutebeuf ! Celui qui mange plus que personne et boit en se servant d'un setier en guise de gobelet !

— Allons bon ! Il faut que je m'en aille ! Cet endroit est décidément trop mal famé ! Sylvie, n'as-tu pas honte d'accueillir chez toi ce monceau d'immondices qui chante comme les damnés que l'on brûle en enfer !

— Attends, je vais chanter ! Comme ça, tu pourras comparer !

Sylvie leva les yeux au ciel, puis, les poings sur les hanches, regarda les deux hommes.

— Que vont-ils encore m'inventer, ces deux-là, s'écria-t-elle, que vont-ils trouver, cette fois ? Ne cassez rien ! Ou alors je vous...

Les deux hommes se jetèrent dans les bras l'un de l'autre.

— Alors, Christian, te voilà de retour !

— Pas pour longtemps, hélas : j'accompagne un béjaune et je vais en Champagne ! Allons, viens boire avec nous : j'ai acheté à dame Sylvie le meilleur vin possible !

— Non, tu sais bien que je déteste le bon vin !

— Goûte-le, au moins !

Rutebeuf, protestant, s'assit tout de même en expliquant combien il abhorrait le vin. Dame Sylvie haussa les épaules : elle connaissait par cœur ces blagues de trouvères. Dodelinant de la tête, elle contempla les deux poètes avec un air très faussement sévère. Rutebeuf vida d'un trait un gobelet, puis un autre.

— Pouah ! Que c'est mauvais ! dit-il, non vraiment, c'est dégoûtant ! C'est bien pour te faire plaisir que je vais encore en boire une demi-douzaine ! Parce que, vraiment... Et puis, il faut que je goûte encore pour vérifier que c'est aussi mauvais que ça ! J'en doute, ce n'est pas possible que ce soit aussi infect ! Non, je n'y crois pas ! Donne-m'en encore que je vérifie !

— Comme tu dois souffrir ! Tiens, essaie voir ce vin-là : il est encore pis ! C'est une rareté, le plus infect du monde... C'est pourquoi on le paie si cher !

Thomas servit une rasade à Rutebeuf qui ne tarda pas à la laisser déferler dans son gosier.

— C'est l'enfer ! Mais que ne ferais-je pas pour un ami comme toi !

— Pourtant, Rutebeuf, on dit que les Français aiment le bon vin !

— Pas moi ! Pouah, quelle infection ! Pauvres Français !

Il vida encore un gobelet. Thomas, pendant ce temps dévorait un petit pâté tout en regardant les deux hommes. Il se demandait si tous les poètes devenaient fous, ou s'il fallait commencer par être fou pour être poète. C'est là une question importante qui n'a toujours pas été résolue.

— C'est un moine, Salimberne, qui a dit : Les Français aiment le bon vin... Feras-tu mentir ce moine ? C'est péché que d'induire ainsi un religieux en faute ! Il n'a pas voulu mentir ! Et par ta faute, le voici accablé ! N'as-tu pas honte, Rutebeuf ?

Rutebeuf baissa la tête, renifla comme un gamin pris en défaut et d'une voix pleurnicharde déclara :

— Bon, tu as raison, par pénitence, je vais boire un autre gobelet de cette infâme boisson ! Mais il faut que tu boives, toi aussi, car tu viens de pécher très dangereusement !

— Moi ?

— Oui ! Regardez-moi ce mécréant, cet impie, ce Sarrasin ! Il agit contrairement aux Saintes Ecritures ! N'est-il pas recommandé dans le livre d'Esther « de ne forcer personne à boire du bon vin contre son gré » ? Le roi Assuérus ordonnait sagement qu'on se conforme à la volonté de chacun !

Aussi ne voulait-il pas que l'on force quiconque à s'abreuver, à se saouler comme un chien, un âne, un cochon, ou pire : un vulgaire Christian !

— Horreur ! l'enfer me guette ! Je vois déjà le Diable tout prêt à me brûler ! J'ai contrevenu aux ordres du grand Assuérus ! Je suis maudit ! J'ai grandement péché ! Vade retro ! C'est ma faute, oui, ma faute ! Mais la miséricorde divine dont il ne faut jamais désespérer me sauvera si mon repentir est sincère ! Je vais expier, je vais faire pénitence... Tiens, j'irai à genoux jusqu'à Chartres ! Non : ce n'est pas assez, grande est la faute, plus grande doit être l'expiation. Que puis-je faire ?

— Confesse-toi donc, mon fils !

Rutebeuf se leva, prit l'air digne d'un prêtre et fit agenouiller Christian qui, la mine humble, se mit à confesser son terrible péché, puis d'autres tout à fait extravagants et drolatiques.

— Voilà, mon père, dit-il en guise de conclusion... Quelle sera ma pénitence ? Devrai-je me rouler dans l'ordure ? Me flageller ? Me percer le flanc ? Me lacérer les chairs ?

— Non, mon fils, car je connais pire, pire encore... tu vas boire de ce vin. Grande est la faute ! Plus grande la punition ! Ecoutez, mes frères, il n'est pas juste qu'un péché effroyable ne soit pas châtié d'une façon encore plus effroyable ! La colère du ciel s'élève ! Craignez-la... Le jour de Colère est arrivé, *Dies Irae ! Dies Irae !* La Punition va s'abattre, comme à Sodome, à Babylone ! Tremblez, pécheurs ! Tremblez ! Tu vas boire, Christian ! Tu vas boire beaucoup pour expier bellement... et de plus, je vais boire en sa compagnie, ce qui est vraiment la pire des tortures !

— Mais au fait, abbé Rutebeuf ?

— Qu'y a-t-il, Pharisien ? Comment oses-tu encore parler, lever les yeux vers le ciel dont tu es indigne ?

— Mon père, n'est-il pas impoli de ne pas boire quand les autres boivent ? L'ami Thomas, ici présent, est donc condamné à boire trois gobelets au moins !

Thomas se mit au diapason et, d'un air humble et soumis, pleura avant de boire...

— Arrête de pleurer : tu vas mettre de l'eau dans ton vin, ce qui est péché ! Trop tard ! Tu es donc condamné à boire encore un gobelet ! Dame Sylvie ! Ce gobelet a contenu de l'eau, rincez-le !

Sylvie s'approcha, riant. Elle fit mine de bougonner. Christian lui tendit son gobelet plein. Elle but d'un trait, remercia en écartant les mains du trouvère qui s'égaraient un peu, sourit à Thomas et dit :

— Heureusement que je ne bois pas à chaque fois que mes clients m'offrent un gobelet ! La maison tournerait ! Mais je ne peux rien refuser à ces deux fripons !

Cette fois, ce fut la main de Rutebeuf qu'elle frappa d'un coup sec.

— Vous n'avez pas fini ? Que va penser ce jeune homme ? En voilà des manières !

Christian saisit Thomas au poignet et dirigea la main de son compagnon vers les rondeurs de Sylvie. La résistance de Thomas empêcha qu'elle

les atteigne. De toute façon, Sylvie s'en allait déjà :
on l'appelait plus loin.

Les trois hommes choquèrent leurs gobelets, puis
chantèrent gaiement :

> *Vive le poisson de Normandie,*
> *le blé d'Angleterre,*
> *les laitages d'Irlande*
> *mais*
> *les vins de France !*

Personne autant que Rutebeuf n'a su chanter la
faim, la misère, la pauvreté. Pourtant, le poète
connaissait généralement l'aisance, sauf lorsqu'il
perdait un peu trop au jeu. Ayant de riches
protecteurs, parmi lesquels des grands seigneurs,
voire le fils du roi, il savait leur soutirer diverses
libéralités ou pensions. Pour dénouer les cordons
de ces très nobles bourses, il chantait sa misère
avec des accents poignants qui ne laissaient, ni ne
laissent personne indifférent. Ainsi pouvait-il
jouer. Cependant, c'était un joueur sage et gardant
toujours une poire pour la soif. Il lui arrivait de
surcroît de gagner. Il réussit néanmoins à bâtir sa
légende de poète famélique ruiné par les dés : les
gens n'aiment rien tant que la misère des artistes,
et la trouvent d'autant plus pittoresque qu'elle ne
les contamine pas.

Après s'être abreuvé, Rutebeuf s'en alla. On se
reverrait le lendemain, mais, pour l'instant, le
poète avait à faire : il devait se rendre chez le
décier pour s'acheter des dés. Superstitieux comme

beaucoup de joueurs, il n'aimait pas jouer avec des dés ayant déjà beaucoup gagné. Il croyait qu'un nombre limité de gains s'inscrivait au départ dans le destin de chacun des petits cubes d'os, d'ivoire, de pierre ou de bois qu'il aimait tant faire rouler.

Christian, qui allait devoir partir pour la Champagne, comptait bien confier Thomas à Rutebeuf, pour qu'il lui apprenne à vivre en ville et l'aide dans les formalités nécessaires pour se loger, suivre des cours...

— Alors, demanda Thomas à Christian, dès que Rutebeuf fut parti, celui-là aussi...?

— Quoi, celui-là aussi?

— J'ai vu que vous riiez bien ensemble... j'en conclus que tu le détestes, comme l'autre...

— Quoi? Mais tu es fou! Rutebeuf est le plus cher de mes amis! Je l'aime de tout mon cœur...

— Les trouvères sont bizarres... sans doute, à force de contrefaire les sentiments, ne savent-ils plus très bien ce qu'ils éprouvent... Ils chantent les louanges de femmes qu'ils n'ont jamais vues, crient misère quand ils sont riches, parlent de richesses quand ils ont faim, décrivent des combats qu'ils n'ont pas vécus... Ils deviennent tour à tour hommes, femmes, ânes, chevaux ou saints et ne grossissent pas d'avoir tout ce monde en eux... bref, ils mentent et pourtant, dans leurs fables il y a de grandes vérités!

— Le talent est d'exprimer au mieux ce qu'on ne connaît pas! Et d'ailleurs, que connaissons-nous?

— On se le demande !
— N'est-ce pas ?
Ces fortes paroles méritaient bien un verre. Ils en burent donc plusieurs.

10.

Le vin séduit, le vin enjôle et celui-là, fort, clair, vif, mêlait au parfum des herbes une fluidité, un léger gras qui donnait envie d'en boire encore. Ce goût nouveau provenait de la Syrah, cépage importé récemment d'outre-mer. Cette saveur le démarquait des ordinaires gamays, vins que nul n'appréciait alors. Mais il fallait bien les avaler lorsque l'argent manquait.

Sylvie ne proposait que du premier choix. Elle aimait boire et rosissait bien joliment lorsqu'elle dépassait un peu la mesure. Elle n'hésitait pas à faire venir du vin de Bouzy, d'Avignon, voire de Narbonne.

Lorsque Thomas s'écroula, totalement ivre, Christian s'inquiéta. Thomas n'était pas habitué à boire, du moins à boire autant. Mais, Sylvie, qui connaissait la musique, ne fit ni une ni deux : elle saisit le jeune homme par les bras, le hissa sur ses épaules et l'emmena tout simplement dans le jardin. Là, elle l'allongea près du puits, tira de l'eau et en déversa un grand seau sur le visage du pauvre Thomas qui reprit peu à peu ses esprits. L'heure du couvre-feu approchait. Sylvie n'en avait cure : elle gardait souvent quelques personnes désireuses de boire encore un peu avant de rejoindre la couche qu'elle leur louait dans une chambre à un, deux ou trois grabats, ou alors, des hommes trop ivres pour partir qu'elle couchait dans une remise pour un prix relativement modique.

— A la bonne heure, dit-elle, on se réveille ! Voilà ce que c'est que de fréquenter les poètes !

Christian, qui était resté dans la salle pour laisser faire Sylvie, arriva.

— Allez, va-t'en, trouvère... ce qui va suivre n'est pas plaisant ! Mon Dieu, un si jeune homme !

L'aubergiste traîna Thomas un peu plus loin et entreprit, avec une douceur toute relative, d'évacuer le trop-plein de vin qui l'emplissait encore. Ce dernier, étouffant, éructant, s'étranglant, finit par rendre tripes et boyaux. Après quoi, toujours tranquille, Sylvie le débarbouilla d'un autre seau d'eau.

— Alors ? Ça va mieux ?

— Heu... Oui...

Thomas baissait les yeux, honteux, confus, effaré d'être vu dans cet état par une femme.

— Redressez-vous, bon sang ! Certes, ce n'est pas joli-joli, mais enfin, on a bien le droit de s'étourdir un peu, de temps en temps !

Elle le regarda mieux, l'examina, s'amusa de son air penaud et dit :

— Un enfant... vous êtes encore un enfant !

— Mais...

— Ça ne fait rien, vous savez... je n'ai rien contre les enfants...

Dans la fraîcheur de la nuit, Thomas se mit à grelotter. Sylvie le revêtit du châle qu'elle avait jeté sur ses épaules en sortant et le frotta. Thomas ferma les yeux, se laissa faire, savourant la chaleur de Sylvie.

— Bon, on va rentrer... Je vais faire chauffer de l'eau...

Elle aida Thomas, le soutint jusqu'à l'intérieur. Elle donna quelques ordres à une servante. Puis elle alla vers Christian, après avoir assis Thomas, qui grelottait toujours.

— Bon, trouvère, je m'occupe de ton protégé ! On va te loger, tu te débrouilles avec Clarisse ! Tu payes d'abord !

— Que veux-tu faire ?

— Ecoute, ce serait un ivrogne de ton espèce qui se trouverait dans cet état-là, je le chasserais à coup de pied aux fesses, mais lui... tout jeune, il est tout jeune... Il sent encore le lait et non point le vieux bouc et la vinasse gâtée comme vous autres !

Christian n'insista pas. Sylvie monta Thomas dans sa propre chambre. Elle ne réfléchissait pas vraiment, ne cherchait pas à savoir pourquoi elle tenait tant à soigner le jeune homme. Au seuil de la chambre, elle respira la bonne odeur des jonchées fraîches que les servantes ne négligèrent point de disposer sur le sol. Il y avait des feuilles de pommier, un peu de thym, des fougères : tout ce qu'elle aimait. Elle le coucha sur son lit, le déshabilla, l'enfouit dans ses draps. Ce faisant, elle se sentit trembler, mais très légèrement... Thomas se réchauffa, puis s'endormit. Sylvie le regarda dormir.

On apporta l'eau chaude, puis un baquet. Sylvie demanda qu'on refasse chauffer de l'eau. Elle hésita puis, rabattant les couvertures, elle se prépara à porter Thomas jusqu'au baquet, pour le glisser dans l'eau qu'elle jugeait à point, ni trop chaude, ni trop froide. Elle imaginait pouvoir procéder avec une douceur suffisante pour baigner le jeune homme sans l'éveiller. Elle se demandait tout de même d'où lui venait cette soudaine sollicitude. Elle retrouvait une impression ancienne, des gestes d'autrefois, une tendresse de mère. Elle repensa à ses enfants, ses pauvres enfants qui moururent jeunes, comme tant d'autres en ce temps... Quelque chose en Thomas lui rappelait un de ses fils... Un peu de tristesse s'insinua en elle. Sa solitude pesa, tout à coup extrêmement lourd. Elle soupira, pensant à son mari, disparu lui aussi, à cette auberge que, depuis, elle tenait toute seule, à certaines larmes, trop brûlantes, lorsqu'elle ne dormait pas tout au cœur de la nuit...

Elle regarda le corps nu du jeune homme et pensa que, finalement, ce n'était peut-être pas tout à fait une tendresse de mère qui l'habitait présentement. L'apparente minceur de Thomas cachait une musculature fine, déliée, mais puissante : l'éducation d'un chevalier, par les nombreux exercices, avait bien modelé Thomas dont la peau, blanche et douce, contrastait avec la teinte bise du drap.

— Sylvie, Sylvie, murmura-t-elle, à quoi penses-tu ?

Elle approcha le lourd baquet, le plaça très près du lit. Elle saisit Thomas, et plus vivement qu'elle l'aurait voulu, le plongea dans l'eau. Thomas, réveillé en sursaut poussa un cri, se débattit, sortit du baquet. Sylvie ne l'entendit pas ainsi : elle voulut absolument l'y faire rentrer. Thomas se défendit. Une lutte assez âpre s'ensuivit, que Thomas domina rapidement. Il immobilisa Sylvie sur son lit. Il se trouvait sur elle, ruisselant, la maintenant, et ne sachant plus quoi faire...

Sylvie, essoufflée, les joues en feu, regarda cet homme nu, là, fort et dégoulinant, qui pesait sur elle, puis elle ferma les yeux, savourant infiniment ce sentiment rare de n'être pas, pour une fois, la plus forte. Elle aurait voulu rester là, longuement, soumise, domptée, offerte...

La pression de Thomas faiblit. Sylvie ouvrit les yeux, sourit. Elle dégagea ses bras, saisit Thomas aux épaules, l'attira contre elle, plaquant avidement ses lèvres contre les siennes, l'embrassant ardemment, furieusement... Après ce baiser, tous deux furent muets, interdits. Ce qui venait d'arriver les intimidait. Un instant passa, puis Sylvie dénoua les lacets de son corsage, offrant au voyageur cette poitrine vaste et ronde dont la forme, sous le vêtement, faisait rêver les hommes...

Thomas n'étant point sot cueillit comme il le faut les fruits qui s'offraient. La tendresse fit le reste. Sylvie redécouvrit qu'il est bon de naître fille. Thomas se rendit compte, qu'être un homme, n'est pas mal non plus. Tous deux en débattirent longuement alors même qu'ils étaient en accord sur ces points. La nuit passa, très belle...

Thomas s'éveilla seul le lendemain. Il faisait froid. Il s'habilla, puis se dirigea vers la porte, faisant craquer les jonchées, que la nuit avait eu le temps de dessécher.

Il se retrouva dans la salle, au sortir de l'escalier.

— Avez-vous bien dormi ? demanda Sylvie, avec un bon sourire.

— Heu, oui, oui...

— Oh ! L'impertinent ! Bien ! Il faut se restaurer, maintenant !

Elle ordonna qu'on serve du lait chaud, du pain, du fromage, des noix, des amandes, du miel... Puis elle alla faire on ne sait quoi d'utile à son négoce. Christian, déjà attablé trempait une soupe épaisse en faisant mille bruits chuintants. Entre deux bouchées, il déclara :

— Il va falloir que je parte...

— Déjà ?

— La route est longue... Rutebeuf va venir te chercher... il te montrera comment faire pour aller aux cours... Pour le logement, ce sera plus dur : les collèges sont pleins et pour louer en ville...

— Pour louer en ville ?

— C'est cher et puis tout est pris ! Il y a tellement d'étudiants que le moindre recoin est loué, surloué, reloué ! Et puis, il faut payer... ce n'est pas donné, tu sais...

— Je sais, et j'ai de quoi...

— Pour l'instant... mais la vie à Paris... l'argent fond, mon ami, il se dégèle, il coule, et c'est vite la débâcle ! enfin, Rutebeuf t'expliquera, t'aidera...

— Et pour le logement, on peut s'arranger, dit Sylvie qui arrivait sur ces mots.

Thomas sursauta. Sylvie avait parlé comme si de rien n'était, lançant cette proposition d'un air limpidement innocent.

— Oui, répondit Christian, Sylvie peut te loger un peu pour un prix modique en attendant... il faudra que tu aides à l'auberge : on en a parlé... tu dormais encore...

Thomas but une gorgée de lait chaud. Il fit ensuite un vague signe de remerciement. Il s'en voulait de cette nuit délicieuse, savoureuse, il s'en voulait de cette tendresse fondante, de cette douceur parfumée, de ce désir si fort qui l'unit à Sylvie, le mélangea à elle et le rendit si fou... Il s'en voulait, parce que c'était trop bon, trop doux et qu'un tel déferlement de joie aurait dû n'être réservé qu'à une seule femme, et que cette seule femme, décidément, ressemblait beaucoup à Yvette... En même temps, comment ne pas vouloir rester là, dans les bras de Sylvie, dans sa blondeur parfumée ? Comment ne pas désirer ce regard si beau qu'elle avait au moment du plaisir ? Thomas la regarda, et se sentit rougir. Par chance, un homme entra, et c'était Rutebeuf.

On ne s'attarda pas : les trois hommes sortirent,

on sella les chevaux. Et l'on accompagna Christian jusqu'à la porte Saint-Antoine. Les adieux furent brefs, puis le trouvère partit en chantant à tue-tête : « trikedondaine, trikedondon »...

Rutebeuf et Thomas s'en retournèrent vers le quartier des écoles. Ils passèrent près de chez Sylvie, continuèrent un peu. Rutebeuf aida Thomas comme il l'avait promis. Certaines formalités furent vite accomplies. Puis Rutebeuf prit congé. Il partait en voyage, lui aussi, dans un ou deux jours, à la suite de son protecteur.

Thomas se sentit heureux de sa solitude. Il se promena, sans se rendre compte qu'il allait toujours du côté de chez Sylvie. Il ne connaissait pas la ville, cependant, quelque chose d'irrésistible et de mystérieux le conduisait immanquablement vers l'auberge. Lorsqu'il s'en aperçut, il eut un mouvement de colère. Puis il réfléchit : il ne résisterait pas, non, il ne pourrait pas... or, il ne le voulait pas, il ne voulait certes pas ! Il resterait fidèle à Yvette, un point c'est tout... Donc, il devenait hors de question de loger chez Sylvie.

Et quand bien même ! La tentation serait grande, qu'il loge chez elle ou ailleurs... Il pourrait toujours venir à l'auberge, même en couchant à l'autre bout de la ville. Mais alors comment faire ? Où aller ? Cette Sylvie, vraiment, quelle... Thomas sourit : maintenant, il allait en vouloir à cette femme si douce, la rendre fautive de son propre errement, trouver qu'elle exagérait, comme si ce n'était pas aussi sa faute à lui...

Il mit pied à terre, et regarda La Bréhaigne dans les yeux.

— Et toi, qu'en dis-tu ? Ça t'est égal, ma belle... attends voir... comment t'ont-ils soignée dans cette auberge ? Ça a l'air d'aller : poil luisant... bien propre... Que va-t-on faire, ma belle ? Où allons-nous loger ? Je ne connais personne ici, hormis Sylvie... si tu savais comme elle est ! Elle me donne faim ! Vrai ! on dirait une pomme, un fruit sucré, on en a l'eau à la bouche ! Et dire que c'est un péché ! Comment est-ce possible qu'une si belle chose soit un péché ! En plus, je ne suis pas allé à l'église ! Il faut me confesser ! me laver, me... Pourtant, je n'ai pas l'impression d'une faute si grande ! Crois-tu qu'Yvette saurait se montrer aussi... comment dire ?... La Bréhaigne ! te rends-tu compte ? Je divague, maintenant ! Et nous sommes seuls à Paris... Ah, tu as de la chance, toi... un bel étalon arrive, ça se fait, c'est fini, tu n'y penses plus... aucun remords, rien... Si un autre étalon s'approche, à la bonne heure, tout est pour le mieux ! Quelle chance ont les chevaux, les chiens, les vaches, les ânes ! Ils n'ont pas dans leur cœur la petite musique, l'incessante antienne du remords et de la tristesse... Leur âme fait silence à ce qui est péché pour nous !

Il réfléchit. Puis reprit :

— Remarque, peut-être... en mettant les choses au point... elle n'est pas sotte, alors... donc, on loge chez Yvette...

La jument hennit. Thomas, confus, se rendit compte de son erreur.

195

— Heu... chez Sylvie et je lui dis que... enfin que non, quoi, que ce n'est pas possible à cause d'Yvette et du péché... Comment ? Qu'est-ce que tu racontes ? Ah oui ! La tentation ! On lit chez la bienheureuse Hrostwitha qu'Abraham ne craignit point d'aller au bordel même chercher une fille pour la sauver... Au début, pour attirer la confiance, il s'y fit héberger et résista à la tentation au lieu même où elle opère le plus fortement... Comme lui, d'autres ermites dont je ne sais le nom vécurent ainsi, pauvrement, purement, chastement sous l'escalier des putains et résistèrent, alors même que les filles s'ingéniaient, comme elles savent s'y prendre, à les aguicher, les tenter, les entraîner vers le péché... Mais je crois que je résisterais plus facilement à dix mille jolies putains qu'à une seule Sylvie ! Elle est... Elle a... son... enfin le regard ! les cheveux ! Et ses mains ! Tiens, ses mains ! Tu as vu ses mains ? Non, je ne pourrais jamais ! La Bréhaigne, que vais-je faire ?

— C'est pas très causant, une jument, n'est-ce pas ?

Thomas se retourna, derrière lui se tenaient deux gaillards d'étudiants goguenards flanqués d'un chien.

— Tu as vu, Le Rouge, dit l'un d'eux... il parle aux animaux dans une vilaine langue !

— C'est vrai, Albert... mais c'est normal... aucun humain ne supporterait un tel accent, un dialecte aussi laid ! Tiens, toi... oui, toi, celui qui parle aux chevaux... essaie donc de discuter avec

196

mon chien, il s'appelle Averroès... mais parle-lui français, pas ton laid parler d'on ne sait où !

— Facile, répondit Thomas, facile... Il n'y a qu'aux ânes que je ne parle pas ! Viens, Averroès, mon ami...

Le chien alla vers Thomas qui le caressa. Grande fut la surprise des deux clercs.

— Qu'est-ce qu'il dit ? demanda Albert à Le Rouge.

Thomas répéta :

— Je ne parle pas aux ânes... en général ils vont par deux : *asinus asinum fricat...* Ah ! Vous ne comprenez pas le parler picard ! Allons-y pour le latin ! En tout cas, ce chien-là est déjà mon ami !

Il se dirigea vers Le Rouge, l'air jovial en disant :

— *Ave, amice, sum beatus cum videam te!* Serre-moi la main...

Un peu surpris, Le Rouge tendit sa main. Mal lui en prit, car, l'ayant saisie, Thomas ne la lâcha pas et se mit à faire une longue tirade à peu près incompréhensible dans laquelle il expliquait qu'il adorait les imbéciles, surtout lorsqu'ils sont très laids et se nomment Le Rouge, puis, gardant toujours la main de son interlocuteur, il la tira à lui, la tordit tant et si bien que Le Rouge se retrouva par terre, les quatre fers en l'air. Le chien Averroès gronda un peu, mais n'intervint pas contre Thomas, qui l'avait caressé. Il comprenait sans doute que tout cela n'avait rien de bien sérieux. Ce chien ne défendait pas toujours son maître : il s'était habitué aux luttes amicales d'étudiants et pensait que c'en était une...

Le compagnon de Le Rouge, en revanche voulut intervenir. Il brandit son *tribard*, son lourd bâton, l'air menaçant. Thomas n'eut qu'à saisir son fléau d'armes qu'il décrocha de la selle de La Bréhaigne. Il le fit un peu tournoyer, virevolter à grande vitesse, pour que l'autre s'écarte, prenne la fuite.

Le Rouge se releva. Il ne prit pas la fuite, au contraire, il riait.

— Eh bien, pour un Picard, vous êtes costaud ! Mais enfin, qu'êtes-vous ? Un soldat, un vagabond ? Un seigneur ? Votre équipage est à la fois riche et pauvre, fait d'armes et de haillons !

— Je ne suis que moi-même, Le Rouge...

— Eh bien, ça s'arrose... tiens, allons chez dame Sylvie !

— Euh... non, je préférerais ailleurs...

— Pourquoi donc ? Il n'y a pas meilleur endroit que chez Sylvie !

— Je sais, hélas...

— Allons bon ! Encore un de ces amoureux transis qui bavent comme des chiens dès qu'ils voient Sylvie ! Mon pauvre vieux ! Il faut se faire une raison : elle est sage et j'en connais beaucoup qui ont tout essayé ! Il faut se résigner : il y a des forteresses imprenables ! Moi-même j'aurais voulu... mais pas elle ! N'ai-je pas cependant la plus belle allure du monde ? Ne suis-je pas gracieux, bien fait, agréable, élégant ? Pourtant, non, elle m'a dit non !

Le Rouge après avoir bombé le torse pour appuyer ses dires, mima le profond désespoir. Puis il se mit à rire, très très fort, avant de déclarer :

— Bon, allons à la Pomme de Pin !

Ils allèrent boire et devinrent bientôt les meilleurs amis du monde. Thomas exposa son embarras. Quand il entendit que Thomas avait passé une nuit avec dame Sylvie, Le Rouge fut ébahi. Il demanda des détails scabreux que Thomas s'abstint de donner. Le Rouge trouvait la chose extraordinaire et se préparait à la raconter à tout le monde, bien que Thomas lui eût demandé de la tenir secrète. Pour ce qui est du logement, Le Rouge hébergea Thomas cette nuit-là. Il dormait dans un réduit infect qu'il ne payait pas souvent, mais dont les filles les plus délurées de Paris connaissaient le chemin.

Assez grand, la trogne aimable, la faconde alerte, Le Rouge n'engendrait pas la mélancolie. Ordinairement, on ne savait où le trouver : loin de se préoccuper des examens, il traînait un peu partout où l'on enseignait, allant de-çà, de-là, au fil de son désir d'apprendre, sans programme préconçu.

Le Rouge représentait le type même de l'étudiant pauvre, à la manière du temps, de l'artiste vagabond, guidé par le désir de savoir que restreignait la pauvreté. Il s'attachait tantôt à un maître et ne jurait que par lui, puis le délaissait pour un autre dont il suivait parfois les pérégrinations. On l'avait vu à Bologne, mais aussi à Oxford, à Saragosse, à Salamanque... Pour assurer sa pitance, Le Rouge jouait du rebec, faisait le jongleur. Thomas apprécia vite les chansons étonnantes que proférait son camarade : c'étaient de vivaces satires estudiantines, des hymnes à la boisson, des vivacités érotiques et drôles.

Le Rouge fut de bon conseil : très débrouillard, il réussit à trouver une place pour Thomas dans un collège, s'étonnant cependant qu'on puisse vouloir s'enfermer dans un tel endroit. Comprenant aussi ou supputant ce que sont les peines de cœur, il croyait simplement que c'en était fini entre Thomas et Sylvie et que Thomas s'enfermait par désespoir...

S'ensuivit pour Thomas la dure vie de collégien. De prime abord, il fut impressionné par la rigueur, l'austérité de la vie au collège. Il fallut, pour y être admis, donner à peu près tout l'argent qu'il avait. Les premiers temps s'annoncèrent difficiles : en tant que nouveau, que *béjaune*, Thomas eut à subir mille et une vexations imbéciles. Un béjaune n'avait qu'à se taire, et à remercier. Le mot, pensait-on, venait de *beanus* et s'expliquerait en prenant chacune de ses lettres comme initiale : Beanus Est Asinus Nesciens Vitam Studiosorum (le béjaune est l'âne qui naît à la vie studieuse). Il était plus certainement emprunté au langage de la fauconnerie : les oiseaux au bec jaune étant les plus jeunes, les plus novices.

En attendant, être béjaune n'est pas un sort des plus enviables. D'abord, on le baptisa, l'aspergeant de multiples seaux d'eau sale et puante. Après quoi il y eut une confession parodique durant laquelle Thomas dut avouer des péchés monstrueux, dire, par exemple, qu'il n'aimait ni les femmes ni le vin. On le condamna à mesurer la cour à l'aide d'un

petit morceau de paille. Il le fit à genoux, trimba-
lant le fétu, trouvant que Paris, décidément, ne
ressemblait pas du tout à ce qu'il imaginait,
naguère.

Il accepta d'abord de bon cœur les plaisanteries,
les brimades. Mais au bout d'un moment, il en eut
assez et se révolta. Sa vivacité de chevalier bien
entraîné au combat permit qu'on n'insistât pas
trop : les plus hardis finirent par renoncer.

La vie d'étudiant s'annonça vite monotone,
rude...

Il fallait se lever à quatre heures et travailler de
cinq à six, en suivant une leçon. Les écoliers,
encore ensommeillés, bâillaient à qui mieux mieux.
Après quoi, ils allaient à la messe dans la chapelle
du collège. Ensuite, ils déjeunaient : pain, soupe,
fromage, lait... De sept à huit heures ils jouaient à
la soule, couraient, ou discutaient avant les leçons
de huit heures et de neuf heures. De dix à onze ils
suivaient les discussions, les commentaires, les
disputes à propos d'un texte. Ensuite, le dîner,
plutôt bon, précédait l'écoute d'une lecture de la
Bible. La prière du soir achevait la journée.

Cette vie ordonnée, enfermée dans le savoir plut
à Thomas. Il y retrouvait l'une de ses plus profondes tendances, cette propension à l'engourdisse-
ment, à la torpeur laborieuse. L'ardeur de l'étude
lui laissait assez peu de temps pour penser à autre
chose, à Yvette, à Sylvie. Encore que, certaines
nuits, il ne pouvait dormir et pleurait, amèrement
bercé par les ronflements divers de ses camarades.

Il travailla dans la plus stricte monotonie, vivant

comme un légume, existant sans vraie joie, ni vrai désir, en dehors de quelques-unes de ces nuits sans sommeil. Il restait seul, distant, un peu froid, ce qui le fit bien voir des surveillants qui ont toujours une certaine tendance à croire que le dessèchement intérieur n'est autre que la qualité nécessaire de l'excellent élève. Les collégiens ne l'appréciaient guère et lui parlaient peu. Son seul confident, durant ces longs, trop longs mois, fut cette vieille La Bréhaigne que, par un arrangement bien fait, il louait au collège. La jument tirait une carriole, sans trop rechigner de cette dérogation indigne d'une monture de chevalier. Thomas allait lui parler, le soir, dans l'écurie. Il tenait à ce moment de répit.

Thomas ingurgita le savoir un peu comme une oie qu'on gave. Il prit son mal en patience, se consacrant dans l'ordre au *trivium*, première étape des études qui concernait grammaire, rhétorique, logique, laissant pour plus tard les arts qui l'intéressaient vraiment, ceux qui le rapprocheraient du but de ses recherches : les arts du *quadrivium*, les quatre voies supérieures de la connaissance, arithmétique, géométrie, musique, astronomie... L'apprentissage de ces sept *arts libéraux* conduisait à la théologie. Il prit d'abord très au sérieux son apprentissage d'*artiste*...

Puis, peu à peu, son esprit se dissipa. Il fut distrait, il rêvassa. La chair tendre de Sylvie agaça son souvenir au fur et à mesure qu'on allait vers la fin de l'année. Par chance, la sage et studieuse conduite que Thomas avait adoptée dès le départ lui permit de continuer sur son erre comme si de rien n'était et de profiter de l'acquis pour terminer l'année sans heurts. Mais il n'aurait pas fallu qu'elle durât beaucoup plus longtemps [1].

Que dire de ce temps-là sinon qu'il exista, qu'il fut, inévitable et lent, marquant d'une ombre grise le souvenir de Thomas ? Chaque jour fut semblable à celui qui le précédait, à celui qui allait le suivre. Et cet enfer mineur, monotone et serein coûtait une fortune. Car les collèges devenaient chers, fort chers... Beaucoup trop chers.

---

1. Ce qui concerne les études, l'Université, les collèges dans ce livre doit beaucoup à :
Jacques Le Goff, *Les Intellectuels au Moyen Age,* Arthaud, Paris, 1964.
Jacques Verger, *Les Universités au Moyen Age,* P.U.F., Paris, 1973.
Itsvan Hajnal, *L'enseignement aux Universités Médiévales,* Université de Hongrie, Budapest, 1955.

11

L'argent vint à manquer : Thomas ne put rester au collège. Il en sortit un beau matin, un peu triste, comme on peut l'être dès qu'on sent qu'une période de l'existence s'achève. En même temps, ce fut comme un réveil, une nouvelle naissance. Thomas se trouva dans la rue. Le temps ne se découvrit pas pour cette occasion : un vent glacial et insidieux balayait cruellement la Montagne Sainte-Geneviève.

La Bréhaigne ne se trouvait pas avec Thomas : il l'avait laissée au collège, car il la louait toujours.

Il se dirigea immédiatement vers un cabaret, non pas pour boire, la platitude de sa bourse s'y opposait fermement, mais parce qu'il pensait bien rencontrer Le Rouge. Il ne l'y trouva pas. Il alla visiter d'autres lieux où l'on boit, mais en vain. Le Rouge semblait s'être évaporé. Thomas frémit :

pourvu qu'il ne soit pas parti au loin, dans l'un de ces vagabondages dont il était coutumier !

Thomas vivait à Paris depuis de longs mois, maintenant. Pourtant, il ne connaissait rien de la ville, sinon deux ou trois points d'attache. Enfermé au collège, il n'avait pas eu le loisir de comprendre, de vivre la ville, d'en respirer l'air particulier, celui qui fait que, au bout d'un certain temps, on ne peut plus se perdre : le Parisien se dirige le nez au vent, hume sa ville et se trouve toujours où il veut être.

Il ne resta bientôt qu'un endroit, un seul, que Thomas n'avait pas inspecté. C'était évidemment chez Sylvie. Le temps avait passé, non ? Se souviendrait-elle seulement du petit jeune homme ?

Mais Thomas savait fort bien qu'elle s'en souviendrait... il y alla toutefois, mais n'entra pas. Il tâcha de regarder par la fenêtre tendue d'un papier huilé singeant la transparence. Il ne vit rien ; il fallut entrer.

Baissant la tête, rabattant son chaperon sur les yeux, il pénétra dans la bonne chaleur de la salle. Dame Sylvie s'affairait, portant des cruches, des gobelets... Thomas leva la tête, regarda. Le Rouge se trouvait au fond, hilare, parlant de très très près à une sorte de demoiselle à la mine peu farouche. Et au corsage fait de telle sorte qu'on pouvait le délacer sans trop de peine. Sylvie, généralement, n'appréciait pas que ce genre de filles vînt chez elle. Il fallait pourtant qu'elle les y admette quelquefois.

Affreusement gêné, Thomas traversa la salle, alla droit vers Le Rouge en lui faisant des tas de signes afin qu'il se taise... Mais Averroès, bon

206

chien, se jeta sur Thomas pour lui lécher le visage, renversant dans son élan deux ou trois cruches, tandis que Le Rouge l'accueillait en hurlant de joie :

— Mais, que vois-je ? Non, mais, pincez-moi ! Je rêve, je rêve ! Ou alors ai-je trop bu ! N'est-ce pas ce collégien, ce Thomas ? Es-tu sorti de ta prison par évasion ?... Regardez comme il est pâle ! Il n'a pas vu une femme depuis des mois ! des mois ! Regarde-le, Isabelle ! Il a besoin de toi ! Sait-il encore qu'il existe des filles ? Connaît-il toujours la manière de...

Isabelle se mit à rire très fort. Ce qui ne l'empêcha pas de regarder Thomas, de le juger, de le jauger. Son œil professionnel vit fort bien que ce clerc trop pauvre ne serait pas un bon client.

Evidemment, Sylvie ne put que remarquer Thomas. Le tumulte entourant son arrivée l'agaça. Elle le scruta un bref instant, s'appliquant à faire glisser son regard sur lui, tentant de ne pas s'y arrêter. Mais, au moment où il se trouvait dans le champ de sa vision, un éclair, tendre et furibard à la fois, déferla, surprenant, étonnant, illuminant Thomas... Puis Sylvie s'en fut, vaqua à ses occupations. Elle s'y donna intensément, courant de-ci, de-là, abattant à elle seule le travail de ses trois servantes qui n'en revenaient pas.

Thomas s'expliqua, Thomas parla et Le Rouge écouta gravement, dodelinant de la tête. Isabelle, délaissée, cherchait par des œillades un autre compagnon généreux qu'elle ne semblait pas trouver. De guerre lasse, elle fit la moue, bouda, demeurant là d'un air buté, les bras croisés, dédaignant même le vin qu'on lui avait servi.

Le Rouge restait homme de ressource. Il trouverait bien quelque chose pour Thomas. En attendant il le poussa dans les bras d'Isabelle, qui se dit qu'après tout... Le Rouge paierait, n'est-ce pas ? Thomas ne trouva pas désagréable de cajoler la fille et se mit à chanter en chœur avec Le Rouge, quelques-unes des radieuses inepties qui font le charme de la vie estudiantine. Dame Sylvie, de loin, vit Thomas s'intéresser aux échancrures diverses du vêtement d'Isabelle. Elle crut défaillir, tint le coup, dit à ses servantes qu'elle devait s'absenter, puis s'en alla sangloter dans sa chambre.

Et la vie changea pour Thomas. Il suivit Le Rouge et ses amis. Il apprit le rebec, les farces, les grasses et tumultueuses insanités du Quartier Latin. Il se mit donc à dériver, lui aussi, partageant la vie errante et illuminée de Le Rouge et de ses compagnons qu'on appelait *goliards*, avides de mauvais coups et de savoir, connaissant Cicéron par cœur et n'aimant rien tant que rosser les sergents du guet à l'aide de leurs *tribards*, ces lourds bâtons ferrés. Thomas les accompagna dans les tavernes les moins recommandables, lors des expéditions nocturnes, dans les bagarres, et chez les filles, il tint sa partie dans les longues discussions au fond de bouges, le cul sur des jonchées de roseau, la cruche de vin mauvais à même le sol, tandis qu'on ergotait à perte de vue sur les sujets les plus divers sous l'œil inquiet des aubergistes qui craignaient le grabuge et qu'on ne les payât pas.

Il alla plus ou moins assidûment aux cours de l'Université, s'abrutissant plus volontiers dans sa vie de débauche. Il rattrapait sans doute le temps de discipline monstrueuse du collège. Le désordre de sa conduite, cependant, permettait une torpeur de l'esprit tout aussi nécessaire : ainsi ne pensait-il ni à la division, ni à Yvette, ni à Sylvie... De quoi vivait-il ? De tout et de rien : de livres qu'il recopiait à la va-vite pour des étudiants comme lui, sur du papier, avec une encre approximative et peu coûteuse... de rapines sans doute et de folies diverses... Il se battait déjà bien. Il se battit mieux encore, apprenant à rosser les hommes du guet, à retourner contre eux leurs propres armes...

N'étant plus soumis à la stricte discipline du collège, il se dissipa totalement, participant à toutes les âneries estudiantines bien faites pour effarer le bourgeois. Et dire que, depuis le temps que ça dure, le bourgeois s'effraie toujours ! Brave bourgeois, depuis le fond des âges, il réagit comme il faut aux mêmes vieilles farces, comme si elles étaient neuves !

On vit Thomas dans les tavernes et dans les mauvaises maisons de la rive droite. Il apprit à boire d'assez belle manière. Le Rouge l'accompagnait et se trouvait plus exact dans ces rencontres que dans les salles où l'on enseignait.

Au grand dam de la plupart de ses maîtres, Thomas s'en fut vite assister aux cours des Frères mendiants : au moins, ces derniers enseignaient gratuitement. Il avait hésité longtemps : on l'avait prévenu contre cette modernité des Franciscains et des Dominicains que les vieux maîtres, comme beaucoup de gens, méprisaient. Encore les méprisaient-ils davantage à cause de la concurrence déloyale... Pourtant Thomas apprit auprès de ces religieux tout ce qu'il fallait savoir. Il devint très érudit et fit souvent l'admiration de ses condisciples. Il discuta avec Le Rouge de toutes les questions dont on parlait et prit parfois l'avantage sur son camarade, maniant excellemment la dialectique.

Pourtant, Le Rouge était déjà bien avancé, il connaissait parfaitement les textes de base, pour avoir suivi toutes les leçons nécessaires. Il fit profiter Thomas de son savoir. De plus, il en avait beaucoup recopié.

Le programme comprenait à peu près tout Aristote, malgré l'interdiction le *De Inventione* de Cicéron, l'*Ad Herrenium*, etc. Thomas ingurgita tout cela. Comme il copiait des textes pour d'autres étudiants, il sut beaucoup d'Euclide et de Ptolémée, connut, entre autres, le *Decretus* de Gratien, les *Décrétales* de Grégoire, les *Institutiones* de Justinien et l'*Historia Scholastica* de Pierre Comestor. Bref, il réussit à ingurgiter beaucoup de la culture nécessaire à un clerc, se mettant en avance par rapport au cursus, mais toujours sans connaître la division...

Ce ne fut pas faute de chercher : Thomas s'acharna à l'étude des mathématiques. Il en comprit peu à peu les plus vertigineux aspects, savourant l'art des nombres comme il avait savouré les lettres, se délectant infiniment du *cifre d'angorime*, du nombre nul qui ne vaut rien et que nous nommons zéro. Encore nouveau à cette époque, ce nombre exerçait une fascination certaine. Les paradoxales opérations qu'il permettait d'exécuter, les surprenants résultats qu'il contribuait à produire amusaient les goliards et permettaient des développements d'idées étourdissantes dont on traitait plaisamment après avoir bien bu.

Ces goliards étaient aristotéliciens. Leur nombre augmentait lors des crises de l'Université. Mais y avait-il plusieurs crises, ou n'y a-t-il toujours qu'une seule et même crise qui s'étend, englue les esprits, dévoie le savoir à cause de ceux qui restent sur place ?

La vieille et traditionnelle Université restait platonicienne, néo-augustinienne, refusant Aristote, le compromettant avec l'averroïsme afin de lutter contre un gros bonhomme de dominicain qui se nommait Thomas et venait d'Aquino, en Italie. On censura Aristote, interdisant son enseignement à Paris. Par chance, l'interdit resta lettre morte, et même ceux qui semblaient le respecter s'arrangeaient pour enseigner l'aristotélisme sans nommer Aristote.

Mais déjà, l'Université se peuplait d'arrivistes, de jeunes gens plus soucieux des privilèges, des prébendes que l'état de docteur pouvait procurer, que de pur savoir. Ceux-là suivaient d'un peu plus près les doctrines officielles. Les goliards aussi rêvaient de prébendes, de charges, de richesses... Ils critiquaient les frères enseignants, mais savaient profiter de leurs cours gratuits, même s'ils se déroulaient le matin et qu'on y assistait avec un sacré mal de crâne !

Parmi eux, cependant, se trouvaient de pauvres clercs, des écoliers inquiets, soucieux de savoir, soucieux de science, parfois gênants par leurs questions, comme par leur agitation. Ils allaient d'une école à l'autre, engrangeant un vrai savoir, une vraie culture : celle qui doute, celle qui est toujours en miettes, celle qui est vaste. Ils fondaient l'esprit laïc, se souciant peu d'honneurs (ce qui voulait dire *richesse* exclusivement dans la langue du temps) et soit par hétérodoxie, soit par manque de moyens, le plus souvent à cause des deux, atteignaient rarement le doctorat, voire même la licence, qui coûtait fort cher.

Leur science, pourtant, élaborait l'idéal intellectuel le plus rigoureux, celui du clerc vivant dans le monde, curieux de tout, aux catégories mentales solides, sachant que penser est un métier qui a ses lois, ses méthodes. Apôtres de la dialectique et parfois révoltés, ils furent méconnus de leur temps, vilipendés, haïs. Pauvres clercs sans fortune, ils erraient sur toutes les routes et l'on pouvait leur appliquer la vieille comparaison d'Honorius d'Autun : l'exil de l'homme, c'est l'ignorance, sa patrie, c'est la science. Ils marchaient donc sur les chemins de la connaissance, allant de ville en ville : la première était peut-être Paris, ville de la *Parisiana fames*, de cette faim endémique des pauvres étudiants faisant parfois bouillir des rats pour manger, mais c'était aussi, et surtout la grammaire...

Cette vie, cependant, devenait un peu vide, monotone. Thomas prit des distances par rapport à ses tumultueux amis ; il beugla moins souvent des chansons grossières, pétries d'obscénités lyriques sous les fenêtres des dormeurs en plein cœur de la nuit. Il évita de plus en plus les cabarets, avec autant de soin qu'il évitait déjà l'auberge de dame Sylvie.

Thomas mena donc une vie de *martinet* c'est-à-dire d'étudiant habitant dans la ville, hors d'un collège. Pour payer son logement, il continua de copier des textes qu'il revendait à d'autres étudiants. Il apprit vite cette écriture rapide, peu élégante à son goût, dont usaient les gens de sa sorte. Il trouva d'ailleurs une chambre bien propre, presque luxueuse, située juste en face d'un atelier de copiste. Cet atelier, dirigé par une femme, employait parfois quelques étudiants habiles de leur plume. Thomas put donc se remettre à la calligraphie. Il écrivit beaucoup, tant et plus, que ce fût bien, avec l'application du scribe, ou mal, très vite et pour vendre.

La patronne du scriptorium se nommait Mathilde. Elle avait, hormis Thomas, deux employés : un vieil homme qui lisait avec une voix de stentor, mais ne parlait jamais sans un texte sous les yeux, et une jeune fille, gracieuse, ma foi, qui se nommait Prunelle. Ce furent encore de bons jours, consacrés au travail. Il n'y en avait pas toujours, et, bien souvent, Thomas se trouvait désœuvré. Il assistait à quelques cours, certains payants, mais le plus souvent gratuits, aux écoles des frères. Mathilde appréciait la finesse de l'écriture de Thomas et tout aurait été bien si...

Car il y avait un si. Il s'appelait Sylvie. Thomas se promenait souvent du côté du Clos-Bruneau. Il y rencontrait parfois Le Rouge, Alfred, d'autres... Il buvait avec eux, mais les quittait vite et n'entrait jamais, au grand jamais chez dame Sylvie... Il pensait à elle, pourtant, beaucoup trop à son gré. Il en rêvait et s'imaginait, franchissant le seuil de l'auberge, allant vers Sylvie, l'embrassant, la couchant sur une table, la prenant là, avec folie, avec grandeur et ferveur... Tout cela n'empêchant absolument pas qu'il puisse penser aussi à Yvette. Mais cette dernière apparaissait moins nettement dans sa rêverie, semblait plus floue, moins réelle, moins chaudement femme...

Un matin, Vaast Beau-Soulier aborda Thomas. Vaast représentait le type courant du goliard plutôt vaurien et Thomas l'évitait généralement. Cela faisait d'ailleurs longtemps qu'on ne l'avait pas vu. Et pour cause : il s'en était allé là-haut, chez lui, près d'Abbeville et, durant le voyage, il s'était fait héberger où il pouvait, particulièrement chez Fernand, puisque Thomas lui proposa ce lieu comme étape possible pour se reposer une nuit ou deux. C'était l'usage entre étudiants, surtout entre étudiants d'une même province : en ce temps, durant lequel on voyageait beaucoup, les uns aidaient les autres, indiquaient les endroits où l'on pouvait trouver un gîte.

Vaast vanta hautement les mérites de Fernand, s'extasia lourdement à propos de la grâce d'Yvette. Il parla du Trouvère et de la vieille mère qui allaient bien, eux aussi, merci... Fernand retombait peu à peu sur ses pieds et, en écoutant Vaast, Thomas comprit qu'il redevenait le seigneur qu'il avait été, tout en recouvrant une certaine richesse grâce à son art de verrerie.

Il y avait autre chose encore. Quelque chose d'un peu sale, d'un peu gris, de chiffonné à cause d'un séjour prolongé dans la besace de l'étudiant. Il s'agissait d'une lettre d'Yvette, une lettre simple, racontant la vie de tous les jours, confirmant les dires de Vaast. De plus, Yvette s'ennuyait de Thomas, souhaitait son retour... comme tout le monde au château, bien sûr ! Mais Thomas sentit que, derrière les mots, soigneusement pesés et retenus, se cachait autre chose. Quelque chose de très doux mais qu'on ne disait pas...

Il voulut répondre. Il se mit d'abord à inventer des missives enflammées qu'il rédigeait dans sa tête, des déclarations passionnées qu'il renonça longtemps à coucher par écrit. Jusqu'au jour où, enfin, il osa déclarer sa flamme. Il lui fallut du temps : des mois passèrent. Mais enfin, il parvint à dire en mots jolis qu'il aimait Yvette, et à le lui dire, à elle... La lettre fut achevée quelques jours avant que Vaast prenne la décision de repartir. Le messager du premier courrier fut chargé de porter la réponse. Il se mit en route un matin, portant beaucoup d'un espoir ne le concernant pas. Il désirait tout de même accomplir strictement sa mission de messager. Il ne lui fallut pas trop réfléchir pour comprendre que la missive contenait de quoi le faire accueillir encore mieux que la première fois...

Il partit donc. C'était pourtant l'hiver. Mais ce garçon-là ne tenait pas en place. Le froid ne fut pas tendre. Chez dame Mathilde, l'encre gela dans les cornes. Il fallait la chauffer. Un matin qu'il s'y employait, penché sur son propre *scriptional* (il n'aimait pas les écritoires de l'atelier : ceux qui écrivent ont souvent des manies), Thomas vit Mathilde s'approcher de lui. Elle regarda un des petits livres que Thomas faisait en dehors de l'atelier, un de ces livres pas chers qu'il vendait aux étudiants. Il devait le porter à celui qui l'avait commandé à la fin de son travail.

En voyant sa patronne saisir le livre, en tourner les pages, Thomas s'attendait à une réflexion peu amène. Il s'en voulut de n'avoir pas caché l'ouvrage dans son sac. Dame Mathilde lui sourit.

— Mon pauvre ami, dit-elle, vous travaillez trop... vous étudiez, vous écrivez ici, vous écrivez ailleurs... Je vous imagine bien, copiant ces petits livres, ou les faisant de mémoire dans une taverne... Vous pouvez les écrire ici, si vous le voulez, après le travail...

— Merci, madame... Il fait plus clair ici !

La patronne soupira. Ça lui coûtait bien cher, cette clarté de chandelles, durant l'hiver, lorsque le jour déclinait trop vite et que la nuit ne venait tout de même pas... Elle continua de lire le livre de Thomas, puis lança :

— Finalement, je vous envie !

— Moi, dame Mathilde ? Mais pourquoi ?

— Au moins, vos petits livres, ceux que vous faites vite sont utiles... ce n'est pas comme les beaux livres que vous copiez avec nous !

— J'aimerais pourtant toujours écrire aussi bien... hélas, il faut vivre !

— Ces livres riches, enluminés, ces livres aux rubriques éclatantes que je vends à haut prix ne sont pas souvent lus ! Les gens les achètent parce qu'ils sont chers et beaux, parce qu'en les possédant, ils montrent bien qu'ils sont riches... Au moins vos petits livres mal écrits, à la va-comme-je-te-pousse servent à quelque chose. Vous les lisez, vous les apprenez, vous passez un temps extrêmement long à les commenter, à les observer... Pour les lire et les relire encore plus vite, on vous a appris la lecture en silence qui va aussi rapidement que votre écriture cursive. Mes livres à moi ne servent à rien : on les montre, posés sur des coffres, ouverts sur un lutrin à casiers où dorment d'autres livres et leurs possesseurs, souvent, ne savent ni a ni b... Ils sont d'ailleurs trop lourds, trop grands pour ces gras bourgeois... vos livres, au moins, sont de petit format. Vous pouvez les porter, les mettre dans un sac, une besace... Allons Thomas, ne vous découragez pas, continuez à faire ce livre le mieux du monde... ne prenez pas prétexte du fait qu'il ne sera pas lu pour le bâcler !

— Je ne bâcle jamais, dame Mathilde, non point par vertu, mais parce que j'aime écrire bien... il y a comme une ivresse dans l'écriture, dans la course de la plume.

— Vous êtes un vrai scribe... Pour une fois que j'en tiens un ! Dire que ça ne durera pas !

— Ça ne durera pas ?

— Vous partirez un jour, doux clerc, comme tous... Bon, ce n'est pas tout, j'ai à faire. Allez, bon travail et que Titivillus vous épargne !

Thomas sourit. Il pensait parfois à Titivillus ; il ne le craignait pas. D'ailleurs, personne, à sa connaissance ne croyait à ce petit démon embrouilleur dont le malin plaisir consistait à induire les scribes en erreur, à leur faire commettre des fautes. Elle avait raison, Mathilde : les livres les plus beaux ne sont pas faits pour être lus. Les temps changent.

En sortant du travail, Thomas rencontra Le Rouge. Ce dernier lui annonça que Rutebeuf se trouvait à Paris. Après avoir voyagé, il revenait. Il voulait voir Thomas, savoir comment il allait.

— Attends, Le Rouge, il faut que j'aille chez celui qui m'a commandé ce livre.

— Je t'accompagne, après, on retrouve Rutebeuf ! Averroès, au pied !

Ils allèrent donc, suivis du chien qui courait, lorsqu'il s'était un peu trop attardé à renifler le caniveau. Thomas livra son travail, en reçut le prix, puis il rejoignit Le Rouge.

— Où m'emmènes-tu ?

Le Rouge n'eut pas besoin de répondre : ils se trouvaient déjà à l'entrée de chez Sylvie.

Le même jour, mais bien plus tard, au début de la nuit, un homme marchait dans la forêt, tout au nord. Il allait bon train, car il tenait à dormir à l'abri. De plus, marcher vite réchauffe. Il faisait horriblement froid.

Les grands arbres griffaient le ciel. Allait-il neiger ? Ce serait une chance, car il ferait moins froid... La goutte au nez, notre homme avançait, avançait... On entendait des loups au loin, mais le voyageur avait déjà su les écarter, à grands coups de tribard, voire en hurlant plus fort qu'eux. Ils n'étaient d'ailleurs pas très nombreux, trois ou quatre à la fois, cet hiver-là, allez savoir pourquoi...

Une ombre sortit du bois, à gauche. Le voyageur comprit, se mit en garde, fit tournoyer son bâton, se retourna, sachant que les brigands ne vont que très rarement seuls. Il réussit à estourbir celui qui tentait de le surprendre par-derrière, évita l'attaque du second, reçut un coup qu'un troisième lui donna, prit un autre coup, cette fois sur la tête. Le noir se fit en lui et Vaast n'exista plus.

Il revint à lui beaucoup plus tard, délesté du peu qu'il possédait. Tout près de lui, la trace du corps de celui qu'il avait pu assommer se marquait sur la neige : les autres l'avaient traîné au loin, avant de s'en aller. La neige tombait lentement. Vaast renifla. Une cloche sonna quelque part, un bourdon grave.

Vaast ne sentait plus ses pieds. Il comprit qu'on venait de lui voler ses souliers. C'étaient de solides souliers, fraîchement réparés, presque refaits à neuf. Vaast, toujours en vadrouille, ne lésinait pas, dès qu'il s'agissait des pieds : il se chaussait le mieux possible et s'en trouvait fort bien. Le bourdon se rapprochait. Les pieds de Vaast bleuissaient.

Que faire, maintenant, avec ses chausses détrempées ? Il ne tiendrait pas longtemps. Courage ! courage !... il faut avancer, il ne faut pas se laisser abattre... Fatigué, rompu, il reprit sa marche qui fut lourde. Il parcourut une demi-lieue, puis entendit d'étranges bruits accompagnant le bourdon. Sa tête lui faisait mal. Portant sa main à son front, il récolta une croûte de sang gelé. Cette croûte ôtée permit à un filet de sang chaud de couler avant de se figer... Mais qui donc sonnait le glas ?

Il marcha. Chaque pas lui coûtait, maintenant. Non loin de là, les loups, sentant quelque chose, s'approchaient. Il voulut faire un pas de plus. Le glas redoubla, il tomba, se releva, marcha, retomba. Le glas lui fit éclater la tête : la cloche qui sonnait maintenant n'était autre que son crâne, il avait mal, mal à en mourir. Il en mourut.

Et le corps de Vaast Beau-Soulier s'étendit sur le chemin, au milieu d'un bois. Les loups en sortirent et se régalèrent. La lettre que Vaast portait, la lettre qu'il devait donner à Yvette n'arriva jamais.

Assis, maintenant, devant Rutebeuf, à côté de Le Rouge, Thomas n'en menait pas large : Sylvie le regardait, de loin, avec un air grave.

— Et tu écris, Thomas, lança Rutebeuf. Pourquoi ne travaillerais-tu pas pour moi ? Mon vieux scribe est maintenant bien usé : ses yeux ne distinguent plus les lettres. Il écrit sans voir, par habitude, il trace les lettres comme il l'a toujours fait en répétant d'une voix chevrotante ce que je lui dicte... mais, tous les cinq mots, une quinte de toux le secoue, le secoue, l'agite...

— Et tous les quatre mots, ce doit être une quarte ! beugla, hilare, Le Rouge.

Rutebeuf n'eut pas l'air de remarquer le mot du goliard. Il poursuivit :

— J'ai l'impression qu'il va se briser, tomber en morceaux, comme un vase de terre qu'on laisserait choir ! Son souffle est ténu, et lorsqu'il parle, on jurerait qu'il est loin...

— Non, Rutebeuf, je dois rester à Paris, finir ce que j'ai entrepris, répondit Thomas, l'ennui c'est que...

Un regard de Sylvie interrompit Thomas.

— C'est que ?

— Je n'ai pas de nouvelles de la division, tu sais, ce que je cherchais... Personne ne la connaît, on dirait que nul n'est savant au point de savoir cela ! Mais, de toute façon, je ne peux quitter ma patronne maintenant : elle compte sur moi ! Il y a de l'ouvrage !

— Dommage, Thomas, j'aurais aimé t'avoir pour secrétaire ! Et toi, Le Rouge ?

— Connais-tu l'histoire du trouvère qui bégaie ?

— Non !

— C'est un trouvère, il bégaie.

— Et alors ?

— C'est pour ça qu'il écrivait... encore bégayait-il en écrivant, ce qui fait qu'en découpant soigneusement les pages de ses poèmes, on en avait immédiatement deux exemplaires !

Le Rouge se leva, monta sur la table et entreprit

de contrefaire le trouvère bègue. Le malheureux trouvère qu'il incarnait n'était point seulement bègue : il inversait les syllabes, bafouillait et s'agitait nerveusement. Averroès, debout sur ses pattes, faisait mine d'applaudir. En chien bien dressé, il connaissait des tours.

— Vevenez écoucouter les vers vers du troutrouvèvère Rieppe euh, Pierre...

Les rires éclatèrent : chacun se tenait les côtes. Les gens s'approchèrent, firent cercle. Rutebeuf vint donner la réplique à Le Rouge : ils improvisèrent une petite farce dont l'argument tenait en peu de mots : le trouvère bègue arrivait devant la porte d'un bourgeois. Mais, cette porte se trouvait gardée par un portier sourd. Le dialogue qui s'engagea fit redoubler les rires.

Sylvie, tout en s'esclaffant, contourna l'attroupement. Elle saisit Thomas par l'épaule et l'attira à elle, l'emmena vers le fond de la salle, ouvrit la porte d'une remise et là, le gifla, sans cesser de rire. Après quoi, elle se calma.

— Ce n'est pas pour être parti sans rien dire que je te gifle... c'est juste pour avoir raconté que tu m'avais prise ! Monsieur va se vanter de ses bonnes fortunes ! A-t-on déjà vu plus fat ? Et ma réputation ? Ça se dit chevalier, clerc et je ne sais quoi, et ça va crier sur les toits ce qui devrait rester secret !

— Mais...

— Il devrait y avoir une autre gifle, maintenant, toutefois...

Des larmes vinrent aux yeux de Sylvie.

— Euh... une autre ?... mais pourquoi ?

— Il demande pourquoi, il demande pourquoi !
parce que tu es parti, comme ça, sans rien dire !
parce que j'ai pleuré ! Je ne te demandais qu'un
peu de ta tendresse... pas plus : je ne suis plus
jeune fille et le mariage... Non, un peu de chaleur
pour savoir encore que je suis une femme, un peu
de joie... Pourquoi ne restes-tu pas avec moi... Rien
qu'un peu... Viens loger ici... je sais que tu partiras
un jour, je le sais, je l'ai toujours su... Pourquoi ne
restes-tu pas ? Pourquoi ne m'embrasses-tu pas ?

Thomas ne sut trop quoi dire. Comment mentir ?
Et puis, Sylvie le scrutait, avec ses yeux, ses yeux
qui... ses yeux que, enfin... son regard, quoi ! Et
Thomas ne pouvait pas, ne pouvait plus... c'est
presque en pleurant qu'il se raconta, qu'il parla
d'Yvette, de sa fuite pour n'avoir plus à désirer
Sylvie, de son abrutissement volontaire dans la
débauche, puis dans le travail.

Au fur et à mesure qu'il parlait, Sylvie semblait
s'illuminer. Son sourire s'épanouit tandis qu'on
entendait fuser les rires, dans la salle où Rutebeuf
et Le Rouge continuaient de dialoguer cocasse-
ment.

— Toi, dit-elle, tu restes ici ! Tu ne pars plus,
même si je dois t'enfermer, t'enchaîner !

— Mais, Sylvie, ce n'est pas bien...

— Ce n'est pas bien ! Ce n'est pas bien ! Ce qu'il
faut entendre ! Ecoutez-moi ça ! Tu passes des
nuits à boire, et chez mes concurrents, de plus ! Tu
te roules dans la fange avec les plus infectes catins
de Paris, et ce qui n'est pas bien, c'est de coucher
avec moi qui suis tendre et qui suis sincère, qui te

donne ce que j'ai et ne te demande rien ! Rien, tu comprends ? Pas même que ça dure plus longtemps que ton séjour à Paris... Tu as bientôt fini, Thomas, tu partiras, sans doute vers l'été... Un peu de tendresse pour moi, s'il te plaît, un peu de...

Elle se mordit les lèvres. Allons bon ! Voilà qu'elle implorait ! Elle n'allait tout de même pas s'humilier, quémander ! Si, elle allait le faire, mais Thomas la retint :

— Sylvie, j'en ai envie, moi aussi... mais j'aurais tant voulu être fidèle !

— Si j'étais putain, ce serait plus facile ! Aime-moi un peu ! Ce n'est même pas tromper Yvette : tu ne lui as rien dit, n'est-ce pas ? Tel que tu en parlais, tu ne t'étais pas encore déclaré... tu n'avais rien dit !

Thomas acquiesça. Il pensa pourtant à la lettre qu'il avait remise à Vaast Beau-Soulier. Tant pis, tant pis... Après tout, Sylvie se trouvait là, belle, désirable, tendre, offerte...

C'est ainsi qu'il vint habiter chez Sylvie. La Bréhaigne s'installa, elle aussi. Thomas dénonça le bail de louage au collège et logea sa jument dans l'écurie de l'auberge. Bonne bête, La Bréhaigne tira une carriole et Sylvie se servit de cet attelage pour aller chercher les provisions aux Halles.

Elle n'était pas peu fière, la Sylvie ! Une reine n'aurait pas été plus digne, plus grande ! Elle menait La Bréhaigne et conduisait son haquet comme s'il se fût agi d'un attelage chamarré d'or. Elle impressionna vivement les commerçants, montrant qu'il suffit souvent d'un peu de sûreté de soi, réussit à les convaincre de baisser leurs prix pour elle.

Un peu de tristesse, après l'amour, venait la visiter. Elle imaginait comme un petit diable cocasse aux immenses oreilles, capables d'entendre ses plus intimes pensées. Il lui serinait méchamment qu'elle jetait ses derniers feux, que le temps avançait à grands pas, qu'il courait, même... Il chantait un air narquois dont les paroles ne variaient pas : « C'est bientôt fini, c'est bientôt fini ! » Le temps jouait sur elle, elle en devenait l'instrument, la corde trop tendue qui se rompra bientôt.

Alors, elle réveillait Thomas, l'agaçait, le secouait, le forçait. Elle se juchait sur lui et le chevauchait avidement, furieusement, s'agrippant comme un naufragé à un morceau d'épave. Elle devenait fiévreuse, cavalant comme affolée, usant de Thomas comme d'une monture conduite au triple galop vers un pays de rêve où l'on oublie le temps qui passe...

A ce régime, Thomas devint tout pâle, tout maigre. Sylvie connaissait le remède : elle lui servit des chapons bouillis, puis rôtis, des cardons qu'elle braisait : cette nourriture est celle des ânes, certes, mais les ânes, n'est-ce pas, ont certaines qualités... Elle lui donnait du poivre, fort cher et âprement marchandé, ainsi que des piments qui arrivaient d'Espagne. Elle fit des crèmes aux œufs mêlées de vin sucré qui restaurent chez l'homme, à ce qu'on dit, les forces de la nuit, elle le gava d'amourettes, d'orgueils de bélier, de viandes fortes et rouges.

225

Thomas fut comme un coq en pâte. Il s'arrondit, grossit, et eût grossi davantage sans l'exercice effréné que lui imposait Sylvie. Pendant ce temps, le printemps arrivait.

12.

Il y a des jours où le ciel bleu fait mal. Mal aux yeux, mal au cœur. A mi-pente de la Montagne Sainte-Geneviève, Thomas sentait ses paupières lourdes, sa tête creuse. Il resta immobile, imaginant qu'il pouvait, qu'il pourrait prendre racine là, sur cette montagne qui portait ses pas, sa marche dégingandée depuis maintenant plusieurs années. De-ci, de-là, des attelages passaient, gerbiers, haquets, charrettes, camions, tombereaux... La vie suivait son cours, et Thomas attendait.

Le temps avait passé. Pourtant, ce lendemain de beuverie n'avait rien d'inhabituel. En effet, certains soirs, à porte close, Sylvie invitait deux ou trois amis. On parlait, on s'étourdissait, on oubliait tout à la lueur du feu de la cheminée... Car le temps s'approchait du départ de Thomas. Et Sylvie le savait. Elle buvait beaucoup trop de vin. Son embonpoint charmant commençait à bien trop s'alourdir. Elle devenait parfois tout à fait acariâtre... Elle ne se calmait que le soir, repue d'alcool, derrière les auvents clos, soigneusement clos pour qu'on ne puisse pas voir de dehors, à cause du guet, et de l'interdiction de conserver un peu de lumière durant la nuit.

Thomas regarda dans sa musette. Le Rouge serait content : il avait emporté du hareng, bien enveloppé dans de la toile rude, du lard et des pommes, de la saucisse sèche, un peu de gros pain gris. On aurait de quoi manger sur la route. Avec un peu de chance, Le Rouge, lui aussi... Mais où était-il donc, celui-là ?

Thomas fit quelques pas. Il scruta l'alentour, cherchant des yeux la silhouette familière de l'ami Le Rouge... Il serait en retard, comme d'habitude. De toute façon, quelle idée de partir à cette heure : le soleil déjà haut se ferait sentir. Il y a loin de Paris à Orléans. Thomas pensa au chemin, il le fit dans sa tête, il se vit avec Le Rouge sur le chemin de Saint-Jacques, passant derrière Vauvert, longeant la Bièvre à l'odeur immonde tandis que les tanneurs que ça ne gênait plus feraient leur belle ouvrage...

Thomas regarda autour de lui. Le Rouge n'arrivait pas. C'est pourtant lui qui tenait tant à ce voyage ! Thomas aurait tout autant aimé passer ses examens à Paris... Et dire qu'il s'était pressé, négligeant même de se raser afin de ne pas perdre de temps, pour profiter des heures fraîches du matin, si agréables au marcheur... Un homme sifflait au loin une chanson inconnue. Un bruit de maillet qu'on abat, lent, régulier, précis frappait l'air : les gens travaillaient.

Thomas se sentait las. Il avait énormément travaillé, ces derniers temps. Il avait mal mais où ? peut-on sentir ainsi, vraiment sentir son cerveau, son esprit comme un muscle courbatu après trop d'exercice, comme une haleine courte parce qu'on a bien trop couru ? De plus, il s'était occupé de Le Rouge, l'exhortant, l'encourageant à préparer ses examens, le menaçant, le contraignant presque...

Le Rouge, au départ, n'y tenait pas. Il commençait à s'habituer à sa vie d'étudiant. Pourquoi chercher autre chose, pourquoi aller jusqu'au doctorat qui coûte si cher et présente tant de difficultés ? Autant continuer ainsi, en voguant, en dérivant... Une vie facile et qui ne lasse que certains soirs où le cœur est trop lourd. La ferveur de Thomas finit par convaincre son ami. Car Thomas aimait étudier : se réfugiant dans le savoir, il pouvait s'abstraire, oublier l'affectueuse mais parfois âpre tyrannie de Sylvie... Il respirait, oubliait combien celle-ci devenait méchante. Cette ardeur au travail devint contagieuse, entraîna Le Rouge... Le Rouge l'insouciant devint sérieux et grave, appliqué, constant et son assiduité aux études austères s'augmentait au fur et à mesure que s'amoindrissait celle de Thomas.

Oui, ce plaisir de l'étude, cette joie de savoir quittait peu à peu Thomas... Il avait trop lu, trop pensé, trop raisonné. Il se lassa d'être là, dans Paris, d'autant plus que rien ne parlait jamais de la division dans tout ce qu'on lui disait, ni, il en devenait de plus en plus certain, dans ce qu'on lui dirait. Il avait interrogé des étudiants plus avancés, des docteurs : aucun n'était au courant de cette opération. Petit à petit, la vie lui fut morose.

Il aurait peut-être abandonné, tout lâché. Mais son entreprise d'entraîner son camarade empêcha Thomas de renoncer. Il s'investit d'une mission qui le sauva : il surveilla et soutint Le Rouge, s'obligea à l'étude en étudiant avec lui. Obtenir que Le Rouge travaille et se présente aux examens devint une obsession, un sacerdoce. Le Rouge ! Mais, enfin, où était-il celui-là ?

Thomas commençait à s'énerver. Tiens, une tête de connaissance ! C'était Albert. Il marchait, tranquille, le nez au vent.

— Albert, ho ! Albert... Tu n'as pas vu Le Rouge ?

Albert, cet imbécile, regarda Thomas, se retourna pour vérifier qu'il s'adressait bien à lui, puis finit par répondre :

— Si, hier, avec son chien, rue des Marmousets ! Il m'a dit que vous alliez à Orléans ! Vous partez quand ?

Thomas esquissa un geste vague. Albert s'en fut. Thomas commençait à se décourager. Oui, ils partaient pour Orléans, comme beaucoup d'étudiants parisiens... Parce que les examens étaient plus faciles à Orléans, c'est tout... Enfin, c'est ce qu'on disait.

Et Le Rouge n'arrivait pas ! Quel ingrat, quel... Quand on pense à tout le mal que s'était donné Thomas ! Quand on pense qu'il l'avait aidé à économiser, l'avait aidé aussi à se procurer de l'argent par des moyens peu avouables, se disant que la fin justifiait ces pratiques, qu'il l'avait encouragé, traîné aux cours, poussé dans les salles où se soutenaient les plus savantes disputes des plus fameux docteurs ! Il fallut une patience, une force, une foi ! Mais ce ne fut pas en vain : tous deux se trouvaient enfin prêts... et voilà que Le Rouge tardait ! Mais qu'est-ce qui m'a foutu un abruti pareil ?

Thomas se mit à rêvasser, repassa dans sa mémoire son parcours d'étudiant et se rendit compte que les années fuyaient. Il se souvint ensuite de son enfance, de son départ, d'Yvette, de la grande folie de Christian. Il sourit : ne maîtrisait-il pas maintenant une mémoire aussi précise que celle du trouvère ? Il se remémorait tout ce qu'il voulait et gardait en son cœur, cet âne et cette lyre qui lui servaient d'image pour se souvenir. Il accrochait aux oreilles de l'âne ce qu'il ne devait pas oublier, ou le faisait chanter par la bête qui s'accompagnait de l'instrument. Parfois, il écrivait en imagination, le long des cordes de l'instrument, un texte qu'il devait pouvoir réciter sans en changer un mot. Il lui suffisait de regarder la lyre en lui pour y déchiffrer impeccablement le texte tout entier. Lyre, lire... Les deux mots ne faisaient qu'un. Mille et un moyens de se ressouvenir habitaient son esprit. Il se demandait parfois si ce ne serait pas trop lourd, un jour, d'avoir autant de livres dans la tête.

Il n'avait pas voulu retourner chez Fernand,

même durant les étés. Il avait donc connu un Paris sans école, vide d'étudiants, un Paris de solitude et de travaux divers... Il marchait, allait travailler chez dame Mathilde, vivait dans ce vide qu'indique si bien le mot vacance...

Le Rouge ! Le Rouge ! Où pouvait-il bien être ? Encore endormi dans les bras d'une fille à quatre sous ? Ivre mort sur la paille d'une écurie accotée à la taverne ? Il avait tenu à s'en aller, dans la nuit, malgré le guet. Sans doute pour rejoindre une coquine. On le vit partir, titubant dans la rue.

Isabelle, la putain, vint à passer. Thomas lui demanda si par hasard Le Rouge... Mais non, elle ne l'avait pas vu depuis bien des semaines, voire plus de deux mois. Elle ne savait pas...

Thomas sentit l'agacement croître : le soleil marchait bien, lui. Sacré Le Rouge, toujours en retard ! N'empêche qu'il vaudrait mieux qu'il se presse ! Il fallait cheminer bon train et ne pas passer trop de nuits dehors : les routes ne sont pas sûres.

Soudain Averroès survint. Il semblait affolé, il pleurait. Maigre, efflanqué, famélique lorsque son maître vivait la faim, gras, fort, opulent dans le cas contraire, Averroès ne faisait qu'un avec Le Rouge. L'état d'affolement du chien ne présageait rien de bon. Le brave chien s'accrocha à Thomas, le tira par ses vêtements, sauta pour agripper sa manche comme pour lui dire de venir. Alors, Thomas suivit l'animal..

Le chien courait, Thomas s'essoufflait derrière lui. De temps en temps, Averroès s'arrêtait pour vérifier que Thomas ne perdait pas la piste. Dans les rues, des connaissances de Thomas l'interpellaient :

— Qu'est-ce qu'il y a ?

— Je ne sais pas... c'est le chien de Le Rouge... on dirait qu'il veut m'emmener quelque part ! Averroès ! Attends-moi ! Bougre d'âne ! Comment veux-tu que je te suive si tu cours comme ça !

Bientôt, Thomas se retrouva à la tête d'une troupe d'étudiants. Ils arrivèrent devant le Petit-Pont. Le chien déboula sous l'œil ébahi du péagier. Les gens s'écartèrent pour laisser passer ce bolide. Les passants restèrent là, inquiets. Quelque chose dans l'air disait qu'un événement se produisait. Le péagier fut d'abord apeuré devant ces agités qu'il connaissait bien et qui lui avaient déjà joué mille tours. Il se rassura en voyant qu'ils ne le menaçaient pas. Puis on parla du chien.

— Il est déjà passé ce matin, en hurlant, dit le péagier... On aurait dit un diable !

— Et son maître ?

— On ne l'a pas vu !

Le chien, à l'autre bout du pont, aboya.

Thomas, précédant les autres, franchit le pont. On les laissa passer. Les gens se rangèrent, puis se massèrent derrière les étudiants, les suivirent...

— Où habitait-il, Le Rouge ?

— Plus haut, vers la porte Saint-Denis... enfin, je crois...

— Chez la Louise ! Ça fait plusieurs semaines qu'il vit chez elle !

— Et alors, ça vous dérange ? J'ai bien le droit, non ?

Cette voix de femme haut perchée fut reconnue immédiatement : la Louise. Un peu putain, un peu fileuse, elle travaillait de-ci, de-là et s'amourachait follement d'un étudiant toutes les trois semaines. Elle en changeait ensuite. Mais elle revenait au premier au bout d'un certain temps, suivant un cycle assez régulier faisant se succéder les vieilles connaissances. Orpheline, elle ne savait que ce moyen pour se faire une famille. Parfois, au milieu de la ronde des anciens, apparaissait un nouveau. La Louise, une brave fille comme il y en a peu, se trouvait, quant à elle, tout à fait vertueuse : n'était-elle pas fidèle à sa façon ? Aussi se montrait-elle très chatouilleuse lorsqu'on évoquait sa conduite et doutait de son honnêteté. « Si j'étais vraiment putain, je serais bien plus riche », disait-elle souvent montrant ses cuisses afin qu'on en puisse juger. Force était de reconnaître qu'elle n'avait pas tort.

— Louise, où est Le Rouge ?

— Il devait aller avec toi à Orléans ! Ben dis donc, Thomas, tu aurais pu te raser ce matin, ou aller chez le...

Louise s'arrêta net : le chien venait de hurler à la mort. Il s'engouffra dans la rue des Marmousets.

De mémoire d'homme, on n'entendit jamais un chien, fût-il le dernier des corniauds, le plus laid des bâtards crier, hurler d'une façon aussi lugubre. Aiguë, triste comme l'enfer, la voix du chien résonnait de telle sorte qu'on croyait que les pierres allaient se fendre et de telle manière que chacun en avait froid, oui, froid dans le dos, comme s'il gelait encore, comme dans un regain d'hiver... Le hurlement vrillait, semblait percer les oreilles, tarauder les os du crâne, scier les nerfs.

Averroès semblait fou. Les yeux révulsés, le cou tendu à se rompre, s'égosillant au point qu'on voyait à sa gorge des veines saillir sous le poil, comme prêtes à éclater, il ressemblait à un Roland canin appelant au secours, vainement, vainement...

— Mais enfin, que se passe-t-il ?...

— Je ne sais pas : c'est le chien qui...

L'auvent de la boutique du barbier restait baissé. Celui du charcutier, son voisin, aussi. A cette heure, pourtant... D'ailleurs, l'odeur délicieuse des pâtés sourdait par les interstices des planches qui fermaient la charcuterie. Thomas se souvint de son arrivée, lorsqu'il voulut manger un pâté ici même et que Christian avait préféré aller sur l'autre rive... des bruits couraient sur ce charcutier : on disait qu'il cuisait du chien, du chat...

Thomas frappa à l'auvent du barbier. On ne répondit pas. Le chien sembla furieux, il grogna, gronda.

— Paix ! Averroès, du calme !

Le chien se jeta contre le bois de l'auvent, recula, se jeta encore. On entendit du bruit à l'intérieur des boutiques. La Louise, un peu pâle, frappa.

— Ouvrez, enfin, ouvrez !

Comme un seul homme, la foule se rua, arracha les auvents, entra chez le barbier qui recula, vert de peur, tremblant de tous ses membres. Il se tenait là, le regard fuyant, brandissant un rasoir, prêt à se défendre, visiblement sans trop y croire... Une sorte de résignation dans son maintien montrait qu'il attendait certainement ce qui allait, ce qui devait arriver.

Un rugissement, un feulement, un cri terrible qu'on n'aurait jamais cru pouvoir sortir du gosier d'un chien retentit alors, glaçant les sangs. D'un bond prodigieux Averroès sauta par-dessus les gens qui entouraient le barbier, atterrit sur ce dernier qu'il scalpa d'un coup de dent, éborgna de ses griffes émoussées de vieux chien, égorgea enfin en fermant sa mâchoire sur la pomme d'Adam du malheureux qui n'eut pas le temps de se servir du rasoir dont il serrait toujours le manche dans sa main crispée.

Le chien, comme enragé, s'acharna sur le barbier, le réduisit en pièces. Les gens firent cercle, fascinés, ne comprenant pas vraiment, comprenant tout de même : cette colère de chien, cet acharnement venant d'une bonne bête que tout le monde connaissait devaient avoir une raison... on ressentait dans l'attitude d'Averroès l'expression parfaite d'une sainte fureur et ce ne fut pas seulement la crainte qui empêcha qu'on intervienne.

— Le charcutier !

Le charcutier venait d'ouvrir sa boutique : il s'ensauvait en courant. Quelqu'un le poursuivit. Mais le chien devança tout le monde. Le charcutier, fou de terreur, alla où il pouvait et se retrouva vite coincé, au fond d'un cul-de-sac. Averroès ne se jeta pas sur lui. Il se contenta de s'asseoir, de le tenir en respect en attendant les autres. Après tout, celui-là n'avait pas tué son maître. De plus, il fallait bien quelqu'un pour raconter aux hommes l'horrible crime de deux d'entre eux [1].

Thomas et la Louise arrivèrent ; ils se doutaient déjà de ce qui avait eu lieu. L'une gifla le charcutier, l'autre lui envoya un grand coup dans les côtes. On le laissa reprendre son souffle. Enfin, il parla...

Depuis bien des années le barbier et lui préparaient sombrement une funeste cuisine. L'un égorgeait les gens de passage à Paris, que nul ne connaissait, ceux auxquels personne ne faisait attention... L'autre les accommodait en petits pâtés fins à la croûte dorée qu'il vendait, ceci dit, tout à fait bon marché. Le barbier ne connaissait pas Le Rouge, plus habitué de la rive gauche que de ce quartier. Il l'égorgea proprement...

On visita les caves des deux artisans. On vit qu'elles communiquaient et que de nombreux os traînaient près d'un chaudron, attendant qu'on les bouille pour faire de la gélatine... du sang séché sur le sol et, dans un coin, des vêtements, parmi lesquels ceux de Le Rouge. Un fripier vint plus tard : il venait deux fois par mois car le barbier lui revendait des habits usagés... Non, il n'en savait pas la provenance et ignorait tout de l'affaire... Oui, il s'était bien souvent demandé pourquoi le

---

1. Une anecdote plus tardive est ici utilisée. En fait, l'histoire du barbier et du charcutier meurtriers daterait de 1387, d'après les *Chroniques* de Du Breuil.

barbier lui procurait tant et tant d'habits, mais le commerce exige qu'on jugule la curiosité...

Sur des claies refroidissaient des pâtés. Le chien en prit quelques-uns dans sa gueule et les mit par terre avant de se coucher près d'eux, triste, désespéré, pleurant...

Qui donc les avait prévenus ? Toujours est-il que le prévôt, Etienne Boileau, suivi de ses commissaires arriva. Il questionna, s'enquit et déclara qu'on emporterait les pâtés. Un grondement du chien lui répondit. Les clercs s'opposèrent à ce qu'on saisisse leur camarade mort dans ses cercueils de pâte : un clerc ne relève que de l'Université et son corps, comme son inhumation sont affaires de clercs. Le prévôt acquiesça et l'on rentra en portant les pâtés sur un brancard improvisé qu'on recouvrit d'un tissu écarlate trouvé chez le barbier. Le cortège s'avança fort cérémonieusement à travers Paris.

Louise et Thomas, qui se trouvaient en tête, marchaient sans oser se regarder. Puis l'un pouffa. L'autre suivit.

— Thomas...

— Oui...

— Je crois que... enfin, s'il peut voir ça...

— Je le crois aussi... pauvre Le Rouge ! Voilà une mort horrible certes, mais à son image... Une vraie folie...

— Il aurait aimé ce cortège autour de pâtés...

Le rire perça sous les larmes et ce fut mi-pleurant, mi-s'esclaffant qu'on rejoignit la rive gauche.

L'enterrement, un peu plus tard, ne fut pas vraiment triste et l'on célébra comme il faut le vieux camarade mort en buvant à sa mémoire. Le prêtre bénit un amas de pâtés avant qu'on l'enfouisse. Il eut du mal à garder son sérieux, malgré l'horreur de la circonstance.

Après quoi, il fut décidé de faire la fête, de danser, de chanter, de boire et de bâfrer en l'honneur de Le Rouge. Mais l'on s'abstint de manger des pâtés, quelle que fût leur provenance... On chanta et l'on rit, parce qu'il faut savoir respecter un goliard qui s'en va... et qu'il est heureusement nombre d'hommes, de femmes, et des meilleurs, dont on sait qu'ils refusent absolument qu'on les pleure. Ceux-là préfèrent qu'on les ait aimés, qu'on les regrette, mais que tout souvenir les concernant soit empli de joie. Leur vraie tombe est dans le cœur des amis et cela suffit bien.

Sans doute la Louise et Thomas eurent-ils raison : Le Rouge dut se réjouir, s'il contempla la scène de son nouveau séjour. Des oraisons parodiques le célébrèrent : on évoqua ses conquêtes le plus risiblement du monde, on fut très consciencieusement obscène en décrivant comment il assiégeait les filles. On parla avec admiration de la contenance extravagante de sa panse lorsqu'il s'avisait de la remplir de vin, et de son étroitesse soudaine dès lors qu'on parlait d'eau. On ne cacha pas qu'il eut un caractère de cochon, de multiples défauts et qu'il fallait qu'il soit grand pour qu'on l'aime tant, malgré tout ça. On rappela les horrifiques bagarres et la fuite d'un bourgeois qui courait nu dans les rues parce qu'on lui avait pris ses habits pour en vêtir la chèvre qui le poursuivait en bêlant, l'air mauvais. On se souvint avec émotion de plusieurs seaux emplis d'eau sale et d'immondices variées qui churent par un beau clair de lune sur une demi-douzaine de chevaliers du guet. Quelqu'un évoqua le béjaune dont on teignit la face avec de la bonne peinture et qui faisait ensuite peur à tout le monde à tel point qu'aucun mire ni médecin ne consentit à le soigner, croyant avoir affaire à quelque mal très grave, dépassant les compétences des plus sagaces docteurs...

L'ami Le Rouge fut de toutes ces blagues, et de bien d'autres encore. Il officiait avec rigueur, écartant impitoyablement parmi les tours, farces, niches et plaisanteries, ceux qui auraient pu porter ne serait-ce que la plus minime trace de bon goût. C'est lui qui scia la chaire d'un vieux professeur de telle façon que celui-ci se meurtrit les fesses en tombant. C'est aussi lui, pardi, qui mit de l'encre rouge (décidément, il aimait l'encre rouge, « sa sœur encre » comme il disait) dans l'eau claire du lavoir, disant que c'était du sang et qu'un homme, sous l'eau, mourait de ses blessures... Les femmes affolées s'enfuirent en hurlant, d'autres cherchèrent... toutes virent leur linge teint sans espoir.

Pendant qu'on dansait, qu'on renversait les filles dans les buissons voisins, pendant qu'on mangeait, un pauvre vieux chien, silencieusement, demeurait couché sur une tombe neuve. Il resterait là durant quelque temps, sans manger, sans boire et mourrait enfin du plus profond chagrin. Thomas vint le voir tous les jours, rognant sur sa pitance pour en donner au chien qui refusa toujours de manger. Alors, respectant son chagrin, Thomas n'insista pas et revint, chaque matin, lui prodiguer une simple caresse, lui dire un mot gentil. Le chien le regardait, gémissait doucement, lui léchait mollement la main et refermait les yeux. Jusqu'au jour où la paupière d'Averroès ne se releva plus. Les chiens, certes, n'ont pas la sagesse des hommes, mais partagent leurs folies.

La vie reprit son cours. Thomas n'alla pas à Orléans. Il se sentait prêt à affronter les examinateurs parisiens. Il se sentait prêt à tout. Il fallait qu'il réussisse. D'ailleurs, son diplôme, pensait-il, serait un peu celui de Le Rouge. Les événements, le travail, la vie lui firent oublier la division. Enfin presque...

Un peu mélancolique, on le vit souvent marcher seul, durant ces semaines, monologuant parfois, préoccupé. Un jour, effectivement, l'étude produit un trouble, une inquiétude : on pense savoir alors qu'on ne sait rien... Cette contradiction n'est pas mauvais signe : elle se montre à son heure, prélude à une autre étape, commencement sans doute d'une vraie connaissance, celle qui trie, synthétise, assemble les miettes d'un savoir épars, en compréhension.

Les promenades de Thomas le menaient bien souvent rue des Marmousets. Le temps passait, il passe toujours. La maison du barbier, celle du charcutier n'existaient plus : rasées par décision de justice, elles laissèrent la place à une béance, un

241

trou, un manque dans la ville que Thomas contemplait, imaginant on ne sait quoi.

Cette tristesse de Thomas venait d'une autre cause. Elle n'était pas seulement l'inquiétude du savant qui naît. Thomas n'osait pas, n'osait plus écrire à Yvette. Il se morfondait : elle n'avait pas répondu à sa lettre. Thomas, pourtant, était tout à fait sûr du messager : Vaast tenait parole, et d'ailleurs, n'avait-il pas été bien reçu chez Fernand ?

Le temps passa encore. Un nouvel automne vint, suivi d'un autre hiver. Malgré leur raccourcissement progressif, les jours, pour Thomas, semblaient identiques.

Il n'était plus pauvre : il continuait de travailler chez dame Mathilde. Les commandes affluaient au fur et à mesure qu'il progressait en virtuosité pour les beaux livres, en rapidité pour les autres.

Il logeait toujours chez Sylvie l'aubergiste. Occupant la chambre de son hôtesse, il y pouvait écrire, délicieusement chauffé par une cheminée qui, fait rarissime, ne fumait pas excessivement. Sylvie soignait toujours aussi bien son hôte, veillant à mettre sur le sol des jonchées odorantes pour parfumer l'espace. Elle lui montait ses repas lorsque, préoccupé par l'étude, le clerc s'enfermait dans ses livres... Elle le harcelait moins durant les nuits. Elle se calmait, maintenant, taisait son ardeur, se préparait, s'accoutumait, tâchait de s'habituer aux temps proches durant lesquels elle se retrouverait seule, toute seule, et vieille... Il y a ainsi des saisons de la vie durant lesquelles le temps passe bien trop vite.

Vint celui des examens. Thomas soutint d'abord un dur débat avec un maître durant le mois de décembre. Sans doute s'y prit-il bien car il fut admis à l'épreuve suivante, dite *baccalariandorum*. Un jury lui posa une foule de questions pour vérifier qu'il connaissait les auteurs inscrits à son programme. Intervint ensuite la *determinatio :* Thomas donna une série de cours qui démontrèrent sa capacité, voire son excellence.

Un jour, un gros homme qui marchait difficilement vint assister au cours de Thomas. Ce dernier pensa que c'était encore un professeur. Il parla comme si de rien n'était : il ne voulait plus, plus jamais se laisser intimider. Cependant, ce gros homme lui rappelait quelque chose : il avait dû le voir, déjà... Oui, c'était un docteur fort habile dans la dispute, un théologien renommé : Thomas, Thomas d'Aquin.

Il avait entendu parler de cet étudiant à bonne mémoire et qui venait de triompher fort brillamment des épreuves habituelles. L'esprit sagace du jeune Thomas surprit ses juges et l'on parla dans Paris de ce clerc à triste mine et à l'esprit vif. Cette réputation parvint aux oreilles du grand docteur. De surcroît, Thomas d'Aquin s'amusa du fait que cet étudiant s'appelait comme lui. Il se mêla donc au jury qui devait noter le cours de Thomas. Les autres docteurs lui firent place. On le respectait, parfois rageusement.

Il avait donc voulu venir. Il descendit, ce matin-

243

là de Saint-Jacques-du-Haut-Pas, où il vivait et enseignait, pour venir voir le phénomène qui pérorait dans une salle de l'église Saint-Benoît, dite « le bétourné » parce qu'elle n'était pas orientée comme il faut.

Le cours achevé, Thomas d'Aquin vint féliciter Thomas qui en fut très impressionné. Les deux hommes discutèrent et Thomas d'Aquin, bonhomme, se sentit attendri par la ferveur savante de son homonyme. Elle lui rappelait son jeune temps, lorsqu'il préféra l'étude à la vie d'un noble. Car Thomas d'Aquin, fils du comte Landolphe, s'était détourné, comme le jeune clerc, des armes, de la chasse, des tournois. Sa famille avait voulu l'en empêcher, mais l'appel de la foi, celui de la science furent les plus forts. Il se sentait proche du jeune homme qui lui racontait une histoire semblable à la sienne. La conversation s'établit, interrompant tout, retardant les commentaires des jurés ébahis.

Car ils se parlèrent, les deux Thomas, ils se parlèrent très savamment, très agréablement, très longuement. Ils se reconnaissaient : oui, au fond, ils se ressemblaient, porter le même nom ne peut être indifférent : *Nomen Omen*, le nom est un présage... Ce qu'ils se dirent dépassa largement l'entendement des docteurs du jury. Ceux qui devaient juger Thomas ne s'étaient pas encore rendu compte qu'il en savait plus qu'eux. Ils regardèrent, envieux, comment la science de Thomas d'Aquin, élevée, immense, révélait soudain celle du jeune homme qui ne faisait que naître, mais qui, déjà, planait parmi les plus hautes cimes.

Intimidé d'abord, le clerc se sentit bientôt en confiance. Il osa donc demander au moine s'il savait quelque chose au sujet de la division. Le gros homme sembla perplexe : il avait connu cela, oui, ça ne le préoccupait pas outre mesure... un docteur de Bologne lui en avait parlé, mais Thomas d'Aquin ne s'y intéressait pas... mais, au fait... oui ! Bien sûr ! Il fallait voir Pierrot Le Héron !

— Pierrot Le Héron ?

— Pierrot Le Héron, Pierrot l'obscur ! Pierrot le plus gradé, le boulimique de lettres, celui qui possède plus de titres universitaires que tous les autres réunis, celui qui argumenta d'égal à égal avec Bonaventure, Albert ou Raymond Lulle ! L'homme le plus savant du monde ! Il vit, loin de tout, à Reuilly... Il paraît que certains étudiants viennent encore le voir, suppliant qu'il leur fasse cours... il n'a pas bonne réputation, non... on le dit alchimiste, sorcier, fou... n'importe quoi ! Moi, je sais qu'il n'en est rien... C'est un sage, une sorte d'ermite auquel le monde fait mal. Allez le voir ! Et dites-lui bien que vous venez de ma part, il serait capable de vous chasser... Il est lunatique, mais, quel homme !... Je l'ai connu il y a longtemps : il assistait aux cours de maître Albert... Il n'était déjà plus très jeune, mais il venait suivre des cours pour savoir toujours plus et toujours mieux connaître... Il revenait parfois aux lectures les plus élémentaires, disant qu'il fallait chaque année réapprendre tout ce qu'on connaissait ! C'est un homme qui a faim, faim de lettres et de livres... saluez-le pour moi ! Je me dis bien souvent qu'il faut que j'aille le voir... hélas, je n'ai pas les jambes d'auparavant et mon poids pèse sur elles... Dire que lui, qui a les meilleures jambes du monde, ne veut plus se déplacer ! Il a des jambes si longues qu'un de ses pas en vaut cinq ou six des miens ! Ce n'est pas sans raison qu'on l'appelle Le Héron !

Thomas, fou de joie, faillit partir aussitôt. Par chance, il se retint et put ainsi répondre à d'insidieuses questions que lui posèrent quatre maîtres, dont le chancelier de l'Université. L'étonnement des docteurs laissa vite place à une méchanceté jalouse. Ils tâchèrent de piéger le candidat. Mais ils ne purent y parvenir ni n'osèrent tout à fait, intimidés par la présence du grand Thomas d'Aquin. Ils se contentèrent de quelques questions bien ardues qui permirent, à leur grand dam, que le jeune Thomas brillât plus encore.

Thomas se mit à affronter frénétiquement de multiples épreuves. Là encore, il satisfit, étonna même... Il n'eut plus qu'à donner une nouvelle conférence, dite *collatia*... pour recevoir sa *licencia docendi* des mains du chancelier. Il la donna sur-le-champ, car le grand Thomas d'Aquin décida, imposa qu'on en finisse ce jour même.

Thomas remercia. Mais il semblait un peu absent. Il est vrai qu'il pensait à ce fameux Pierrot Le Héron. Quand il se retrouva seul dans la rue, la tête lui tournait.

Il demanda à tous et à chacun ce qu'on pouvait savoir sur ce docteur solitaire vivant à la campagne comme un ermite. Ceux qui connaissaient l'existence de Pierrot Le Héron parlèrent à demi-mot, mystérieusement. Une crainte respectueuse entourait le vieil homme. On le disait magicien, hérétique, ou tout bonnement saint.

Ayant passé sa licence avec succès, Thomas décida de partir pour Reuilly. Il reçut une lettre d'Yvette que lui apporta un Picard de passage. Cette lettre datait de quatre mois, pas davantage. On pouvait croire qu'Yvette s'y montrait affectueuse, sans plus... Enfin, si Thomas avait bien voulu lire entre les lignes, il aurait deviné que... Mais il se persuadait qu'Yvette ne voudrait jamais de lui. La preuve : elle ne répondait pas à sa déclaration d'amour, ignorait résolument la missive de Thomas, faisait comme si de rien n'était.

Dépité, Thomas ne se rendit même pas compte que cette lettre annonçait de bonnes nouvelles : on venait d'arrêter maître Gallois, convaincu de diverses malversations. Il devenait inutile de lui régler des créances.

Thomas ne dormit pas cette nuit-là. Il se leva tôt, alla à l'écurie pour chercher La Bréhaigne. Il n'y avait plus de La Bréhaigne : couchée sur le flanc, la pauvre bête venait de mourir tranquillement de sa grande vieillesse. Thomas la regarda. Il vit que sa jument paraissait apaisée, reposée, heureuse. La Bréhaigne avait vécu. Thomas ne ressentit aucune peine sur le coup ; ça le surprit. Il ne pleurerait que bien plus tard. Il voulait s'en aller vers Reuilly, rien d'autre ne pouvait l'intéresser...

Thomas partit donc à pied. L'air vif du matin lui rafraîchit le visage. Il passa la Seine, traversa l'île et se dirigea vers Saint-Paul.

Le jour se leva peu à peu. Il fut extraordinairement blanc à cause de la neige. Thomas cheminait de fort bonne allure. Bientôt il fut au milieu des bois aux arbres extrêmement noirs par contraste avec la blancheur de la neige. Il traversa des vignes aux ceps rabougris se tordant sous le ciel, recevant les flocons. Il vit deux, trois maisons et sentit l'odeur de la fumée qui s'échappait des cheminées. Il continua. Il alla trop loin, bifurqua mal, on ne sait. Toujours est-il qu'il se retrouva dans Saint-Mandé. Se croyant à Reuilly, il demanda son chemin à une femme qui passait, traînant un fagot à l'aide d'une corde. La femme ne connaissait pas de... Comment vous dites ? Pierrot le quoi ? Elle ne voyait pas, non, rien de ce genre dans le coin. Thomas chercha encore. La neige s'arrêta. Thomas sentit la couche de neige qui recouvrait son manteau, son chaperon, se muer lentement en eau. Il tourna autour des maisons, frappa à une porte qui ne s'ouvrit pas, à une autre qui s'ouvrit pour laisser passer un flot d'injures... Enfin, Thomas découvrit le couvent. Il frappa à la lourde porte de l'abbaye.

Un moine ouvrit après un long moment. Il ne savait pas grand-chose et paraissait idiot. Il parlait mal, par borborygmes. Thomas essaya le langage par signes dont il se souvenait un peu. Le moine, effrayé, crut à un sort et s'en alla, hurlant vers l'intérieur. Dans cet ordre, on parlait, il n'y avait pas de vœu de silence. Dans sa peur, le moine portier négligea de refermer la porte. Thomas entra. Il appela.

— Holà, holà, quelqu'un ?

Il entendit des hommes courir et, bientôt, devant lui, se trouvèrent une dizaine de solides moines armés de gourdins, prêts à chasser le sorcier, le jeteur de sorts. Thomas assura son tribard dans sa main : l'affaire risquait d'être rude si les frères décidaient vraiment d'attaquer. Thomas s'expliqua comme il put, les moines, méfiants, l'écoutèrent.

L'un d'eux lui précisa que, dans les alentours, il ne voyait pas d'habitant ressemblant à ce qu'il décrivait. Mais on lui avait parlé d'un Pierrot Le Héron ermite à Reuilly... Un homme un peu bizarre. On le disait savant. Mais on s'en méfiait. Il sortait rarement de chez lui.

— Mais oui ! C'est lui... mais où suis-je ? je ne suis pas à Reuilly ?

— A Saint-Mandé ! Vous vous trouvez un peu à l'écart de Saint-Mandé !

Ayant compris son erreur, Thomas rebroussa chemin et, marchant bien, arriva vivement dans Reuilly.

Là, il fallut encore errer, demander son chemin. Beaucoup refusaient de répondre. Certains firent le signe de croix et s'éloignèrent. Le vieil ermite apeurait, inquiétait, effrayait.

— N'y allez pas ! dit un jeune homme, n'y allez pas ! c'est un maudit, un mauvais ! On entend chez lui des cris horribles ! Il vit avec des démons épouvantables ! Des démons tout velus avec des ongles, des dents et qui puent comme la mort !

— Mais dites-moi où c'est !

— Non ! non ! Pour votre salut je n'en ferai rien... Que Dieu vous garde ! Au revoir !

Il se passa bien du temps avant que quelqu'un réponde à Thomas. Ce fut un brave homme de boulanger qui, faisant de grands gestes de ses mains blanchies, lui montra la direction. Il fallait aller dans la forêt, assez loin hors du village.

Il marcha. Puis, au bout d'une bonne heure, une maison apparut au cœur de la forêt sombre, à moitié prise dans les branches d'un arbre fantastique. Près de l'entrée se trouvait un amas gigantesque de sièges cassés, meubles d'une très mauvaise facture. C'est sans doute ce qui explique pourquoi ils se trouvaient ainsi, brisés, jetés dehors, mis au rebut. Une fumée blanche, épaisse sortait de la cheminée.

Thomas s'approcha, vint heurter la porte avec son bâton. Il entendit pour toute réponse un miaulement. Il frappa encore et la porte s'ouvrit d'une façon magique : personne ne se trouvait derrière...

13.

— Entrez donc, jeune homme !

Thomas hésita. Avant de franchir la porte, il
regarda autour de lui. Tout paraissait normal, à
part cet étrange tas de sièges cassés qui traînait au
pied d'un arbre. Pourquoi donc se méfier ? Après
tout, il devait y avoir quelqu'un derrière cette
porte. Une porte, ça ne s'ouvre pas tout seul...
Non : il ne s'y trouvait personne, pas même un
nain.

— Mais enfin, entrez, ne laissez pas venir le
froid !

Thomas entra et chercha d'où pouvait bien
provenir cette voix un peu nasillarde quoique
puissante. Elle s'élevait, volait, se posait dans
l'inextricable fouillis, parmi l'amoncellement de
livres, de tablettes et d'ustensiles divers qui encombrait la pièce. Un feu d'enfer ronflait, non :
rugissait dans la cheminée et, lorsque en avançant,

Thomas passa devant, il sentit comme une morsure le rayonnement des flammes. Le plus étonnant fut, sans aucun doute, la bouffée de chaleur puante qui l'accueillit lorsqu'il entra. Il eut l'impression de pénétrer au cœur d'un incendie acide, aigre. L'enfer doit avoir ce genre d'odeur... Thomas essaya de respirer le moins possible. Il tâcha de garder un certain maintien, malgré son envie de vomir : il se sentait observé par une horde de démons, ou de bêtes.

Ce n'étaient que les trente-trois chats de Pierrot Le Héron qui, juchés sur les livres, examinaient l'intrus d'un air totalement dépourvu de la moindre aménité.

Thomas s'avança. Ses yeux s'habituèrent à la grande clarté d'incendie que dispensait généreusement la cheminée. Il finit par découvrir l'homme au visage grisâtre, aux lourdes lunettes qui le scrutait avec intérêt. Il remarqua, près de lui, un filin qui, par un jeu de poulies idoines, rejoignait la porte et permettait de l'ouvrir à distance. L'homme se tenait derrière une grande table bordée d'une muraille de livres. Çà et là traînaient des instruments bizarres, abaques, alidades, pendules, sabliers. L'homme gardait la mine impassible tandis que sa main droite se mouvait, en proie à une grande agitation, comme s'il se fût agi de celle d'un épileptique en pleine crise. L'homme écrivait sans parler, ou en parlant d'autre chose avec une rapidité inouïe. Un chiffon noué lui couvrait la tête, dont les deux nœuds formaient comme de curieuses oreilles. Ses vraies oreilles, fort grandes, se couvraient de poils gris. Elles avaient entendu toutes les langues du monde, les argots, les patois, les dialectes autant que les plus belles paroles et les plus infâmes jurons.

— Eh bien ?

La voix du vieux sage sembla couper la lumière dense, l'odeur immonde de pissat félin. Ce n'était pas une voix douce, ni accueillante : simplement sévère, elle ne manifestait pas non plus d'hostilité. Cette voix, pensa Thomas, devait pouvoir dire des choses formidables.

— Je me nomme Thomas et c'est... enfin je viens de la part de...

— De Thomas, je présume ? de l'autre... il m'envoie souvent des jeunes gens qui veulent savoir des choses... Savoir ! la belle affaire : tout le monde veut savoir ! Ils en font grand cas, ils pensent que c'est urgent... Ils sont pourtant bien ignorants, puisqu'ils ne savent pas qu'il n'y a rien de plus facile, de plus aisé que de savoir, juste avant d'oublier, pour réapprendre... savoir, oublier... savez-vous ce que c'est ?

— Non, je ne sais pas... je...

— C'est la vie, bougre d'âne ! Savoir, oublier, savoir... La vie, rien de plus ! Vous conviendrez que ce n'est pas grand-chose ! Ça ne vaut même pas la peine d'en parler... Aussi, je vous salue, jeune homme, au revoir, vous connaissez le chemin !

Pierrot le Héron désigna la porte, l'ouvrit à l'aide de son système.

— C'est-à-dire que le docteur Thomas m'avait dit...

— Ah ! Sacré Thomas, c'est bien un Italien ! il s'imagine que je m'ennuie et que ça me distrait de recevoir des baudets assoiffés de science ! Allez donc boire du vin, c'est meilleur, c'est moins cher et j'aurai la paix !... Pourquoi n'êtes-vous pas chez les filles ? On y apprend de bien belles choses et c'est toujours plus agréable que de visiter un vieux fou comme moi, dont la maison ignoble pue que c'en est une réelle dégoûtation ! Oui, allez chez les filles ! Si j'avais l'âge, j'y courrais, au lieu de me plonger dans les bêtises qu'on écrit ! Ce vieux Thomas ! Il croit aussi que je leur apprends de grands mystères, à ses petits clercs ! Donc, vous venez de la part de Thomas !

— C'est cela... je...

— Arrêtez donc de dire « je »... il n'y a rien de plus agaçant ! Mes chats ont horreur de ça ! Alors, ils pissent de plus belle ! Comme ils pissent sur les livres, ça les abîme, forcément ! N'ayez jamais de chats ! ce sont d'immondes créatures !

— Je vous prie de... euh... pardon ! je ne voulais pas dire « je », je voulais...

— A la bonne heure ! Comment va ce vieux Thomas ? Est-il toujours énorme ?

— C'est-à-dire que...

Les yeux du vieil homme semblaient de petites bestioles pas gentilles guettant, de très loin... Soudain, ils s'animèrent, là-bas, derrière les verres épais. Pierrot Le Héron se mit à rire d'un rire aigu, saccadé. Les chats, immédiatement, miaulèrent. Ce fut un tapage étonnant.

— Il est énorme, énorme, reprit Pierrot Le Héron, absolument joyeux. Ce vieux Thomas roule sa bedaine ! Un dominicain ! Il devrait marcher, mendier sa pitance sur les routes ! Il ne peut pas bouger ! Moi seul suis moine, car je suis solitaire et que moine vient du grec et veut dire « tout seul », cher Thomas... oui, jeune homme, c'est à vous que je parle, à vous qui avez volé le nom du cher vieil ami !

— Volé ?

— Un nom pétri de doute ! Thomas, le Thomas d'autrefois, celui qui suivit Notre-Seigneur ne crut pas facilement ! Et Thomas m'envoie Thomas ! Ah ! c'est bien de lui ! Vous êtes son représentant, vous êtes à sa place, vous le remplacez ici, puisqu'il ne vient jamais ! Vous êtes son jumeau, de même que Thomas de l'Evangile était le jumeau du Christ ! Didyme Jude Thomas ! Didyme ! Il ne bouge plus, le gros ! Il marche, cependant...

Pierrot Le Héron s'interrompit. Il regarda Thomas fixement. Un silence s'installa, soutenu par le crissement de la plume sur le parchemin, car Pierrot Le Héron ne cessait pas d'écrire. Thomas, gêné, se gratta la gorge...

— Vous avez la gorge prise... vous allez attraper froid !

Pierrot Le Héron tira une corde qui pendait juste au-dessus de lui, ce qui, par un sagace jeu de poulies, eut pour effet de pencher une petite caisse sise devant le feu. Une bûche en tomba qui

rejoignit les flammes. La chaleur s'éleva soudainement, insoutenable, surchauffant l'infecte l'odeur
d'urine de chat...

— Avez-vous faim ?

— Euh, non, pas trop...

— Tant pis, il faut manger... allez, j'ai du bon
fromage...

Pierrot Le Héron se leva vivement. Lorsqu'il
restait assis, on le croyait de petite taille. Mais, en
se levant, il déployait ses interminables jambes et
son visage dominait soudain de très haut, son crâne
risquant de heurter les poutres. Il marchait d'un
pas quelque peu chaloupé, sautillant. Il alla vers le
fond de la pièce, où une tenture semblait masquer
une muraille. Mais il n'y avait pas de muraille. Un
autre espace s'ouvrait, montrant une chèvre à
moitié pelée, l'autre moitié se constituant de poils
très longs, ébouriffés, emmêlés. Cette brusque
ouverture permit à l'odeur de la chèvre de venir se
mêler encore plus intimement au remugle effrayant
qui peuplait la maison. Thomas allait de haut-le-
cœur en haut-le-cœur. Il aurait aimé parler vite,
demander ce qu'est la division, écouter la réponse,
puis partir, partir... Hélas, il fallait subir la
curieuse hospitalité de Pierrot Le Héron, de ses
chats, de sa chèvre...

Derrière cette chèvre se trouvaient des claies sur
lesquelles séchaient des fromages. Pierrot Le Héron
en prit un, sortit un gros pain d'une huche, prit un
cruchon de vin et posa tout cela devant lui sur l'un
des gros livres qui encombraient sa table, après en
avoir fait déguerpir un chat qui se prélassait par un

bon coup sur le museau. Tout cela sans lâcher sa plume dont l'encre gouttait lourdement sur le sol à chaque mouvement du vieux maître...

Pierrot Le Héron désigna une sorte de tabouret branlant, visiblement construit par lui-même.

— Assieds-toi, Thomas, et mange !

Thomas s'assit du bout des fesses et mangea du bout des dents. Pierrot Le Héron écrasa du fromage sur du pain et mangea, but, après s'être remis à écrire...

— Euh... qu'écrivez-vous ?

— Tout ! j'écris tout, toujours tout !... mais, pour l'instant, des fariboles... un vieux livre : *Le Comput* de Philippe de Thaon... je ne le connais pas, celui-là, tiens... Ça parle de tout et de rien, du soleil, des éclipses, de choses et d'autres... Ce n'est pas mal, mais... on m'a demandé ce livre, or je ne prête pas, je ne prête jamais ! Jamais, tu m'entends !

Il se dressa et sa voix s'éleva, terrible. Il étendit des bras aussi démesurés que ses jambes et sembla prêt à s'envoler. Tremblant de colère, Pierrot Le Héron répéta encore « jamais, jamais ! » puis il se rassit, soupirant, comme éprouvant une grande lassitude.

— Alors j'écris les livres qu'on me demande ! Je les connais, ces livres, je n'ai plus besoin de les chercher... Ni de les lire !... De toute façon, je ne crois pas pouvoir les retrouver : je ne sais pas où je l'ai rangé, celui-là... j'ai horreur de chercher, alors, c'est bien plus commode de récrire... Et puis, ça me rappelle ma jeunesse ! Enfin, ça me rappelle aussi ma vieillesse et mon âge mûr, parce que, de tout temps, j'ai écrit... Crois-tu vraiment que je mourrai une plume à la main ?

— ... Je...

— Mais vas-tu arrêter de dire tout le temps « je » ! C'est agaçant ! On dirait Albert ! Ah ! Celui-là ! Un sacré savant, ça, on ne peut pas dire ! Mais alors ! Mais alors ! Imbu de sa personne comme pas deux ! Je te jure ! Jamais je n'ai vu un oiseau pareil ! Ou alors cet Arabe, à Samarkande...

— Samarkande ?

— Oui, une ville, là-bas... Il ne faut pas énerver les chats... L'autre jour, l'un d'eux est mort par trop d'énervement. Je ne supporte pas les chats, mais leur mort me rend triste... Avez-vous déjà perdu quelqu'un ?

— Non... Mais ma vieille jument...

— Une de ces haquenées ridicules qui marchent l'amble.

— Non...

— Vous ne voulez pas en parler ! Tant pis !

Pierrot Le Héron sembla se plonger dans les souvenirs. Il se tut, but un verre, l'air triste et sans cesser d'écrire. Thomas, pataud, gêné par le silence, voulut le combler :

— Si vous n'aimez pas les chats pourquoi en avez-vous ? Vous les aimez sans doute un peu !

— Oui et non, ils m'énervent... Je ne sais pas si je les aime... Parfois, ils m'horripilent et j'ai envie de les étrangler. Pourtant, quand l'un d'eux est malade, je m'inquiète, quand l'un d'eux meurt je suis triste. Tu comprends ça, toi ? Pleurer pour une bête !

— Je comprends... Moi-même... Je veux dire : mon cheval est mort et je suis triste... oui, je suis très...

— Mais est-ce bien parce que je les aime ? Ou alors est-ce à cause de l'habitude, à cause du fait que je ne supporte pas ce qui change ! Et ces chats, je m'y suis habitué... D'ailleurs, il faut bien !

— Il faut bien ?

— Les chats mangent les rats, les rats mangent les livres et mordent parfois les hommes et l'on attrape la peste !

— La peste ?

— Evidemment ! Vous ne connaissez pas ! Vous n'avez jamais vu ça ! Ils ne savent rien ! Rien ! La peste, jeune homme, est une maladie épouvantable qui sévit au-delà des mers... Que saint Roch nous protège !

— Chez les Anglais ?

— Mais non, à Tunis, à Tanger... seulement, elle peut venir ici ! Elle est déjà venue, il y a fort longtemps ! Elle a tué, à Rome, sous Antonin, en Orient sous Justinien... Elle est à Tunis, ou en Alger... il y a bien longtemps qu'elle n'est pas venue ici... Alors, moi j'ai des chats ! Ils sont laids comme tous les péchés du monde, mais ils mangent les rats...

Thomas accepta le bol de terre cuite empli de vin clair que lui tendit Pierrot Le Héron. La plume crissait toujours sur le parchemin.

— Drôle d'homme, ce Justinien, n'est-ce pas ?

reprit Pierrot Le Héron après un long silence, juriste et guerrier, voilà de bien bonnes occupations... Mais pourquoi être empereur? Voilà vraiment une idée bizarre! Préférerais-tu être juriste ou guerrier?

— Je ne sais pas... J'aimerais...

— Quoi donc? J'espère que tu ne souhaiterais pas devenir empereur!

— Non, Dieu me garde! ce que je voudrais, c'est connaître la division... Y en a-t-il dans votre *Comput?*

— Oh non, c'est un vieux livre... La division, la division... quelle drôle d'idée... est-ce pour savoir ou est-ce pour faire?

— Pardon?

— Veux-tu savoir ce qu'est la division ou veux-tu apprendre à faire des divisions?

— Je voudrais... enfin c'est pour faire...

— Faire! Ils veulent faire! Voilà, voilà, le monde est peuplé de gens qui veulent faire... personne, jamais, ne veut plus savoir vraiment, regarder, scruter, *pensare*, c'est-à-dire peser, contempler! *Vanitas vanitatis!* Si Héraclite entendait ça! Crois-tu qu'on s'escrime à faire de la musique, à l'Université ou dans les écoles? Bien sûr que non! Dès qu'on est un peu sérieux, on laisse les moines chanter, les trouvères racler leurs cordes, souffler dans leurs flutiaux, infatuer leurs musettes qui lâchent leurs vents malpropres... Le sage, lui, étudie, ne joue pas! La musique est science et le plus pot des sourds la comprend dix fois mieux qu'un chantre! Faire! faire! C'est stupide!

— Je me disais que ça pouvait aider à comprendre...

Pierrot Le Héron regarda Thomas. Il posa sa plume, se leva et se mit à chanter. Les chats, surpris, s'en allèrent vivement du côté de la chèvre qui bêla. La voix de Pierrot Le Héron possédait une grande force : il chantait puissamment et bien. Il continua et Thomas reprit avec lui cette belle chanson qui, par antiphrase, sans doute, s'intitulait : *Ma chançon n'est pas jolie.* Un nommé Jaquemin de La Vente l'avait écrite bien des années auparavant :

> *Ma chanson n'est pas jolie*
> *Que vous vueil retraire*
> *Tant ai pensé a folie*
> *Ne m'en puis plus taire*
> *Je cuidoie avoir amie*
> *Douce et debonaire*
> *Mès je la truis enemie*
> *Et vers moi contraire...*

Les deux hommes continuèrent à chanter le refrain :

> *Fausse femme soit honnie*
> *Et de put afaire*
> *Qui de chacun qui la prie*
> *Veut son ami faire...* [1]

---

1. Cette chanson se trouve dans un ouvrage déjà cité. Il ne semble pas nécessaire de la traduire si l'on sait que *retraire* veut dire décrire (cf. portrait), que *cuider* signifie

Puis Pierrot Le Héron s'arrêta net.

— Tu ne chantes pas très bien et c'est tant mieux !

— Pourquoi ?

— Je viens de te l'expliquer... Moi, je chante superbement, n'est-ce pas ?

— Oui, oui, superbement... un peu fort, mais superbement !

— Eh bien, je ne comprends rien à la musique... Oui, j'en sais les bases, les divisions, les modes, les calculs... mais je ne le sais qu'à un degré élémentaire, celui d'un traité, quoi... J'y suis moins à l'aise qu'en rhétorique, théologie, grec ou hébreu, latin ou arabe... et c'est parce que je chante superbement : je me trouve dans la musique, aveuglé par la musique... Je ne puis la contempler à distance, de loin, comme il le faudrait pour savoir... pour comprendre : si tu grimpes sur la montagne, tu ne vois plus la montagne... Pour la voir, il faut l'observer de loin, tourner autour d'elle, la regarder, l'envisager, la scruter, l'inspecter... Mais dis-moi... quand tu as chanté, avec moi, est-ce que... ?

— Oui ?

— As-tu compris quelque chose ?

— Compris quelque chose euh... non, je ne sais pas... je ne crois pas...

— C'est bien la preuve que chanter ne sert à rien ! Je te l'avais bien dit : on ne comprend rien en faisant ! Des dizaines, des centaines, des milliers de

---

supposer à tort et que *put* est de la même origine latine que putride, puant et putain : on peut le traduire par : honteux, bas ou méprisable.

menuisiers fabriquent des portes, scient du bois selon des formes venant de la géométrie... crois-tu seulement qu'ils peuvent réciter le bon vieux livre d'Euclide, comme toi et moi ? Non, évidemment, tu ne le crois pas, tu n'es pas si niais ! Ils sont dans la géométrie, ils ne peuvent la voir ni la comprendre ! Ils ne tournent pas autour comme le chat joue avec la souris, bien au contraire : c'est la géométrie qui les a mangés, les pauvres, ils sont dedans ! Moi pas ! Regarde l'affreux siège sur lequel tu es assis... il tient par hasard, par miracle parce que je l'ai construit en dépit du bon sens : je ne sais pas fabriquer les sièges, mais je connais les lois qui en dirigent la fabrication, je sais comment se nomment les formes, les angles, les surfaces qui les composent. Et plus je construis mal, plus je sais bien... Alors, parfois, je me mets aussi à construire un meuble, pour vérifier que je connais vraiment la géométrie : la plupart de mes meubles se cassent dès que je m'assieds dessus : voilà pourquoi je suis boiteux... A force de tomber sur le cul, je me suis dérangé les os ! Mais la douleur est annihilée par la joie de savoir, et plus j'ai mal aux fesses, plus je suis content : ça me montre que je connais bien l'art excellent de géométrie ! Tu as vu dehors ?... Tu as remarqué tous ces sièges cassés ? C'est la preuve que je sais ! La preuve que je sais ! Lorsque je vois cette menuiserie bancale, une bouffée d'orgueil me prend : je suis géomètre, je suis géomètre... Alors, pour ne pas trop me réjouir, pour ne pas pécher trop par suffisance, et pour exprimer ma joie, je chante... ce qui me fait pleurer...

— Pleurer ?

— Oui : d'abord parce que c'est beau... Ma voix est superbe, et je m'entends chanter... Je suis ému jusqu'à la moelle des os... Après quoi, je pleure sur tant de beauté parce que, justement, ça me donne l'assurance, la certitude que je ne comprendrai jamais rien à la musique... Regarde ce chat !

— Celui-là ?

— Oui...

Plusieurs chats revenaient d'un pas tranquille. Ils s'installèrent à leur ancienne place, sur des livres.

— Ce chat, poursuivit Pierrot Le Héron, comme tous les autres ignore absolument ce qu'est un chat... et seul Dieu, le Roi de Gloire, sait ce que nous sommes... Or moi, toi, les gens... nous savons tous ce qu'est un chat... N'est-ce pas ?

— Euh, oui...

— Pour savoir ce qu'est un chat, il ne faut pas être chat ! C'est tout... Oserais-tu me contredire ? As-tu une raison à m'opposer ? Ce chat ne sait pas qu'il est un chat, autrement, il ne serait pas un chat !

— Non...

— De même, devenir musique... et tu sais, quand je chante, je deviens musique, je m'oublie totalement, je me fonds dans le son, je me dissous... Que disais-je ?

— Devenir musique...

— Ah, oui ! Devenir musique est la plus belle manière d'ignorer toujours ce qu'est la musique... Qu'en penses-tu ?

— Ne peut-on pas être parfois dans les choses et d'autres fois au-dehors ?

— La Connaissance procède en spirale autour de l'objet... As-tu lu le *Périphyséion ?*

— Oui, mais...

— Alors tu sais que tout est dans le temps et qu'au même moment on ne peut être à la fois dedans et dehors... Dans le *Périphyséion* Jean Scot te parle bien du « moment » dialectique... A chaque instant, ta vision des choses change, et par là même la connaissance que tu en as...

— Maître... tout cela est fort bien, mais...

— Mais ?

— La division...

— Connais-tu déjà un peu d'arithmétique ?

— Oui, on m'a appris...

— Que sais-tu de la multiplication ?

— Les nombres s'engendrent par elle...

— Mais encore ?

— Il est deux sortes de multiplications, celle du même par le même, comme deux par deux, trois par trois... et celle de l'un par l'autre tels deux par trois... La multiplication de l'un par l'autre engendre des nombres à l'infini et cela montre l'infinie puissance de Dieu... « créer des nombres, c'est créer des choses », n'est-ce pas ?

— Et le premier type ?

— Il permet de comprendre le mystère de la Trinité... Mais laissons donc l'Unité à elle-même : elle n'engendre que l'Unité... Un par un fait un...

— Fort bien : tu connais ton Pythagore et ton Thierry de Chartres !

— ... Mais l'Unité ainsi engendrée n'est en rien supérieure à l'Unité qui engendre... l'Unité engendrée est éternelle... l'Unité et l'égalité de l'Unité ne font qu'un !

— Bon, ce n'est pas mal... mais...

— Mais ?

— Je n'ai pas très envie de t'apprendre la division... Tu veux trop calculer... Je sens qu'en récitant ce que tu sais de la multiplication, l'envie te brûle d'en résoudre, d'en poser, d'en calculer... Non, je ne veux pas être la cause de ton ignorance en t'apprenant ce que tu ne dois pas encore savoir...

Pierrot Le Héron s'assombrit. Sa voix prit un ton plus dur :

— ... et d'ailleurs, je t'ai déjà appris trop de choses en te parlant de musique... La leçon est finie, tu me dois quatre sous... Ferme bien la porte en partant. Que Dieu te garde ! Va-t'en, va-t'en, avant que je m'énerve ! Après je profère d'immondes jurons, devant mes chats ! Je blasphème et le sang me monte à la tête... va-t'en !

La voix formidable de Pierrot Le Héron répéta « Va-t'en » une vingtaine de fois. Puis, Thomas donna les quatre sous. Ce n'était pas trop cher. Il salua, s'en alla, un peu attristé par le revirement soudain du vieux savant. Il se retrouva dehors. Un soleil faisait fondre la neige. Thomas marcha. Au bout de quelques pas, il se retourna pour contempler une dernière fois le tas de meubles mal construits qui traînait près de la maison, symbole de la vanité de toute science. Ainsi savoir et savoir-

faire s'opposent-ils absolument... Thomas haussa
les épaules et s'en fut. Le chemin du retour fut
moins désagréable tant il est vrai qu'il est beaucoup plus facile d'aller à Paris que d'en venir.

14.

Marchant vraiment à regret, maître Gallois montrait piètre allure. Etait-ce bien le même homme ? Mal rasé, la mine pâle, il conservait toutefois un reste de dignité, malgré l'état déplorable de ses riches vêtements, considérablement défraîchis.

Thomas regarda Yvette. Elle ne s'en aperçut pas : elle contemplait les sculptures de l'église, y cherchant peut-être une histoire en rapport avec le jour qui continuait de s'étirer sous un ciel gris fer, extrêmement intense. Quelque chose de dur dans les yeux d'Yvette, une certaine manière de plisser le front déplut à Thomas, qui ne comprit pas pourquoi. Yvette, depuis longtemps, peignait sa joliesse d'un peu de sévérité. Ces yeux-là faisaient peur lorsqu'un peu de dédain les rendait insensibles.

Le temps passe trop vite, n'est-ce pas ? Dans l'esprit de Thomas, Paris se trouvait déjà bien loin. La lumière forte, mais sans soleil, forçait tout le monde à baisser la tête, sous peine de cligner les yeux. On aurait cru un rassemblement de pénitents. Mais, peut-être en était-ce un.

Sur la place de Villefranche, l'animation régnait. Des odeurs saturaient l'air. Là, on vendait des beignets, ici des oublies, ailleurs, n'importe quoi. La boutique du rôtisseur parfumait agréablement l'espace. Un grand chaudron laissait s'envoler une fumée épaisse. Maître Gallois demanda à ceux qui l'accompagnaient qu'on s'arrêtât un instant pour sentir tout ça : odeurs mille fois respirées, sensations auxquelles on ne prend pas garde jusqu'au moment où l'on se rend compte que c'est ça, simplement ça, la vie... Tout semble alors très doux, infiniment fugace. On oublie chaque jour certaines douceurs quotidiennes, et le temps s'en va.

Un peu plus loin, Christian apprenait à quelques enfants les plus épouvantables, les plus effroyables, les plus admirables grimaces de son répertoire. Les enfants, pour le voir, se désintéressaient de la cérémonie qui allait avoir lieu, ce dont Christian tirait une légitime fierté. Il pinça son rebec, joua très lentement en marchant comme un ours. Les enfants rirent. Christian se mit à contrefaire l'allure des gens qui se tenaient sur la place. Il imita Gallois et ce fut le plus drôle. Le plus amer, aussi. Les nuages, dans le ciel, laissèrent filtrer un peu des rayons du soleil. Un cheval hennit, un chien aboya. L'église était ornée d'un très grand Christ en croix, sculpté dans la pierre. Quelques pavés disjoints interrompaient sur le sol l'habituelle poussière.

Thomas se sentait un peu raide, là, à cheval, en grande tenue. Il montait un cheval d'apparat, un destrier superbe. Mais il ne lui parlait pas : ce n'était pas le genre de bête qui vous écoute. Un cheval, quand c'est trop beau, c'est souvent orgueilleux. Thomas avait perdu beaucoup de lui-même en perdant La Bréhaigne. Il lui fallut longtemps pour s'en apercevoir. Tiens ! David le boucher arrivait sur son âne ! Il vint se ranger plus loin, dans la foule silencieuse qui sembla l'avaler.

Thomas enviait son oncle qui, droit comme la justice, se tenait près de lui, impassible. On aurait dit une statue. Fernand, perdu dans ses pensées, cherchait un moyen neuf pour teindre le verre en rouge. Son air attentif pouvait persuader qu'il s'intéressait à ce qui advenait là, maintenant. Le vieil évêque arriva. Il marchait d'une façon splendide, comme s'il glissait. Mais pourquoi donc Thomas se sentait-il si laid, là, au milieu de gens ordinaires, habituels, connus et quotidiens qu'il trouvait soudainement beaux, comme si la beauté consistait simplement dans le fait de n'être pas lui-même.

Le temps passe vite. Parfois, on se remémore les choses les plus proches en ayant l'impression qu'elles se déroulèrent il y a un siècle ou deux. En revanche, il arrive que des moments lointains gardent une terrible présence : on les voit, comme si on y était. Thomas se souvint, se remémora. Il eut la désagréable impression de vivre ce qu'on dit à propos des mourants, de voir se dérouler sa vie, de pouvoir la regarder d'assez loin... Il chercha Marguerite du regard. Elle n'était pas là, elle ne serait plus jamais là. Elle avait été si transparente durant son existence, qu'on ne se préoccupait guère de la savoir en vie. Personne n'arrivait encore à croire à sa mort : son souffle la quitta subrepticement, après un peu de fièvre, parce qu'elle avait pris froid un jour de gel intense...

Maître Gallois humait encore l'odeur des rôtis, fermant les yeux, comme en extase. On voulut le faire presser. Il demanda encore un instant. Le rôtisseur dodelina de la tête. Allons, il se sentait bon bougre, aujourd'hui... Il prit un large couteau et découpa une tranche de mouton grésillant qu'il fit manger au marchand. Ce dernier, sentant la graisse couler sur son menton, dévaler le long de son cou pour se perdre dans le col de sa robe ne put retenir un gémissement d'aise. Il se trouvait là, vraiment là, totalement là, mais il n'y croyait pas tout à fait. De plus, tous ces gens qui, naguère, lui jetaient des pierres le traitaient bien, aujourd'hui. Un peu plus loin, une femme le fit mordre dans la pomme qu'elle mangeait. Ensuite, il refusa aimablement un beignet : il n'en pouvait mais, il avançait repu, repu... On le fit bientôt descendre de ce petit âne qui le portait. On n'avait rien trouvé de plus ridicule que cette bête harassée, peinant à porter le gros marchand que la prison avait rendu encore plus gros, avec ses nourritures bien grasses et farineuses. On l'y traita bien, il en profita comme il convient, surtout lorsqu'on sait trop de quoi demain sera fait.

Au début, il s'était violemment jeté contre les grilles de sa geôle, s'écorchant les mains à force de frapper le fer qui résonnait sous les coups. Il rageait, pestait, lançait dans l'air des paroles abominables. L'effet fut saisissant : on entendait du dehors ce tapage incroyable. Les gens voulurent le voir. On visita la prison tandis qu'il proclamait une innocence véritablement improbable. Les gens passaient, le regardaient, riaient... puis reculaient vivement lorsque, voulant se jeter sur eux, écumant de rage, bavant toute sa férocité, maître Gallois s'écrasait contre ses barreaux, s'y blessant une nouvelle fois. Un gardien eut l'idée d'entourer ces barreaux de vieux chiffons roulés pour amoindrir le bruit, la résonance de cloche du métal frappé par Gallois, comme pour conserver à ce dernier une apparence humaine. Il continua d'enrager, de hurler, de faire peur mais se blessa un peu moins. Pour qu'il ne se blesse pas, on chargea le prisonnier de fers. Ce faisant, on voulut en profiter pour le bâillonner : il mordit le gardien en chef et l'on n'en parla plus.

Thomas, de loin, regardait Gallois. Le voyait-il seulement ? les yeux dans le vague, il continuait à se remémorer sa vie. Ou plutôt, ce qui l'avait déterminé à revenir. C'était hier, ou presque. Thomas s'en retournait, cheminant dans la neige tardive, pestant contre Pierrot Le Héron et ses coquecigrues, arrivant chez dame Sylvie, décidant de partir. Il se rendit compte, là, dans l'auberge que rien ne serait plus jamais comme auparavant. La mort de La Bréhaigne ne l'atteignit pas tout de suite : ce n'est qu'au retour que le chagrin déferla en larmes brûlantes.

Dame Sylvie entoura Thomas de ses bras. Elle le consola. Ça lui permit de masquer sa propre tristesse. Elle sentait bien qu'il devait repartir. Elle avait toujours senti, mieux que les intéressés, le moment où les hommes doivent s'en aller. Elle avait eu ainsi plusieurs hommes dans sa vie, et chacun d'eux lui donna ce pincement au cœur, cette tristesse... Celui-ci ne ressemblait pas aux autres ou, du moins, venait à un autre moment. Sylvie ne cherchait guère à savoir si elle se découvrait plus mère qu'amante : il faut parfois laisser glisser un peu de silence sur ces aspects des sentiments. En tout cas, la Sylvie, ce n'était plus une jeunesse. Oh, pour ça, elle restait bien avenante, rieuse, rose, dodue, ne laissant jamais voir quelle cruelle mélancolie la prenait trop souvent lorsqu'elle s'endormait seule, ou que Thomas ronflait près d'elle et que, malgré l'apaisement, une ombre d'inquiétude venait lui mordre le cœur... De toute façon, il y avait cette jeunesse, la demoiselle Yvette... Ah ! certes, elle ne la connaissait pas, mais elle la devinait. On ne peut lutter contre une taille fine, des doigts ronds et gracieux, des petits seins durs et de grands yeux tendres... Non de non ! la vie n'est pas gentille !

Sylvie pratiquait la jalousie bonhomme, magnanime. Elle n'en voulait pas à Yvette : c'était trop tard. Quelques années plus tôt, on aurait vu ce

qu'on aurait vu ! Ah ! C'est que Sylvie se serait
battue des ongles et des dents pour conserver son
joli cœur ! Mais, désormais... Un cheveu blanc, puis
deux vinrent s'enrouler autour des arêtes du peigne
de Sylvie. La fatigue s'accrut. Tenir les comptes
devenait un peu plus fastidieux. Elle eût aimé
qu'on l'aide à gérer son auberge. Le mari défunt, il
y a belle lurette, ne reviendrait pas. Et d'ailleurs,
qu'est-ce qui revient ?

Gallois accepta le gobelet qu'on lui fit boire. Il en
fut tout étourdi. Le vin, épais, tendre, savoureux,
lui dévala le gosier, lui tapissant la gorge d'une
onctuosité parfumée. S'agissait-il d'un très bon
vin ? Gallois le trouva meilleur que tous ceux qu'il
avait pu goûter.

Il n'avait plus guère l'habitude de boire. C'est
délicieux, le vin. S'il avait su, il en aurait bu bien
davantage ! Ses jambes flanchèrent, se dérobèrent
sous lui. Il faillit choir. On le retint. Etait-ce
vraiment la force du vin, ou alors... ? Les gens le
regardaient plutôt amicalement. On oubliait vite.
On ne se souvenait plus, on ne voulait plus se
souvenir de ce marchand odieux, de ce propriétaire
féroce, de cet escroc, de ce Commandeur d'une
horde d'infâmes brigands qui écumèrent longtemps le pays, tuant jusqu'aux vieilles et aux
enfants. On ne voyait plus que cet homme grossi, à
l'air assagi. Il avait suffi de l'entraver pour qu'il file
doux. Du jour au lendemain, bien attaché, immobi-
lisé derrière ses barreaux emmaillotés de chiffons,
il comprit soudain qu'il n'y avait plus rien à faire...
il devint doux comme un agneau et se tourna vers

le ciel comme tous ceux qui ont peur. Il demanda à communier, se confessa. La sincérité de son repentir toucha grandement les âmes impressionnables. Il devint peu à peu chéri de tous. Christian, seul, ne voulait pas le considérer mieux qu'auparavant. Pour le trouvère, ce repentir, comme sa sincérité, relevaient de l'ignominie complète du personnage. Christian, le premier, avait déclaré qu'un jour, Gallois demanderait lui-même son châtiment et qu'il supplierait qu'on le lui inflige. Personne ne crut Christian. Et pourtant, durant le long procès, ce qu'il avait prévu arriva : Gallois supplia qu'on le pende très vite, car, disait-il, ce n'était pas la peine de surseoir plus longtemps. Christian avait parié à ce propos avec Thomas. Thomas perdit une jolie somme.

Ce dernier continuait de revoir des jours envolés : lorsque Thomas s'en alla de chez Sylvie, il se sentait triste, lui aussi. Il alla prier à Saint-Benoît-le-Bétourné. Il aimait cette église désorientée et se sentait comme elle : mal dirigé. Après avoir prié, descendit la rue Saint-Jacques, traversa l'île, puis il remonta la rue Montorgueil, et se trouva vite sur le chemin des Poissonniers. On le regardait passer. Il faut dire qu'il avait fière allure, habillé comme un clerc, s'appuyant sur son tribard, mais l'épée au côté et l'écu écaillé pendu au dos. Ainsi, mi-chevalier, mi-clerc, portant sur lui tout son avoir et les signes de sa vie, il s'en retourna vers la Picardie, où fleurissent les églantines, où le houblon est lourd sous le vent qui le courbe.

Il revint. On l'accueillit. Un Fernand toujours

verrier, mais riche désormais, ouvrit les bras à son neveu, lui donna sa fille. Fernand aimait trop le verre pour cesser de le travailler. De plus il appréciait trop son vieil ami Abraham pour arrêter ainsi. Il se prenait à rire en regardant l'épaisse et chaude pâte du verre se modeler, se boursoufler, vivre...

Son château, restauré, se remarquait de loin. Une belle oriflamme flottait au donjon. Les temps changeaient. Yvette, évidemment, ne s'occupait plus guère de contremaîtrise dans une usine. Elle tenait son rang, tout à fait comme il faut. Il y eut mariage et fêtes. Il y eut la marche du temps, si tranquille qu'on ne se rend pas compte de sa pesanteur.

Entre-temps, quelques soupçons naquirent à propos de maître Gallois. On trouva bien légères les pièces de monnaie dont il se servait. On découvrit, une ou deux fois, des traces de lime sur leurs tranches. En y regardant d'un peu près, on eut la certitude qu'il rognait les monnaies pour récupérer du métal. L'affaire ne se trouvait donc pas dénuée de gravité. On ouvrit une enquête. Une douzaine de comptables examinèrent les livres du marchand. On y découvrit pas mal d'horreurs. Enfin, il fut établi qu'une bande de féroces malandrins obéissait aux ordres de Gallois qui ne dédaignait pas pour autant le recel.

Thomas se décida, deux mois après son arrivée, à visiter son frère Julien. Il le retrouva comme auparavant : orgueilleux, mauvais. Il ne le fréquenta donc pas trop. Il le revit au procès de Gallois, au tout début.

Le temps passa encore comme il le fait toujours. Thomas gérait en fait le domaine de Fernand qui, trop occupé à fabriquer du verre, se désintéressait du reste. Thomas deviendrait le seigneur de ce fief. Il reprit la vie habituelle d'un chevalier, se remit à chasser, à s'exercer au combat, à heurter la quintaine... De temps en temps, il repensait au temps de l'école, à Paris, à Sylvie, à ses amis... Il se récitait alors quelques vers de Rutebeuf : « Que sont mes amis devenus... » Il vivrait désormais ainsi, pétri de nostalgie. La ville ne vous laisse pas si facilement. On croit pouvoir la quitter, on n'y pense plus durant des années, puis... Mais il faut savoir que ceux qui restent en ville parent des plus belles couleurs le pays délaissé. Ils en oublient les inconvénients, les raisons mêmes qui les firent partir et rongent mauvaisement leur nostalgie. C'est de ce type d'insatisfaction que naît toute connaissance... Une faim de ce qu'on n'a pas nous meut, et ce désir nous pousse à découvrir, à comprendre, savoir et connaître.

Mais le passé rattrape toujours le présent, même s'il prend pour cela des voies détournées. Enguerrand, petit chevalier du pays voisin, fils de Gilbert, le croisé fou, avait décidé de venger son père. Trop jeune pour le faire lorsque Gilbert mourut écrasé, il vécut dans la seule idée de manier au mieux les armes afin de tuer l'assassin de son père. Comme on lui avait dit que Gilbert avait affronté un chevalier aux armes d'émeraude, le brave Enguerrand ne douta pas que ce chevalier fût celui qu'il cherchait. Il se renseigna. Puis, un jour, il rencontra Julien qui revenait de la ville. Julien portait, comme son frère Thomas, l'écu vert de la famille. Le jeune Enguerrand s'élança sans prévenir, absolument fou d'une rage vengeresse et écrabouilla par force coups de fléau d'armes la figure de Julien qui ne savait absolument pas ce qui lui arrivait, ni pourquoi. Il mourut sans avoir résolu ces questions.

Enguerrand disparut dans la campagne en beuglant que la couleur verte était celle des infidèles. Il se sentait fort, fort comme quand on est jeune. Il s'imagina très simplement que le monde serait à lui. Il n'en eut qu'un tout petit peu.

Sur la place, Gallois ne voulait pas reculer. Cependant, mettre un pied devant l'autre lui paraissait de plus en plus impossible. Il transpirait à grosses gouttes. Il aurait voulu qu'on ne l'aide plus, qu'on ne le force plus, qu'on ne le dirige plus... Maintenant, maintenant, brisé, moulu, pleurant, il cherchait en lui-même un reste d'énergie, une force, une violence qu'il ne trouvait pas. Il se raidit, se cambra, mais rien n'y fit : on le portait plus qu'on ne le traînait. Il avançait par ordre. Il aurait tant voulu vouloir !

Yvette sourit. Quelque chose dans l'attitude de Gallois lui paraissait ridicule. Elle crut que sa façon de se raidir reflétait sa résistance, montrait sa peur. Elle trouvait la chose drôle. En même temps, elle se demandait ce qu'elle aurait fait, à sa place. Elle ne se le demanda pas longtemps : la jeune fille avait bien changé. Contremaîtresse, puis dame, l'autorité lui venait maintenant tout naturellement, avec les certitudes : elle se tiendrait droite et affronterait le destin comme elle avait toujours su le faire. Lorsqu'on s'est trop habitué à diriger, on perd un peu le sens : on devient mécanique, comme la roue mue par l'eau. Une autre force règle les pensées, les actions, les sentiments et même les sens. De surcroît, le vide de sa vie de femme, durant longtemps, compléta cet apprentissage, cette accoutumance à ressentir le moins possible. Elle avait vécu d'une façon trop morne une tristesse trop forte, un désabus trop profond pour ne pas émousser ses capacités d'émotion. N'avait-elle pas eu peur, vraiment peur que Thomas ne revienne jamais ? Cette peur-là la dispensait de toutes les autres...

Un grondement rageur se fit entendre, déchirant, farouche. Gallois tirait maintenant ses accompagnateurs, les forçait à venir plus vite vers la fumée du chaudron. Il se sentait attiré par un appel profond, mystérieux, familier et lointain... La raison ne commandait plus : il fallait qu'il plonge. Son regard brilla, s'étoila, une fièvre sacrée sembla l'envahir, une ferveur déferla en lui, roula son flot, exsuda de son corps en une sueur étincelante.

Et dire que ç'avait été toute une histoire pour déterminer cette mort ! Les crimes de Gallois, trop nombreux pour qu'on parle de tous, méritaient chacun un châtiment extrême. Le nombre de ses vols, abus de confiance, escroqueries, falsifications ne le cédait en rien à celui d'autres délits les plus divers. Gallois fut même criminel. Avant de se fixer, il avait tué crapuleusement et c'est grâce au produit d'un vol avec assassinat qu'il fonda sa maison de commerce. Que devait-on faire de lui ? Le pendre, comme un voleur ? L'écorcher, le brûler (on avait évidemment trouvé des raisons pour le dire hérétique), le bouillir comme les faussaires ? On pouvait tout aussi bien lui trancher le cou selon certaines coutumes ou lui disloquer les membres en suivant d'autres lois. Personne ne saurait dire aujourd'hui, sauf à lire les minutes du procès, comment on se décida pour le chaudron. Il reste toutefois probable que Gallois, lui-même, fit ce choix.

Il y eut un cri, un grand cri, unanime. Les gens, saisis d'effroi, virent Gallois échapper à ses gardes et sauter à pieds joints dans le chaudron, éclaboussant l'alentour de telle manière qu'il ébouillanta le visage d'un aide-bourreau lequel, pourtant, s'était éloigné en voyant Gallois courir à lui. Le cri du malheureux aide-bourreau couvrit tous les autres. Sa douleur fut atroce. Il en perdit un œil. Gallois n'eut pas la chance d'étouffer tout de suite. A peine fut-il dans le chaudron que la douleur immense le saisit, lui durcit la peau, l'horrifia, l'horripila. Il voulut s'extraire immédiatement de l'eau bouillante. Il y parvint presque, sauf que la mort l'attendait. Elle le saisit par le cou au moment où il venait de sortir une jambe du chaudron pour fuir. Il mourut donc moitié dedans, moitié dehors, la face rouge, absolument rouge, carminée, fendillée.

Un grand silence suivit. On se sentait stupide.

Chacun regrettait quelque peu d'être là. Tous restèrent immobiles, longuement, longuement. Puis, les gens se regardèrent les uns les autres, d'abord à la dérobée. La gêne persistait et chacun cherchait à amoindrir la sienne propre en observant celle des autres. Ce fut finalement impossible. Quelques-uns firent un pas indécis, d'autres deux. D'autres encore se décidèrent et marchèrent un peu plus, puis plus encore...

Au bout de quelque temps la foule s'en alla, l'évêque aussi. Christian joua du rebec pour amuser les enfants. Pendant ce temps, extrêmement nobles, Fernand, Thomas et Yvette s'en retournaient au château, chevauchant d'impeccables destriers, admirablement caparaçonnés. Sur la place, un pauvre clerc vagabond renonça à écouter le trouvère autour duquel s'attroupaient des enfants et des adultes. Il lui restait une bien longue route à parcourir : il venait de Paris et irait à Upsal où enseignait un maître renommé, où des poètes norrois traduisaient les poèmes normands, champenois, picards dans leur propre langue...

Upsal, Oxford ou Salamanque : le but pouvait différer, comme il diffère toujours. Mais il y a encore des clercs vagabonds qui vont et qui cheminent sur les chemins détournés de toutes les connaissances. Ils regardent les chevaux qui passent, déchiffrent les images des églises, contemplent dans leur mémoire ce qu'est le monde, le disent en grec ou en latin. La vie leur semble parfois une étrange chanson : les chanteurs ont-ils conscience de ce qu'ils chantent ? Ou sont-ils comme des singes qui frappent sur des branches ? Ils posent, bien sûr, simplement la vieille question : où est l'âne ? Où est la lyre ? N'y a-t-il à voir que ce que nous voyons ? Sommes-nous toujours nous-mêmes ou devenons-nous autres ?

Les chansons de Christian continuèrent tard. Il faisait nuit lorsqu'il déposa son rebec. Quelqu'un d'une maison dans la ville l'invita à souper. La nuit descendit sur tous les voyageurs égarés.

Achevé d'imprimer en mars 1988
sur presse CAMERON
dans les ateliers de la S.E.P.C.
à Saint-Amand-Montrond (Cher)

ISBN 2-7158-0684-1
F-2-6166

Dépôt légal : mars 1988.
N° d'Impression : 3798-407.